Dublinesca

Seix Barral Biblioteca Breve

Enrique Vila-Matas
Dublinesca

Obra editada en colaboración con Editorial Seix Barral – España

Diseño original de la colección: Joseph Bagà Associats

© 2010, Enrique Vila-Matas

Derechos exclusivos de edición en español reservados para todo
el mundo:
© 2010, Editorial Seix Barral, S.A. – Barcelona, España

© 2010, Editorial Planeta Mexicana, S.A. de C.V.
Bajo el sello editorial SEIX BARRAL M.R.
Avenida Presidente Masarik núm. 111, 2o. piso
Colonia Chapultepec Morales
C.P. 11570 México, D.F.
www.editorialplaneta.com.mx

Primera edición impresa en España: marzo de 2010
ISBN: 978-84-322-1278-9

Primera edición impresa en México: marzo de 2010
ISBN: 978-607-07-0350-8

Impreso en los talleres de Litográfica Ingramex, S.A. de C.V.
Centeno núm. 162, colonia Granjas Esmeralda, México, D.F.
Impreso en México - *Printed in Mexico*

A Paula de Parma

MAYO

Pertenece a la cada vez ya más rara estirpe de los editores cultos, literarios. Y asiste todos los días conmovido al espectáculo de ver cómo la rama noble de su oficio —editores que todavía leen y a los que les ha atraído siempre la literatura— se va extinguiendo sigilosamente a comienzos de este siglo. Tuvo problemas hace dos años, pero supo cerrar a tiempo la editorial, que a fin de cuentas, aun habiendo alcanzado un notable prestigio, marchaba con asombrosa obstinación hacia la quiebra. En más de treinta años de trayectoria independiente hubo de todo, éxitos pero también grandes fracasos. La deriva de la etapa final la atribuye a su resistencia a publicar libros con las historias góticas de moda y demás zarandajas, y así olvida parte de la verdad: que nunca se distinguió por sus buenas gestiones económicas y que, además, tal vez pudo perjudicarle su fanatismo desmesurado por la literatura.

Samuel Riba —Riba para todo el mundo— ha publicado a muchos de los grandes escritores de su época. De algunos tan sólo un libro, pero lo suficiente para que éstos consten en su catálogo. A veces, aunque no ignora que en el sector honrado de su oficio quedan en activo algunos otros valerosos quijotes, le gusta verse como el último editor. Tiene una imagen algo romántica de sí mismo, y vive en una permanente sensación de fin de época y fin de mundo, sin duda influenciado por el parón de sus actividades. Tiene una notable tendencia a leer su vida como un texto literario, a interpretarla con las deformaciones propias del lector empedernido que ha sido durante tantos años. Está, por lo demás, a la espera de vender su patrimonio a una editorial extranjera, pero las conversaciones se encuentran encalladas desde hace tiempo. Vive en una potente y angustiosa psicosis de final de todo. Y aún nada ni nadie ha podido convencerle de que envejecer tiene su gracia. ¿La tiene?

Ahora está de visita en casa de sus ancianos padres y los está mirando de arriba abajo, con curiosidad nada contenida. Ha ido a contarles cómo le fue en su reciente estancia en Lyon. Aparte de los miércoles —cita obligada—, es una vieja costumbre que vaya a verlos cuando regresa de algún viaje. En los dos últimos años, no le llega ni una décima parte de las invitaciones a viajar que recibía antes, pero ese detalle lo ha ocultado a sus padres, a los que también ha escondido que ha cerrado su editorial, ya que considera que tienen una edad demasiado avanzada para darles según qué disgustos y, además, está seguro de que no lo asimilarían nada bien.

Se alegra cada vez que le invitan a alguna parte, porque, entre otras cosas, eso le permite seguir desarrollando ante sus padres la ficción de sus múltiples actividades. A pesar de que pronto cumplirá sesenta años, tiene con ellos, como puede apreciarse, una fuerte dependencia, quizá porque no tiene hijos, y ellos, por su parte, sólo le tienen a él: hijo único. Ha llegado a viajar a lugares que no le apetecían demasiado, sólo para contarles después el viaje a sus padres y así mantenerles en la creencia —no leen periódicos ni ven televisión— de que sigue editando y sigue siendo reclamado en muchos lugares y, por tanto, las cosas continúan marchando muy bien para él. Pero eso no es para nada así. Si cuando era editor estaba acostumbrado a una gran actividad social, ahora apenas tiene alguna, por no decir ninguna. A la pérdida de tantas amistades falsas se ha unido la angustia que se ha apoderado de él desde que hace dos años prescindió del alcohol. Es una angustia que procede tanto de su conciencia de que, sin beber, habría sido menos atrevido publicando como de su certeza de que su afición a la vida social era forzada, nada natural en él y quizá tan sólo provenía de su enfermizo temor al desorden y la soledad.

Nada marcha muy bien para él desde que corteja a la soledad. A pesar de que trata de que no caiga al vacío, su matrimonio más bien se tambalea, aunque no siempre, porque su relación de pareja pasa por los más variados estados y va de la euforia y el amor al odio y el desastre. Pero se siente cada día más inestable en todo y se ha vuelto gruñón y le disgusta la mayor parte de las cosas que ve a lo largo del día. Cosas de la edad, probablemente. Pero lo cierto es que empieza a estar incómodo en el mundo y cumplir sesenta años le produce la misma sensación que si tuviera una soga al cuello.

Sus ancianos padres escuchan siempre sus relatos de viajes con gran curiosidad y atención. A veces, hasta parecen dos réplicas exactas de Kublai Kan oyendo aquellas historias que contaba Marco Polo. Las visitas que siguen a algún viaje de su hijo parecen disfrutar de un rango especial, una categoría superior a las más monótonas y habituales de todos los miércoles. La de hoy tiene ese rango extraordinario. Sin embargo, algo raro está pasando, porque lleva un buen rato en la casa y todavía no ha sido capaz ni tan sólo de abordar el tema de Lyon. Y es que no les puede explicar nada de su paso por esa ciudad, porque allí estuvo tan desligado del mundo y su viaje fue tan salvajemente cerebral que no dispone de una sola anécdota mínimamente humana. Además, la realidad de lo que le sucedió allí es antipática. Ha sido un viaje frío, gélido, como esos trayectos hipnóticos que últimamente emprende tantas veces ante su ordenador.

—Así que has estado en Lyon —insiste su madre, ahora ya incluso algo inquieta.

Su padre ha comenzado lentamente a encender la pipa y le mira también con extrañeza, como preguntándose por qué no cuenta nada de Lyon. Pero ¿qué puede decirles de su estancia en esa ciudad? No va a ponerse a hablar de la teoría general de la novela que fue capaz de fabricar él solo, allí en el hotel lionés. No les interesaría nada la historia de cómo elaboró esa teoría y, además, no cree que sepan muy bien qué puede ser una teoría literaria. Y, suponiendo que lo supieran, está seguro de que les aburriría profundamente el tema. Y hasta podrían llegar a descubrir que, tal como asegura Celia, anda demasiado aislado en los últimos tiempos, demasiado desconectado del mundo real y abducido por el ordenador o, en ausencia de éste —como le ha ocurrido en Lyon—, por sus viajes mentales.

En Lyon se dedicó a no ponerse nunca en contacto con Villa Fondebrider, la organización que le había invitado a dar la conferencia sobre la grave situación de la edición literaria en Europa. Tal vez porque ni en el aeropuerto ni en el hotel apareció alguien para recibirle, Riba, a modo de venganza por el menosprecio que le habían mostrado los organizadores, se encerró en su dormitorio del hotel de Lyon y logró allí realizar uno de sus sueños cuando editaba y no tenía tiempo para nada: redactar una teoría general de la novela.

Ha publicado a muchos autores importantes, pero sólo en el Julien Gracq de la novela *Le Rivage des Syrtes* ha percibido un espíritu de futuro. En su dormitorio de Lyon, a lo largo de un sinfín de horas de encierro, se dedicó a perpetrar una teoría general de la novela que, basándose en las enseñanzas que advirtiera desde un primer momento en *Le Rivage des Syrtes*, establecía los cinco elementos que consideraba imprescindibles en la novela del futuro. Esos elementos que consideraba esenciales eran: intertextualidad; conexiones con la alta poesía; conciencia de un paisaje moral en ruinas; ligera superioridad del estilo sobre la trama; la escritura vista como un reloj que avanza.

Era una teoría osada, puesto que proponía a la novela de Gracq, habitualmente considerada como anticuada, como la más avanzada de todas. Llenó una multitud de hojas comentando los diversos elementos de esa propuesta de novela del futuro. Pero cuando hubo terminado su duro trabajo, se acordó del «sagrado instinto de no tener teorías» del que hablaba Pessoa, otro de sus autores favoritos y del que tuvo el honor en cierta ocasión de poder editar *La educación del estoico*. Se acordó de ese instinto y pensó en lo muy tontos que a veces eran los novelistas, y se acordó de varios escritores españoles a los que les había publicado historias que eran el producto ingenuo de educadas y extensas teorías. Qué pérdida de tiempo más grande, pensó Riba, hacerse con una teoría para escribir una novela. Ahora él podía decirlo con todo fundamento, pues acababa de escribir una.

Porque vamos a ver, pensó Riba, si uno tiene la teoría, ¿para qué quiere hacer la novela? Y en el momento mismo de preguntárselo y seguramente para no tener una sensación tan grande de haber perdido el tiempo, incluso de perderlo al preguntárselo, comprendió que haberse pasado tantas horas en el hotel escribiendo su teoría general le había en el fondo permitido desembarazarse de ella. ¿Acaso un hecho así era desdeñable? No, desde luego. Su teoría seguiría siendo lo que era, lúcida y osada, pero iba a destruirla tirándola a la papelera de su cuarto.

Celebró un secreto e íntimo funeral por su teoría y por todas las que en el mundo ha habido, y después abandonó la ciudad de Lyon sin haber contactado en momento alguno con quienes le habían invitado para hablar de la grave —quizá no tan grave, pensó durante todo el viaje Riba— situación de la edición literaria en Europa. Salió por la puerta falsa del hotel y regresó en tren a Barcelona, veinticuatro horas después de su llegada a Lyon. No dejó para los de Villa Fondebrider ni una carta justificando su invisibilidad en Lyon, o su extraña posterior huida. Comprendió que todo el viaje había servido sólo para poner en pie una teoría y luego celebrar un íntimo funeral por ella. Se fue con la convicción total de que todo lo que había escrito y teorizado en torno a lo que tenía que ser una novela no había sido más que un acta levantada con el único propósito de librarse de su contenido. O, mejor dicho, un acta levantada con el propósito exclusivo de confirmar que lo mejor del mundo es viajar y perder teorías, perderlas todas.

—Así que has estado en Lyon —vuelve a la carga su madre.

Estamos a finales de este mayo de tiempo irregular, asombrosamente lluvioso para Barcelona. El día es frío, gris, triste. Por unos momentos, imagina que está en Nueva York, en una casa en la que se oye el tráfico en dirección al túnel Holland: ríos de coches volviendo al hogar después del trabajo. Es pura imaginación. Jamás oyó el ruido del túnel Holland. Pronto regresa a la realidad, a Barcelona y a su deprimente luz gris ceniza de hoy. Celia, su mujer, le espera en casa sobre las seis de la tarde. Todo va transcurriendo con cierta normalidad, salvo la inquietud que va apoderándose de sus padres al ver que su hijo no comenta absolutamente nada sobre Lyon.

Pero ¿qué les puede contar de lo que le pasó allí? ¿Qué les puede decir? ¿Que, como bien saben, no toma alcohol desde que hace dos años los maltratados riñones le llevaron a un hospital y que eso le ha postrado en un estado de sobriedad permanente que hace que a veces se dedique a actividades tan extravagantes como elaborar teorías literarias y a no salir de su cuarto de hotel ni siquiera para conocer a los que le han invitado? ¿Que en Lyon no habló con nadie y que en definitiva, desde que dejara de editar, es lo que viene haciendo diariamente en Barcelona a lo largo de las muchas horas que pasa ante el ordenador? ¿Que lo que más lamenta y le entristece es haber dejado de editar sin haber descubierto a un autor desconocido que hubiera acabado revelándose como un escritor genial? ¿Que todavía está traumatizado por esa fatalidad inherente a su antiguo oficio, esa fatalidad tan amarga de tener que buscar autores, esos seres tan enojosamente imprescindibles, ya que sin ellos no sería posible el tinglado? ¿Que en las últimas semanas tiene molestias en la rodilla derecha, que seguramente son originadas por el ácido úrico o por la artritis, suponiendo que sean cosas distintas una de la otra? ¿Que antes era dicharachero por el alcohol y que ahora se ha vuelto melancólico, que seguramente ha sido en realidad siempre su verdadero estado natural? ¿Qué les puede decir a sus padres? ¿Que todo se acaba?

La visita va transcurriendo con cierta monotonía y llegan incluso a acordarse, en parte a causa del tedio que domina la reunión, del ya lejano día de 1959 en el que el general Eisenhower se dignó visitar España y acabó con el aislamiento internacional del régimen del dictador Franco. Aquel día, su padre lo vivió con un entusiasmo desbordado, no a causa de la batalla diplomática ganada por el maldito general gallego, sino por el hecho de que Estados Unidos, vencedores del nazismo, se hubieran aproximado por fin a la desahuciada España. Es uno de los primeros recuerdos importantes de su vida. De aquel día se acuerda sobre todo del momento en que su madre preguntó a su padre a qué venía tan «exagerado entusiasmo» por la visita del presidente norteamericano.

—¿Entusiasmo qué es? —preguntó el niño.

Se acordará siempre de los términos exactos de esa pregunta, porque —apocado como era a esa edad— es la primera que hizo en su vida. De la segunda pregunta de su vida también se acuerda, aunque no está tan seguro de cómo la formuló. Sabe, en todo caso, que estaba relacionada con su nombre, Samuel, y con lo que le habían dicho algunos profesores y niños en la escuela. Su padre le explicó que era judío sólo por parte de su madre y que como ella se había convertido al catolicismo meses después de que él naciera, debía tranquilizarse —eso le dijo: tranquilizarse— y considerarse hijo de católicos, sin más.

Ahora su padre, como en las anteriores ocasiones en las que hablaron de aquella visita de Eisenhower, niega que se hubiera sentido tan entusiasmado aquel día, y dice que es un equívoco creado por su madre, que pensó que estaba exageradamente exaltado ante la visita del presidente americano. También niega que durante un tiempo su película preferida fuera *Alta sociedad* de Charles Walters, con Bing Crosby, Grace Kelly y Frank Sinatra. La vieron, por lo menos, tres veces, a finales de los años cincuenta, y recuerda que a su padre aquella película siempre le ponía de un humor excelente: le gustaba con locura todo lo que llegaba de los Estados Unidos; le fascinaba el cine y el *glamour* de las imágenes que llegaban de allí; le atraía la vida que seres humanos como ellos llevaban allí en aquel lugar que entonces parecía tan alejado como inaccesible. Y es muy posible que precisamente haya heredado de él, de su padre, esa fascinación por el Nuevo Mundo, por el encanto lejano de aquellos lugares que entonces parecían tan inalcanzables, quizá porque parecía que allí vivían las personas más felices de la tierra.

Hablan hoy de aquella visita de Eisenhower y de *Alta sociedad* y del desembarco de Normandía, pero su padre, una y otra vez, niega con obstinación que sintiera tanto entusiasmo. Cuando ya parece que, con tal de no encallarse en el tema, regresarán pronto sus padres a la cuestión de Lyon, cae la tarde con una gran y extraña rapidez en Barcelona, oscurece muy deprisa y acaba llegando una sorprendente tromba de agua, acompañada de gran aparato eléctrico. Cae justo en el momento en que se disponía a marcharse ya de la casa.

Estruendo espantoso de un solitario trueno. Cae el agua con desconocida rabia y fuerza sobre Barcelona. Le llega de pronto una sensación de encierro y al mismo tiempo de ser más que capaz de atravesar las paredes. En algún lugar, al margen de uno de sus pensamientos, descubre una oscuridad que le cala los huesos. No le extraña demasiado, está acostumbrado a que esto pase en casa de sus padres. Lo más probable es que en esa oscuridad se haya aposentado, hace unos momentos, uno de los numerosos fantasmas húmedos —tranquilos fantasmas de algunos antepasados— que habitan este oscuro entresuelo.

Quiere olvidarse del espectro doméstico que le cala los huesos, y va hacia la ventana y ve entonces a un joven que sin paraguas y bajo la lluvia, plantado en medio mismo de la calle Aribau, parece estar espiando la casa. Puede que se trate de un fantasma superior. Y, en cualquiera de los casos, el joven es sin duda un fantasma del exterior, nada precisamente familiar. Intercambia con él un par de miradas. De aspecto que parece hindú, el joven lleva una chaqueta estilo Nehru, color azul eléctrico y botones dorados por toda la pechera. ¿Qué estará haciendo ahí y por qué viste así? Viendo que han abierto el semáforo y de nuevo suben por Aribau los coches, el desconocido termina de cruzar hasta la otra acera. ¿Es realmente una chaqueta estilo Nehru la que lleva? Tal vez sólo sea una americana a la moda, pero no está del todo claro. Únicamente alguien como él, que ha sido siempre tan atento lector de periódicos y que tiene ya una respetable edad, puede acordarse de personas como ese político de otros días, aquel hombre llamado Srî Pandit Jawâharlâl Nehru, líder indio del que hace cuarenta años se oía hablar mucho, y ahora nada.

Su padre de repente se revuelve en el sillón y, en un tono lúgubre, como si le estuviera consumiendo una febril melancolía, dice que le gustaría que alguien se lo explicara. Y lo repite dos veces, muy angustiado, jamás le había visto tan tenebroso: le gustaría que alguien se lo explicara.

—¿El qué, padre?

Cree Riba que se está refiriendo a los inmensos truenos, y con paciencia se pone a explicarle el origen y causas de ciertas tempestades. Pero pronto nota que suena ridículo lo que le dice y que, además, su padre le está mirando como a un estúpido. Hace una trágica pausa y la pausa se eterniza, ya no puede seguir hablando. Quizá ahora podría decidirse a contarles algo de Lyon. Incluso, tal como están las cosas, podría resultar oportuna una maniobra de distracción y que les hablara de la teoría literaria allí forjada y también que, inventando un poco, les dijera que escribió esa teoría en un papel de fumar y luego se la fumó. Sí, que les contara cosas así. O bien que, para enturbiarlo todo aún más, les hiciera esa pregunta que hace ya años que no les hace: «¿Por qué mamá se pasó a la religión católica? Necesito una explicación.»

Sabe que es inútil, que no contestarán nunca a eso.

También podría hablarles de Julien Gracq y de aquel día en que fue a visitarlo y salió con el escritor al balcón de su casa de Sion y éste se dedicó a contemplar los rayos y, con especial atención, lo que llamaba *desencadenamiento de energía equivocada*.

21

Su padre interrumpe la larga pausa para decirle, con una sonrisa de suficiencia, que está perfectamente informado de la existencia de esas nubes altocúmulos y de todo lo demás, pero que en ningún momento ha querido que le contara cosas que ya aprendió en su lejana etapa de escolar.

Sigue un nuevo silencio, aún más largo esta vez. Pasa el tiempo con una lentitud extraordinaria. Mezclados con la lluvia y con el desencadenamiento de energía equivocada, se oyen a la perfección los latidos del reloj de pared que, cuando estaba en otro cuarto de esta casa, fue testigo de su nacimiento, muy pronto hará sesenta años. Están todos de repente casi inmóviles, casi tiesos, exageradamente adustos. Y, como de costumbre, nada exuberantes, muy catalanes, a la expectativa de no se sabe qué, pero esperando. Se han adentrado en la más tensa de todas las esperas de su vida, como esperando al trueno que tiene que llegar. Están los tres ahora de repente completamente inmóviles, más a la expectativa que nunca. Sus padres son escandalosamente ancianos, eso está más que a la vista. No es extraño que no se enteren de que ya no tiene la editorial y de que la gente se acerca menos a él que antes.

—Yo hablaba del misterio —dice su padre.

Otra larga pausa.

—De la dimensión insondable.

Una hora después, ha dejado ya de llover. Se dispone a escapar de la encerrona en el entresuelo paterno cuando su madre le pregunta, casi inocentemente:

—¿Y ahora qué planes tienes?

Se queda callado, no esperaba la pregunta. No tiene

ningún plan en perspectiva, ni una maldita invitación a algún congreso de editores; ninguna presentación de un libro en la que caerse muerto; ninguna otra teoría literaria para escribir en un cuarto de Lyon; nada, pero es que nada de nada.

—Ya veo que no tienes planes —dice su madre.

Golpeado en su amor propio, permite que Dublín acuda en su auxilio. Se acuerda del extraño y asombroso sueño que tuvo en el hospital cuando cayó gravemente enfermo hace dos años: un largo paseo por las calles de la capital irlandesa, ciudad en la que no ha estado nunca, pero que en el sueño conocía perfectamente, como si hubiera vivido allí otra vida. Nada le asombró tanto como la extraordinaria precisión de los múltiples detalles. ¿Eran detalles del Dublín real, o simplemente parecían verdaderos a causa de la intensidad inigualable del sueño? Cuando despertó, seguía sin saber nada de Dublín, pero tenía la extraña certeza absoluta de haber estado paseando por las calles de esa ciudad durante largo rato y le resultaba imposible olvidar el único momento difícil del sueño, aquel en el que la realidad se volvía extraña y conmovedora: el instante en el que su mujer descubría que él había vuelto a beber, allí, en un bar de Dublín. Se trataba de un momento duro, intenso como ningún otro dentro de aquel sueño. A la salida del pub Coxwold, sorprendido por Celia en su indeseada nueva incursión alcohólica, se abrazaba conmovido a ella, y terminaban llorando los dos, sentados en el suelo de una acera de un callejón de Dublín. Lágrimas para la situación más desconsolada que hasta aquel día había vivido en un sueño.

—Dios mío, ¿por qué regresaste a la bebida? —decía Celia.

Momento duro, pero también raro, relacionado tal vez con el hecho de haberse recuperado del colapso físico y haber vuelto a nacer. Momento duro y extraño, como si hubiera un signo oculto y portador de algún mensaje detrás de aquel patético llanto de los dos. Momento singular por lo especialmente intensa que se volvía la intensidad misma del sueño en ese tramo —una intensidad que sólo había conocido anteriormente cuando en ciertas ocasiones, de un modo recurrente, había soñado que era feliz porque estaba en el centro del mundo, porque estaba en Nueva York— y porque de golpe, casi brutalmente, sentía que estaba ligado a Celia más allá de esta vida, un sentimiento intransmisible e indemostrable, pero tan fuerte y tan personal como verdadero. Momento que fue como una punzada, como si por primera vez en su vida sintiera que estaba vivo. Momento muy delicado, porque le pareció que contenía en sí mismo —como si el soplo de aquel sueño procediera de otra mente— un mensaje oculto que le situaba a un solo paso de una gran revelación.

—Mañana podríamos ir a Cork —le decía Celia.

Y ahí acababa todo. Como si la revelación les estuviera esperando en la ciudad portuaria de Cork, al sur de Irlanda.

¿Qué revelación?

Su madre carraspea impaciente al ver que está tan pensativo. Y Riba ahora teme que lea su pensamiento —siempre ha sospechado que, por tratarse de su madre, lo lee perfectamente— y descubra que su pobre hijo está predestinado a volver a entregarse a la bebida.

—Preparo un viaje a Dublín —dice Riba, ya sin darle más vueltas.

Hasta este preciso instante, habían sido más bien escasas, por no decir ninguna, las ocasiones en las que se le había pasado por la cabeza ir algún día a Dublín. No dominar el inglés le echó siempre atrás. Para los negocios, le bastó siempre con la feria de Frankfurt. A la feria de Londres enviaba a Gauger, el secretario, que resultó siempre providencial en los momentos en que el idioma inglés se hacía imprescindible. Pero tal vez ahora ha llegado el momento de que todo cambie. ¿Acaso no cambió para Gauger que, con los ahorros de su vida y con lo que sospecha Riba que le robó, se fue hace dos años a vivir a un gran hotel en la región de Tongariro, en Nueva Zelanda, donde le esperaba su hermanastra? Y, por cierto, ¿no era de Cork aquel joven amante que tuvo Celia antes de conocerle a él?

Su madre pregunta, con bello candor, qué va a hacer a Dublín. Y él le contesta lo primero que se le ocurre: que va el 16 de junio, a dar una conferencia. Sólo cuando ya ha contestado, repara en que en esa fecha se cumple precisamente el 61 aniversario de la boda de sus padres. Y, además, cae también en la cuenta de que el 61 y el 16 parecen las dos caras de un mismo número. El 16 de junio, por otra parte, es el día en que transcurre el *Ulysses* de Joyce, la novela dublinesa por excelencia y una de las cumbres de la era de la imprenta, de la galaxia Gutenberg, la galaxia cuyo ocaso le está tocando vivir de lleno.

—¿De qué va la conferencia? —pregunta su padre.

Breve titubeo.

—De la novela *Ulysses* de James Joyce y del paso de la constelación Gutenberg a la era digital —responde.

Ha sido lo primero que se le ha ocurrido. Después,

hace una pausa, y luego, como si le hubiera sido dictado por una voz interior, añade:

—En realidad quieren que hable del fin de la era de la imprenta.

Largo silencio.

—¿Cierran las imprentas? —pregunta su madre.

Sus padres, que no tienen —que él sepa— ni la más remota idea de quién es Joyce y menos aún de qué clase de novela está detrás del título *Ulysses* y a los que, además, les coge desprevenidos el tema del fin de la era de la imprenta, le miran como si acabaran de confirmar que, aun siendo muy beneficioso para su salud, últimamente está muy raro a causa del estado de sobriedad permanente en el que anda sumido desde que hace dos años dejara tan radicalmente el alcohol. Intuye que sus padres están pensando eso y mucho se teme, además, que tengan al pensarlo su parte de razón, pues la sobriedad constante le afecta, para qué engañarse. Está demasiado conectado al pensamiento y a veces desconecta fatalmente unos segundos y da respuestas que debería haber pensado mejor, como la que sobre *Ulysses* y la galaxia Gutenberg acaba ahora mismo de darles.

Debería haberles contestado algo distinto. Pero, como decía Céline, «una vez dentro, hasta el cuello». Una vez ya ha anunciado que va a Dublín, va a seguir metiéndose en el enredo, hasta el cuello, hasta donde sea necesario. Irá a Dublín. Faltaría más. Se permitirá comprobar, además, si es real la extraordinaria precisión de los múltiples detalles de su extraño sueño. Si en Dublín viera, por ejemplo, que existe un portón negro y rojo en la entrada de un pub llamado Coxwold, eso no significará más que en Dublín lloró de verdad, en el suelo, con Celia, en una escena conmovedora. ¿Cuándo? Tal vez antes de haber estado nunca.

Irá a Dublín, capital de Irlanda, país del que no sabe demasiadas cosas, tan sólo que, si no le falla la memoria —lo mirará después en *google*—, es un estado libre desde 1922, el año en el que precisamente —otra casualidad— nacieron sus padres. Sabe muy poco de Irlanda, aunque conoce buena parte de su literatura. W. B. Yeats, sin ir más lejos, es uno de sus poetas preferidos. 1922 es, además, el año en que se publicó *Ulysses*. Podría ir a celebrar los funerales de la galaxia Gutenberg a la catedral de Dublín, que es Saint Patrick, si no recuerda mal; allí, en aquel recinto sagrado, se volvió loco ya definitivamente Antonin Artaud cuando creyó que el bastón del santo era idéntico al que llevaba él.

Sus padres siguen mirándole como si pensaran que su estado de sobriedad tan constante le ha hecho extraviarse peligrosamente por los caminos del autismo; parecen estar recriminándole que se haya atrevido a hablarles de un tal Joyce sabiendo perfectamente que ellos no tienen ni idea de quién es ese señor.

Su padre se revuelve en su sillón y parece que va a protestar por algo, pero finalmente se limita a decir que le gustaría que le explicaran una cosa.

¿Otra vez? Parece que esté ahora autoparodiándose. ¿Será un rasgo de humor por su parte?

—¿El qué, padre? La tormenta ya se fue. ¿Qué más tenemos que explicarte? ¿La dimensión insondable?

Imperturbable, su padre continúa con lo que ha empezado y ahora quiere saber por qué han elegido precisamente a su hijo para disertar en Dublín sobre el ocaso de la constelación Gutenberg. Y, además, también quiere saber por qué su hijo no ha contado hasta el momento absolutamente nada de su viaje a Lyon. ¿No será que no ha ido allí y quiere ocultárselo a sus padres? Están acostumbrados a que les cuente sus viajes y su conducta de hoy es alarmantemente anómala.

—Puede, no sé, que tengas una amante y no hayas ido a Lyon con ella, sino al Tibidabo. Últimamente hay algunas cosas que haces muy mal, y yo como padre me veo en la obligación de advertírtelo —dice.

Está a punto Riba de contarle que a Lyon fue simplemente a celebrar un funeral por todas las teorías literarias que aún quedan en el mundo, incluida la que fue capaz de urdir él mismo allí en un hotel. Le gustaría poder decirle una cosa así, porque no le han hecho gracia estas últimas palabras paternas. Pero se contiene, se reprime. Se pone en pie, inicia la ceremonia de despedirse. Después de todo, ya no llueve. Y además sabe que cuando le riñen, suele ser un truco para simplemente retenerle un tiempo más en la casa. No puede continuar un minuto más ahí. Se da cuenta de que a veces permite demasiado que su padre controle su vida. No haber tenido descendencia y ser, además, hijo único ha podido contribuir a alargar esa situación de rara sumisión infantil, pero todo tiene un límite. Antaño, con su padre, tenían grandes peleas. Después, llegó la paz. Pero cree descubrir en él, en ocasiones como ésta, una cierta nostalgia de aquellos tiempos de las grandes discusiones, los fuertes enfrentamientos. Como si a su padre el combate cuerpo a cuerpo le divirtiera más que este remanso actual de paz y buen entendimiento. Es más, es posible que a su anciano padre discutir le haga sentirse mejor, e inconscientemente busque el enfrentamiento.

Aunque es un sentimiento reciente, adora de alguna

forma a su padre. Su inteligencia, su bondad secreta, sus desaprovechadas dotes para la escritura. Le habría gustado editarle una novela. Adora a ese hombre, siempre tan autoritario y tan afincado en su papel de padre decimonónico, que ha creado en su hijo la necesidad de ser un subordinado, de ser una persona obediente que muchas veces hasta acaba agradeciéndole que tenga la intención de dirigir sus pasos.

—¿De verdad que no quieres contar nada de Lyon? Es muy raro, hijo, muy raro —dice su madre.

Parecen empeñados en retenerle con futilidades el máximo tiempo posible, como si quisieran impedir que se fuera a su casa, tal vez porque en el fondo siempre han pensado que, por mucho que se haya casado y sea un editor muy respetado y tenga ya casi sesenta años, él continúa en pantalones cortos aquí.

Marco Polo se va, piensa en decirles. Pero calla, sabe que sería peor. Su padre le mira con rabia. Su madre le reprocha que haya estropeado una costumbre tan sólidamente asentada como la de contarles su último viaje. Le acompañan a la puerta, pero sin dar facilidades para que avance hacia la salida, casi se la taponan con sus cuerpos. Ya eres mayor, le dice su padre, y no se comprende que quieras ir a Dublín sólo para ver a ese amigo tuyo de la familia Ulises.

¡La familia Ulises! Ha de suponer que es una nota más de humor o ironía paterna de última hora. Llama al ascensor, que como siempre tarda en llegar a pesar de que sólo ha de subir un piso. No han querido aceptar nunca sus padres que, dada la poca distancia con la portería, pudiera él bajar a pie algún día, y no ha querido él, por su parte, ser el desaprensivo que rompiera la sagrada tradición de irse siempre en el aparatoso, antes tan lujoso, ascensor de toda la vida.

En el ínterin, le pregunta a su padre con sorna infantil si es que le disgusta que tenga un amigo. Y le recuerda que de niño no le dejaba tenerlos, se mostraba siempre celoso de ellos. Exagera, pero tiene un cierto sentido hacerlo. ¿Acaso no exagera también su padre? ¿Acaso, en su fuero más íntimo, no está su padre queriendo prohibirle que vaya a Dublín? Se rebela así contra él, contra sus secretos deseos de impedirle ir a Irlanda. Pero actúa en el fondo como lo haría un hijo pequeño, incapaz de maltratar seriamente al padre, y ya no digamos de asesinarlo, como cree recordar que recomendaba encarecidamente Freud.

Por mucha tendencia o vocación de esperador que tenga, y por mucha fibra heroica que habite en él, la espera de la llegada del ascensor se le hace infinita. Finalmente llega el viejo armatoste, vuelve de nuevo a despedirse de sus padres, entra en el ascensor, pulsa un botón, desciende. Grandísimo alivio, respira hondo. El descenso a la portería es, como siempre, muy lento, el ascensor está muy viejo. Mientras baja, cree dejar atrás toda la épica del patio familiar de ese entresuelo de la calle Aribau, donde de niño jugaba al fútbol, siempre eternamente solo. Luego ese patio sería un día el centro de su sueño más feliz, el sueño ligado a Nueva York.

Ya en la calle Aribau, mientras entra en un taxi, descubre que no tardará en llover. Había pensado que tras la gran tormenta remitiría la lluvia. ¿Y si lo comenta con el taxista? Espera que no sea como un taxista portugués, algo shakesperiano, que encontró en Lyon, el más teatral de todos los taxistas del mundo.

—Va a caer todavía más lluvia.

Por un momento, teme que el taxista le conteste como un personaje de *Macbeth* y le dé la famosa réplica:

—Déjala que caiga.

Pero no siempre —por no decir nunca— encuentra uno en Barcelona taxistas que hablen como personajes de Shakespeare.

—Ni que lo diga —contesta el hombre.

Encuentra en el taxi tiempo por fin para hojear el periódico del día, y da con unas declaraciones de Claudio Magris a propósito de *El infinito viajar*, su último libro. Simpatiza con todo lo de Magris. Le publicó, en tiempo ya casi inmemorial, *El anillo de Clarisse*. Y desde entonces mantiene con él una buena amistad.

El taxi se desliza por las calles de una Barcelona de luz sucia y que parece exánime después de la tormenta. Siempre teme absurdamente que los taxistas, viéndole parapetado tras el periódico, se hagan una falsa idea de él y piensen —es probable que se trate de un sentimiento muy infantil— que a pesar de haber ya hablado del tiempo no está ni mínimamente interesado por ellos y por lo que puedan contarle de sus penosas vidas. No sabe si hundirse en el periódico y leer las declaraciones de Magris o hablarle al taxista y preguntarle algo bien raro: por ejemplo, si ha paseado ya hoy por el bosque, o ha jugado al *backgammon*, o ha visto mucha televisión.

Este temor a que los taxistas le imaginen tan indiferente a ellos consigue a veces hacerle hojear el periódico muy furtivamente, pero ése no es el caso de hoy, pues acaba de decidir que nada ni nadie va a ser capaz de apartarle de Claudio Magris, que habla —una doble coincidencia muy llamativa— de *Ulysses* y de Joyce y de lo que precisamente está él haciendo ahora: volver a casa.

Le parece que ha de leer esta reaparición de *Ulysses* como un nada desdeñable mensaje cifrado. Como si fuerzas secretas —una de ellas el propio Magris con sus declaraciones— le estuvieran empujando cada vez más hacia Dublín. Levanta la cabeza, mira por la ventanilla, acaba el taxi de dejar la calle Aribau y está enfilando la Vía Augusta. A la altura de la avenida Príncipe de Asturias con Rambla de Prat, ve en una esquina a un joven que lleva una chaqueta Nehru color azul eléctrico. Se parece bastante al que vio antes bajo la lluvia delante de la casa de sus padres. Ya es casualidad dos chaquetas Nehru en tan poco tiempo.

Ve al joven sólo fugazmente, porque éste, casi de inmediato, como si temiera haber sido descubierto, dobla la esquina y se volatiliza con una asombrosa velocidad.

Es raro, piensa, se ha esfumado incluso hasta demasiado rápido. Aunque tampoco tan raro, ya está acostumbrado a ciertas cosas. Sabe que a veces aparecen personas que uno no se espera para nada.

Vuelve a la lectura del periódico, quiere concentrarse en la entrevista con Magris, pero acaba llamando a Celia por el móvil para avisarle de que ya está regresando a casa. Le tranquiliza el breve diálogo. Cuando cuelga, piensa que podría haberle contado que ha visto dos chaquetas estilo Nehru en muy poco tiempo. Pero no, tal vez ha sido mejor limitarse a decir que vuelve a casa.

Regresa a las noticias del periódico y lee que Claudio Magris opina que ese viaje circular de un pletórico Ulises que regresa a casa —el viaje tradicional, clásico, edípico y conservador de Joyce— ha sido sustituido a mediados del siglo xx por el viaje rectilíneo: una especie de peregrinaje, de viaje que procede siempre hacia delante, hacia un punto imposible del infinito, como una recta que avanza titubeando en la nada.

Podría ahora él verse como un viajero rectilíneo, pero no quiere plantearse muchos problemas, y decide que su viaje por la vida es tradicional, clásico, edípico y conservador. ¿O acaso no está volviendo en taxi a casa? ¿O acaso no va a casa de sus padres siempre que regresa de un viaje y, encima, los visita sin falta todos los miércoles? ¿O acaso no está preparando un viaje a Dublín y al centro mismo de *Ulysses* para días después, bonachonamente, regresar a Barcelona a su casa y a la casa de sus padres y contarles el viaje? Es casi innegable que lleva una vida en la más pura ortodoxia del viaje circular.

—¿Pasada la calle Verdi me ha dicho? —pregunta el taxista.

—Sí. Ya le aviso.

Cuando por fin entra en casa, saluda a su mujer, le da un beso. Sonríe feliz, como un bendito. Se conocen o se aman desde hace treinta años y, salvo en momentos muy críticos —como durante la última escalada de alcohol de hace dos años que desembocó en el colapso físico—, no se han cansado demasiado de vivir juntos. Le cuenta enseguida que su padre ha tenido un achaque melancólico y ha pedido que le explicaran el misterio de la dimensión.

Qué dimensión, pregunta ella. Era previsible que lo preguntara. Pues nada menos que la dimensión insondable, le contesta. Se miran, y aparece también una corriente de misterio entre ellos. ¿El misterio del que hablaba su padre? No puede evitar que su atención se desvíe hacia otras preguntas. ¿No hay en el fondo una dimensión insondable entre él y ella?

«Sin preguntar quién eras, / me enamoré. / Y seas tú quien seas, / siempre te querré», dice la ridícula letra naif de una canción de *Les Surfs* que sonaba cuando se conocieron, y enamoraron. Celia era entonces lo más similar a Catherine Deneuve que había visto en la vida. Hasta las gabardinas que llevaba y que la emputecían recordaban a las de Deneuve en *Les parapluies de Cherbourg*.

Y qué sabemos acerca de nosotros mismos, se pregunta. Cada día menos, porque encima Celia estudia, de un tiempo a esta parte, la posibilidad de hacerse budista; lleva unos meses contemplando esa *dulce eventualidad*, como la llama. Está ya casi convencida de que el potencial de alcanzar el Nirvana se encuentra en ella misma, y considera que está próxima a ver, con claridad y convicción, la verdadera naturaleza de la existencia y de la vida. A él no se le escapa que ese budismo en el horizonte puede terminar siendo un gran problema, del mismo modo que lo fue hace dos años aquella escalada de alcohol, que llevó a Celia a plantearse seriamente dejarle. De hecho, él está amenazado con quedarse solo si tiene un día la ocurrencia de volver a maltratarse con la bebida.

Se han quedado inmóviles los dos ahora, como si a ambos les preocuparan las cuatro mismas cuestiones, y eso les hubiera paralizado. La vida, el alcohol, el budismo, y sobre todo el desconocimiento que tienen el uno del otro.

Se han quedado los dos atenazados por un frío inesperado, como si de repente hubieran caído en la cuenta de que en el fondo son unos desconocidos el uno para el otro, y también para ellos mismos, aunque ella —bien que lo sabe él— confía en que el budismo pueda echarle una mano y le permita dar un paso espiritual adelante.

Sonríen nerviosos, buscan restarle tensión al momento raro. Tal vez él la ame con tanto delirio porque ella es una persona sobre la que no acaba de saberlo nunca todo. Siempre le fascinó, por ejemplo, que Celia fuera una de esas mujeres que no acaban de cerrar nunca del todo los grifos. Han sido los grifos abiertos una constante en su matrimonio, del mismo modo que —si la comparación es posible— también lo han sido sus problemas con el alcohol.

Cree que siempre ha combinado inmejorablemente bien esa relativa ignorancia sobre Celia con su completa ignorancia sobre sí mismo. Como comentó una vez en *La Vanguardia*: «No me conozco. Mi catálogo editorial parece haber ocultado ya para siempre a la persona que está detrás de los libros que fui publicando. Mi biografía es mi catálogo. Pero falta el hombre que estaba ahí antes de que me decidiera a ser editor. Falto yo en definitiva.»

—¿En qué piensas? —le pregunta Celia.

Le molesta haber sido interrumpido y reacciona de forma rara y le dice que estaba pensando en la mesa del comedor y en las sillas del recibidor, que son perfectamente reales, y en la cesta de fruta que perteneció a su abuela, pero que, aun así, está también pensando que cualquier loco podría entrar por la puerta en algún momento y opinar que las cosas no están tan claras.

Enseguida queda consternado, pues se da cuenta de que lo ha complicado todo innecesariamente. Su mujer está ahora indignada.

—¿Qué sillas? —dice Celia—. ¿Qué recibidor? ¿Y qué loco? Seguro que me ocultas algo. Vuelvo a preguntarte. ¿En qué piensas? ¿No habrás vuelto a beber?

—Pienso en mi catálogo —dice Riba, y baja la cabeza.

Desde que dejó de beber, apenas hay peleas matrimoniales con Celia. Eso ha sido un grandísimo avance en sus relaciones. Antes, eran combates duros, y no ha querido excluir nunca la idea de que fuera él, con su maldito alcohol, siempre el culpable. Cuando las peleas eran más fuertes, Celia solía meter unas cuantas cosas en su maleta, que luego sacaba al rellano. Después, si le entraba sueño, ella se iba a la cama, pero la maleta la dejaba afuera. De este modo, los vecinos siempre sabían cuándo se habían peleado: la maleta reflejaba lo sucedido la noche anterior. Poco antes de que él tuviera el colapso físico, Celia lo abandonó de verdad y estuvo dos noches fuera de casa. De no haber tenido los problemas de salud y haberse visto obligado a dejar la bebida, es más que probable que hubiera terminado por perder a su mujer.

Le cuenta de golpe a ella que en junio, el día 16, piensa ir a Dublín.

Le habla del aniversario de boda de sus padres y también del *Ulysses* de Joyce, y finalmente del sueño premonitorio, en especial de la borrachera a la salida de un pub llamado Coxwold y del llanto desconsolado y emocionante de los dos, sentados en el suelo, al fondo de un callejón irlandés.

Son demasiados asuntos en tan poco tiempo. Acaba, además, teniendo la sensación de que Celia está a un paso de decirle que la ausencia de alcohol en su vida y el aislamiento cotidiano de catorce horas en el ordenador le han calmado y son sin duda una bendición, pero le están dejando cada día más autista. O, por decirlo con mayor precisión, más *hikikomori*.

—¿A Dublín? —pregunta sorprendida—. ¿Y qué vas a hacer ahí? ¿Volver a la bebida?

—Pero Celia —hace un gesto como si se armara de paciencia—, el Coxwold sólo es el bar de un sueño.

—Y, si no he entendido mal, también el lugar de una premonición, querido.

Le interesa a Riba desde hace días todo lo que gira en torno al tema de los *hikikomori*, que son autistas informáticos, jóvenes japoneses que para evitar la presión exterior reaccionan con un completo retraimiento social. De hecho, la palabra japonesa *hikikomori* significa *aislamiento*. Se encierran en una habitación de la casa de sus padres durante periodos de tiempo prolongados, generalmente años. Sienten tristeza y apenas tienen amigos, y la gran mayoría duermen o se tumban a lo largo del día, y ven la televisión o se concentran en el ordenador durante la noche. Le interesa mucho a Riba el tema porque desde que dejó la editorial y el alcohol, se está replegando en sí mismo y convirtiendo, en efecto, en un misántropo japonés, un *hikikomori*.

—Voy a Dublín a un funeral por la era de la imprenta, por la era dorada de Gutenberg —le dice a Celia.

No sabe cómo ha sido, pero le ha salido de dentro. Ella le mira como si quisiera atravesarle con los ojos. Silencio. Inquietud. Rectifica antes de que ella se ponga a gritar.

—Entiéndase bien. El funeral, siempre demorado, de la literatura como arte en peligro. Aunque en realidad la pregunta sería: ¿qué peligro?

Nota que él mismo se ha metido en un lío.

—Te comprendería muy bien —prosigue— si me preguntaras qué peligro. Porque de hecho lo que más me interesa de ese peligro es el matiz literario que tiene.

Cree que será ahora cuando su mujer libere su alma airada, y ocurre lo contrario, pues comienza a llegarle una impresión de repente cálida, de cierta intensidad amorosa. Pero es también como si Celia se hubiera apiadado de él. ¿Será así? ¿O tal vez se ha apiadado de la era dorada de Gutenberg, que para el caso quizá sea lo mismo? ¿O es que simpatiza con el peligro, visto desde el punto de vista literario?

Celia le mira, le sonríe, le pregunta si, a pesar de los días que han pasado, se acuerda de que le había pedido que alquilara la única película de David Cronenberg que le falta por ver. Le enseña el DVD de *Spider*, la película recién alquilada, y propone cariñosamente que la vean antes de la cena.

En efecto, le gusta Cronenberg, uno de los últimos directores que le quedan al cine. Pero le parece todo algo extraño, porque nunca pidió ver esa película en casa. Da una ojeada al DVD y lee que el film trata de «la incomunicación de un solitario con un mundo inhóspito».

—¿Soy yo? —pregunta.

Celia ni contesta.

El joven Spider es el último en descender de un tren en la primera secuencia de la película, y enseguida puede verse que es diferente a los demás pasajeros. Algo parece haber nublado seriamente su cerebro, se trastabilla al bajar con su pequeña y rara maleta. Es guapo, pero tiene todo el aspecto de ser un gran perturbado, tal vez un solitario en pleno momento de incomunicación con un mundo inhóspito.

Celia le pregunta si ha observado que, a pesar del calor, Spider lleva cuatro camisas puestas. Pues no, no había reparado en ese peculiar detalle. Se excusa y dice que aún no ha tenido ni tiempo de concentrarse en la película. Además, dice, no se suele fijar en ese tipo de detalles.

Ahora se molesta en contar las camisas. Y ve que es cierto. Lleva cuatro en pleno verano. ¿Y qué decir de la maleta? Es muy pequeña y vieja y, cuando Spider la abre, se puede ver que sólo contiene objetos inútiles y un pequeño cuaderno donde, con una letra muy minúscula, anota sus ilegibles impresiones.

Celia le pregunta por la escritura de Spider, quiere saber si no le recuerda a la de Robert Walser cuando se hizo microscópica. Pues la recuerda, es cierto. La introvertida y microscópica caligrafía del frágil joven que responde por el nombre de Spider hace pensar en aquellos días en los que, antes de entrar en el primer manicomio, la letra del autor de *Jacob von Gunten* se fue haciendo cada vez más pequeña en su idea obsesiva de desaparición y eclipse. Celia quiere entonces saber si se ha fijado en que apenas hay nadie en las calles del lúgubre e inhóspito East End londinense por las que deambula Spider.

Repara en que Celia no ha parado de hacerle preguntas desde que comenzó la película.

—¿Te han dicho que trataras de averiguar si todavía sé concentrarme y fijarme en las cosas del exterior? —acaba preguntándole.

Celia parece habituada a que le hable así y a que sus respuestas le lleguen en una dirección inesperada, no conectadas necesariamente con las preguntas.

—Tú me tienes que querer. Lo demás da igual —dice ella, rotunda.

Riba anota la frase en su cerebro, todo lo apunta. Quiere pasar la frase después al ordenador, donde tiene abierto un documento *world* en el que colecciona frases.

Tú me tienes que querer, lo demás da igual. Eso es

nuevo, piensa. O tal vez es que ella lo formulaba antes de otra forma, aunque viniera a decir lo mismo. Puede que sea una frase ya budista, quién sabe.

Pronto le parece que Spider escucha y espía su conversación, y hasta sus pensamientos. ¿No será que él mismo es Spider? No puede negar que el personaje le atrae. Es más, en el fondo le gustaría ser Spider, porque en algunas cosas se identifica plenamente. Para él, no es sólo un pobre loco, sino también el portador de una sabiduría subversiva, una sabiduría que le interesa mucho desde que tuvo que cerrar la editorial. Tal vez sea exagerado pensar que es Spider. Pero ¿acaso no le han acusado muchos de leer su vida como si fuera el manuscrito de un autor desconocido? ¿Cuántas veces ha tenido que oír que leía su vida de un modo anómalo, como si fuera un texto literario?

Ve mirar a Spider hacia la cámara, luego cerrar la maleta, caminar un rato por calles frías y desiertas. Le ve actuar como si hubiera entrado en su sala de estar. Se mueve por ella como si ésta fuera un barrio marginal de Londres. Spider viene de un manicomio y se dirige a un lugar teóricamente más suave, sólo un poco más suave, a un hospicio o instituto de ayuda psiquiátrica, situado casualmente en el mismo barrio londinense donde transcurrió su niñez, lo que será la causa directa de que fatalmente comience a reconstruir su infancia.

Cuando Riba ve que Spider reconstruye su infancia con engañosa fidelidad a los hechos, se pregunta si no será que también su enmarañada vida mental no se aleja nunca del barrio de la infancia. Porque él mismo ahora también está pensando en sus primeros años y en su santa inocencia de entonces. Ve un sombrero de paja bajo el sol, unos zapatos canela, unos pantalones con vuelta. Ve a su profesor de latín, que era de origen inglés. Y después no lo ve. Ay, ya se sabe, hay gente que tal como ha aparecido, desaparece muy poco después. El profesor de latín, que era tísico y tenía una escupidera junto a la pizarra. Son retazos de su infancia en el Eixample, el céntrico barrio de Barcelona. A menudo, en aquellos días, se sentía estúpido, recuerda Riba. Ahora también, pero por motivos distintos: ahora se siente estúpido porque le parece que sólo posee una inteligencia *moral*; es decir, una inteligencia que no es ni científica, ni política, ni financiera, ni práctica, ni filosófica, etc. Podría tener una inteligencia más completa. Siempre se creyó inteligente y ahora ve que no lo es.

—Son muy raros los locos —dice Celia—. Pero interesantes, ¿verdad?

Vuelve a parecerle que su mujer trata de ver cómo reacciona ante la figura de Spider, y así poder medir su propio grado de demencia y de estupidez. Quizá incluso lee su pensamiento. O quién sabe, quizá quiere solamente saber si se identifica de forma muy emocionada con ese individuo tan aislado, ensimismado, perdido en un mundo inhóspito. La película es un paseo por el East End de un trastornado. Vemos la vida tal como este loco la registra y captura. Vemos la vida tal como nos la va filtrando el mísero entramado mental de ese joven de maleta rara y libreta con caligrafía microscópica. Es una vida que el pobre demente ve horrible y criminal, pavorosamente escasa y de una escalofriante tristeza y grisura.

—¿Y has visto qué escribe en la libreta? —pregunta Celia, como si sospechara que está tan sumido en sus propios pensamientos que ni ve la película.

Nota que le falta algo. Una libreta, por ejemplo. Como

la de Spider. Aunque pronto cae en la cuenta de que la libreta en realidad ya la tiene; es ese documento *world* en el que a veces incluye frases sueltas que le gustan.

Si dependiera sólo de él, ahora se dedicaría a añadir música de Bob Dylan a las imágenes de *Spider*. Dylan cantando, por ejemplo, *Most Likely You Go Your Way*, una pieza que siempre le estimula.

—No, no veo qué escribe en la libreta, ¿por qué tendría que verlo? —le responde finalmente a Celia.

Ella detiene la imagen para que vea mejor lo que Spider caligrafía en el dichoso cuaderno. Son signos primitivos, palos o palillos doblados, tan incompletos que no llegan ni a palos ni a palillos y, por supuesto, no pueden llegar a pertenecer al alfabeto de ningún jeroglífico. Dan verdadero pánico. Se miren como se miren, esos palillos componen tan sólo el cuadro clínico del sinsentido de la locura.

Aunque sólo muy vagamente, Spider le recuerda al personaje de *El hombre que duerme*, de Georges Perec, uno de los libros preferidos de su catálogo. ¿Por qué le atrae tanto la figura de este Spider, de este pobre desvalido, débil mental que anda confundido y perplejo por una vida que no comprende? Tal vez porque hay algo en Spider y en parte también en el personaje de Perec, que es común a todo el mundo, que es común a todos. Eso hace que a veces se identifique con Spider, y en otras con «el hombre que duerme», que a su vez le trae el recuerdo de *Il deserto rosso*, la película de Antonioni, de 1964, donde Monica Vitti interpretaba a un personaje de perfil errante, un Spider en versión femenina y *avant la lettre*, una mujer perdida en un paisaje industrial hermético en el que la calma de las apariencias no neutralizaba su incapacidad de establecer una comunicación adecuada con lo que la rodeaba. Ese naufragio permanente, ese desmayo emocional, la abocaba a convertirse en un ser temeroso que, incapaz de afrontar una realidad que escapaba totalmente a su comprensión, avanzaba por espacios vacíos, por un desierto metafísico.

Por lo que va viendo, en *Spider* el clima mental establece sutiles lazos —muy especialmente a través de la fotografía de Peter Suschitzki, que refleja un estado deprimido de ánimo— con el estilo que siempre ha admirado de *Il deserto rosso*. También aquí, como sucedía en aquella película, se percibe la evidencia de que la inutilidad de cualquier intento de construir racionalmente el mundo exterior implica necesariamente la incapacidad de crear una identidad propia. Y llegado a este punto, de nuevo Riba se pregunta si no será que él mismo es Spider. Al igual que éste, tiene trato a veces con ciertos fantasmas.

Cuando, en la secuencia más memorable de la película, Spider trata de saber quién es, le vemos llegar a tejer una maraña de cuerdas en su habitación, como una telaraña mental que parece reproducir el pavoroso funcionamiento de su cerebro. En cualquier caso, estos dificultosos intentos por recomponer su propia personalidad se revelarán enseguida como ineficaces. Camina por las inhóspitas calles de su East End londinense, por las frías y viejas rutas de su infancia irrecuperable: ha perdido toda conexión con el mundo, no sabe quién es; acaso no lo supo nunca.

Cree ahora Riba oír extrañas voces en la penumbra, y se pregunta si no será el genio de la infancia que un día pareció ausentarse para siempre. ¿O tal vez el fantasma del escritor genial que como editor siempre deseó descubrir? Ha arrastrado toda la vida un profundo malestar por esas ausencias. Sin embargo es mucho peor el ruido sordo de ciertas presencias, el runrún del *mal del autor*, por ejemplo, un zumbido que no cesa, una verdadera mosca cojonera.

Ese extraño zumbido es un mal natural de los editores. Algunos lo escuchan más que otros, pero ninguno se libra completamente de él. Hay casos extremos, aunque Riba nunca estuvo entre éstos. Son los de aquellos editores —los que tienen más agudizado el *mal del autor*— que preferirían publicar libros que no los hubiera escrito nadie, pues así evitarían el zumbido y verían de paso cómo la gloria de lo que han editado sería sólo para ellos.

Del mismo modo que la muerte acoge en su interior al *mal de la muerte*, es decir a su propio mal, hay editores a los que corroe su hidra más íntima, el *mal del autor*, que es un rumor de fondo, cuyo sonido recuerda al crujido de unas hojas secas.

Un día, en Amberes, Riba le habló del crujido a Hugo Claus. Le habló de su condena a convivir con el *mal del autor* y le comentó que su cerebro estaba siempre taladrado por la pena, por ese tenaz monstruo íntimo de zumbido cabrón, que parecía estar siempre recordándole que nada podía ser en la vida sin él, sin el *mal*, sin aquel ruido de fondo, sin aquel crujido tan despiadado, implacable; siempre recordándole que el *mal*, el rumor de las hojas secas, era pieza imprescindible del mecanismo diabólico de su relojería mental.

Hugo Claus, tan famoso por *La pena de Bélgica*, le compadeció en silencio y luego se limitó a comentar:

—La pena del editor.

La angustia que transmite todo atisbo de demencia le va dejando perdido en una deriva extraña por el peligroso barrio infantil que hay en los límites de su mente, allí donde sabe que en cualquier momento puede perderse para siempre. Pero en el último segundo logra escapar del peligro cambiando de pensamientos, recordando, por ejemplo, que tiene inteligencia *moral*, aunque algunas veces le parezca muy poco tener sólo eso y otras mucho. Y escapa finalmente del peligro recordando también que el mes que viene irá a Dublín. Y recordando una frase de Monica Vitti en *Il deserto rosso*, una frase que a decir verdad —ahora cae en la cuenta— es casi tan peligrosa como lo puede ser para todo el mundo el East End más delirante y más obsesivamente particular:

—Me hacen daño los cabellos.

También él podría decir ahora lo mismo. Spider seguro que lo diría. Spider, que anda tan perdido por la vida, no sabe que podría imitarle y reconstruir su personalidad adaptando los recuerdos de otras personas, podría convertirse en John Vincent Moon, un héroe de Borges, por ejemplo, o en un conglomerado de citas literarias; podría pasar a ser un enclave mental donde pudieran cobijarse y convivir varias personalidades, y lograr así, quizá sin tan siquiera demasiado esfuerzo, configurar una voz estrictamente individual, soporte ambiguo de un perfil heterónimo y nómada...

No cabe duda de que tiene cierta facilidad para, valiéndose de la imaginación y el pensamiento, irse por las ramas y complicarse la vida. Parece un discípulo de Carlo Emilio Gadda, aquel escritor italiano al que le publicó tres libros y que fue un neurótico tan admirable como descomunal: se volcaba enteramente en la página que estaba escribiendo, con todas sus obsesiones. Y todo le quedaba incompleto. En un texto breve sobre el *risotto alla milanese* se complicó tanto la vida que acabó describiendo los granos de arroz, uno por uno —incluidos cuando estaban todavía cada uno revestidos por su envoltura, el pericarpio—, y no pudo naturalmente acabar nunca el artículo.

Tiene Riba tendencia a leer la vida como un texto literario y a veces a ver el mundo como una maraña o un ovillo. Y en ese momento, como sea que Celia interrumpe la película y su reflexión sobre Gadda y el *risotto* y su digresión sobre John Vincent Moon para decir, en el tono más prosaico posible, que calentará luego en el horno las patatas gratinadas con bechamel que han quedado del almuerzo, le viene a la memoria una cita de Jules Renard, un fragmento perfecto: «Una joven de Londres dejó el otro día esta carta: "Voy a suicidarme, la comida de papá está en el horno."»

Le parece que Celia actúa ya como si fuera budista, y también como si estuviera convencida de que todo lo que él piensa le lleva a perderse peligrosamente en los límites de su East End.

Para no perderse tanto, Riba gira levemente su vista hacia la izquierda, hacia la cocina. Las patatas gratinadas, en efecto, están ya en el horno. Pero no se le escapa que ésa es tan sólo una verdad relativa, pues en cualquier momento una loca, o el mismo Spider, podrían entrar por la puerta de imprevisto y negar esta evidencia y todas las demás, todas, incluida la sobria verdad de las patatas gratinadas.

Al término de la visión de *Spider*, se lanza como un desesperado al ordenador. Las horas que lleva de abstinencia digital han estado a punto de provocarle una crisis de nervios. Y de profundo dolor de cabellos. En contrapartida, no estar sentado frente al ordenador ha hecho que remitieran ligeramente las molestias en la rodilla de la pierna derecha, que atribuye al exceso de ácido úrico, aunque en realidad podría tratarse simplemente de artritis, la entrada ya plena en la vejez, para qué engañarse.

Se ha sentado ante la pantalla del ordenador poniendo la misma cara que Spider cuando muestra nítidamente su incomunicación con un mundo que no comprende. Primero, busca últimas noticias en *google* sobre él. Al igual que en los últimos días, no hay ninguna. Navega luego un rato por los más diversos lugares y da finalmente con un artículo que le parece curiosamente relacionado con su decisión de celebrar un funeral en Dublín. En él se habla de que se llegará más pronto de lo esperado a una digitalización de todo el saber escrito y a la desaparición de los autores literarios en aras de un único libro universal, de un flujo de palabras prácticamente infinito, lo que se alcanzará, naturalmente, dice el articulista, a través de Internet.

Le llega al alma *la desaparición de los autores literarios*. No deja siempre de conmoverle esa realidad que la Red anuncia para el futuro, cada día con más claridad. «Pero veamos —dice el articulista—: si el previsto final del libro impreso ya provoca en el lector tradicional más que extrañeza, rechazo, ¿qué decir del escritor que ve en este vértigo una especie de atentado al objetivo y la naturaleza de su trabajo? Pero, al parecer, el rumbo está definido y la suerte de la tinta y el papel está echada. No habrá alegato que logre distraer su penoso destino, ni clarividente o profeta que pueda precaver su supervivencia. El funeral ha iniciado su marcha, y de nada vale que quienes conservamos nuestra fidelidad a las hojas impresas protestemos y rabiemos en medio de la desesperanza.»

Le impresiona que el articulista haya hablado de que *el funeral ha iniciado su marcha.* Luego, decide entrar en el correo electrónico y encuentra el esperado e-mail de una amiga, Dominique González-Foerster, que por fin le narra con todo detalle la *instalación* que prepara para finales de julio en la Sala de Turbinas de la Tate Modern. Desde que hace cinco años publicara un libro muy completo sobre la obra de Dominique, se han hecho buenos amigos. Le parece que dentro del declive general en el que ha entrado su vida la amistad con la artista francesa es de las pocas cosas que escapan a su desastre general.

En las *instalaciones* de Dominique le ha fascinado siempre la forma en que ella enlaza literatura y ciudades, películas y hoteles, arquitectura y abismos, geografías mentales y citas de autores. Es una gran amante del arte de las citas y muy concretamente del *procedimiento* de Godard en su primera época, cuando insertaba citas, palabras de otros —reales o inventadas— en medio de la acción de sus películas.

Últimamente, Dominique trabaja en un ambiente de gran pasión por las frases ajenas y trata de ir construyendo una cultura apocalíptica de la cita literaria, una cultura de fin de trayecto y, en definitiva, de fin de mundo. En su *instalación* para la Sala de Turbinas, Dominique quiere en parte situarse en la estela de Godard en su dinámica relación con las citas al tiempo que emplazar al visitante en un Londres de 2058 en el que llueve cruelmente, sin tregua alguna, desde hace años.

La idea —le cuenta Dominique en su correo— es que se vea que un gran diluvio ha transformado Londres, donde la caída incesante de lluvia en los últimos años ha provocado extraños efectos, mutaciones en las esculturas urbanas, que no sólo se han visto erosionadas e invadidas por la humedad, sino que han crecido de forma monumental, como si fueran plantas tropicales o gigantes sedientos. Para detener esa *tropicalización* o crecimiento orgánico, se ha decidido almacenarlas en la Sala de Turbinas, rodeadas por cientos de literas metálicas que acogen, día y noche, a *hombres que duermen*, y otros vagabundos y refugiados del diluvio.

En una pantalla gigante piensa Dominique proyectar una extraña película, más experimental que futurista, que reunirá fragmentos de *Alphaville* (Godard), de *Toute la mémoire du monde* (Resnais), de *Fahrenheit 451* (Truffaut), de *La Jetée* (Chris Marker), de *Il deserto rosso* (Antonioni): toda una estética de fin del mundo, muy acorde con la atmósfera de fin de trayecto en la que vive instalado el propio Riba de un tiempo a esta parte.

En cada litera habrá como mínimo un libro, un volumen que, con modernos tratamientos correctores, habrá sobrevivido a la humedad delirante provocada por las lluvias. Habrá ediciones inglesas de libros de autores casi todos publicados por Riba: libros de Philip K. Dick, Robert Walser, Stanislav Lem, James Joyce, Fleur Jaeggy, Jean Echenoz, Philip Larkin, Georges Perec, Marguerite Duras, W.G. Sebald...

Y, tocando una música indefinida entre las literas metálicas, habrá unos músicos que serán como un eco de la última orquesta del *Titanic* y que mezclarán instrumentos de cuerda con guitarras eléctricas. Tal vez lo que interpreten sea el desfigurado jazz del futuro, quizá un estilo híbrido que habrá de llamarse algún día *Mariembad eléctrico*.

La convivencia de la música con la lluvia, los libros, las esculturas, las citas literarias y las literas metálicas —por donde Riba, no sabe por qué, imagina que asomarán réplicas de Spider, fantasmas ambulantes por todas partes— darán posiblemente un resultado extraño, como si hubiera llegado —termina diciéndole Dominique— la hora de los espectros y marcháramos todos perdidos ya por entre los restos de un gran naufragio vital, de un fin del mundo.

Será un poco, piensa Riba, como el salón de la casa de mis padres, donde afuera no falta últimamente la lluvia y donde dentro siempre hay espectros y una atmósfera inconfundible de fin del mundo.

Se queda ensimismado ante el ordenador al recordar de pronto ese terrible día de la semana pasada en el que, tierno y ridículo a la vez, paseó al caer la tarde, bajo un ligero temporal de lluvia, con su viejo impermeable, la camisa con el cuello roto y levantado, los grotescos pantalones cortos, el pelo enormemente aplastado por el agua. Le deslumbraban los faros de los coches, pero él siguió andando por las calles del barrio, concentrado en sus pensamientos. Era consciente de lo extraño que era su aspecto bajo la lluvia —sobre todo por los pantalones cortos—, pero también de que ya aquello no tenía solución, es decir, que ya era tarde para intentar arreglar las cosas. Se había pasado horas hipnotizado frente al ordenador y, en un arrebato de lucidez, había decidido salir disparado hacia la calle para airearse como fuera. Salió tal como iba, idéntico a como andaba por casa. Siete horas seguidas había pasado encerrado en su cuarto. Era en realidad poco tiempo si se pensaba que su ración diaria de encierro solía ser aún mucho más severa. Pero aquel día se sintió especialmente sensible al encierro. Asustado de sí mismo por el aislamiento excesivo, se había lanzado a la calle con la vieja gabardina, pero había cometido el error de olvidarse del paraguas, y ya era demasiado tarde para volver atrás, para volver a subir a casa a buscarlo y de paso cambiarse los pantalones, tan cortos y ridículos debajo de la gabardina. Sin duda, dejó una imagen penosa a los vecinos, ni siquiera justificable diciendo que, como editor venido a menos, tenía un comprensible punto de locura. Durante un rato, como si le resultara indiferente la lluvia, se le vio avanzar, fantasmal, como si fuera uno de esos tipos que tanto predominaban en algunas de las más celebradas novelas que publicaba: esos desesperados de aire romántico, siempre solitarios, sonámbulos bajo la lluvia, siempre andando por carreteras perdidas.

Ha admirado siempre a los escritores que cada día emprenden un viaje hacia lo desconocido y sin embargo están todo el tiempo sentados en una habitación. Las puertas de sus cuartos están cerradas, nunca se mueven, y sin embargo el confinamiento les proporciona una absoluta libertad para ser quienes deseen ser, para ir donde les lleven sus pensamientos. A veces enlaza esta imagen de los solitarios en sus cuartos de escritura con la que ha sido la obsesión de toda su vida: la necesidad de capturar a un genio, a un joven que fuera muy superior a los otros y que viajara mejor que nadie por su cuarto. Le habría gustado descubrirlo y publicarlo, pero no lo encontró y menos parece que vaya a encontrarlo ahora. En todo caso, siempre ha sospechado que existir existe. Es sólo, piensa Riba, que permanece en la sombra: en la soledad, en la duda, en la interrogación; por eso no lo encuentro.

Celia está justo a su lado y, al observar con cierta alarma el desmesurado ensimismamiento que se ha apoderado de él, decide intervenir, devolverle —en la medida de lo posible— al mundo real.

—Volvamos, si no te importa —le dice—, a ese réquiem en Dublín. ¿Un réquiem en honor de quién has dicho?

Va a repetirle que es un réquiem por la era de la imprenta, un funeral por una de las cumbres de la galaxia Gutenberg, cuando de golpe se cruzan en su mente *Ulysses* y las pompas fúnebres a las que acude Bloom en Dublín el 16 de junio de 1904, y se acuerda del sexto capítulo del libro, de cuando a las once de la mañana Bloom se une al grupo que va al cementerio a despedir al muerto del día, a Paddy Dignam y atraviesa la ciudad hasta el Prospect Cemetery en un coche en el que van Simon Dedalus, Martin Cunningham y John Power, para los que Bloom no deja de ser un forastero. Bloom, por su parte, se une al grupo muy a su pesar, porque no ignora que ellos desconfían de él, porque saben de su masonería y judaísmo, y porque a fin de cuentas Dignam era un patriota católico que se vanagloriaba de su pasado y del de Irlanda. Y, además, era tan buen hombre que se dejó matar por el alcohol.

—¿La bebida, eh?
—El defecto de muchos hombres buenos —dijo el señor Dedalus con un suspiro.

Recuerda cuando se detienen delante de la capilla mortuoria. Es un capítulo triste, una meditación sobre la muerte, el más triste que ha leído en su vida. El gris entierro de un proletario alcohólico. Se describen todos los detalles de la caravana mortal y uno espera que en algún momento aparezca la alegría en forma de rosa, de rosa profunda, como diría Borges. Pero esa alegría se hace esperar, por no decir que no llega nunca. También el proceso de sepultura del muerto es largo y complejo. Y la tumba es profunda como una rosa. Nada tan cierto como que nunca leyó algo tan triste como aquel capítulo perfectamente gris del libro de Joyce. Al final, sobre el ataúd dejan unas coronas mohosas, colgadas en remates, guirnaldas de hoja de bronce. Habría sido mejor que hubiera rosas, comenta el narrador, ya que siempre son más poéticas.

—¿Un réquiem por quién? —insiste Celia.

Quiere evitar a toda costa que le siga viendo como un enajenado o un *hikikomori* ya definitivamente pasado de rosca, pero con su respuesta no logra que ella pueda verlo de otra forma.

—Por Paddy Dignam —le dice.

—¿Por Paddy qué?

—Dignam, Paddy Dignam, el de la nariz roja.

Habría sido mejor que no dijera nada.

Antes de acostarse, aún miran un rato la televisión. Ven el final de una película americana, donde hay un entierro bajo la lluvia. Muchos paraguas. Reconoce, con una satisfacción enorme, el cementerio de Woodlawn, en el Bronx, donde él estuvo en su segundo y por ahora último viaje de su vida a Nueva York. Fue a ese camposanto para ver la tumba de Herman Melville. Lo reconoce por el estilo de las lápidas y porque el sitio le quedó muy grabado en la memoria, y también porque al fondo puede verse la estación del tren elevado en la que descendió para visitar aquel lugar. Aunque ve a Celia muy absorta en la escena del entierro, interviene para decir que él ha pisado aquel cementerio, que lo reconoce por la estación de tren que hay al fondo y que le resulta muy familiar. Celia no sabe qué decirle.

—¿Te impresiona ver un lugar donde yo he estado, o te impresiona más la escena del funeral? —le pregunta con un cierto tono provocador.

Celia elige seguir absorta en la película.

No sabe por qué quiere ir a Dublín. No cree que sea sólo porque le fascine la idea de quedarse aguardando al 16 de junio para viajar a un lugar a donde nadie le ha llamado. Ni tampoco cree que sea únicamente porque considere que debe ir allí y después contárselo a sus padres, compensarles de esta forma por no haberles dicho nada de Lyon. Ni tampoco cree que quiera ir a Dublín únicamente porque piense que, de ser cierta la premonición, podría ser que se encontrara a las puertas de una gran revelación acerca del secreto del mundo, una revelación que le esperaría en Cork. Ni cree que sea tan sólo —aunque también por esto quiere ir allí— porque piense que si va a Dublín se acercará de algún modo, un poco más, a su adorada Nueva York. Ni siquiera cree que quiera ir a Dublín exclusivamente porque desee entonar un sentido réquiem por la cultura de la era de Gutenberg y de paso entonar un réquiem por sí mismo, editor literario tan cuesta abajo.

Tal vez quiere ir a Dublín por todos esos motivos y también por otros que se le escapan y se le escaparán siempre.

A ver, ¿por qué quiere ir a Dublín?

Se lo pregunta en silencio dos veces seguidas. Es posible que exista una respuesta para esa pregunta, pero también que jamás llegue a saber exactamente cuál es.

Y es posible incluso que no conocer en su totalidad las causas por las que va a Dublín forme parte del propio sentido del viaje, del mismo modo que el hecho de todavía ignorar por completo el número de palabras de su réquiem puede ayudarle a pronunciar en Dublín una buena oración fúnebre.

Irá a Dublín.

A la mañana siguiente, una hora después de despertarse y con el tiempo ya milimetrado, Celia se dispone a ir a trabajar a su oficina en el museo. Hay gran paz en su rostro, serenidad, tranquilidad. Se diría que son las consecuencias de su más que próxima conversión al budismo.

Celia se mueve siempre con entusiasmo, con empuje envidiable. Se la ve desamparada y a la vez —ambos extremos son necesarios— posee una fuerza que da miedo. En algunas ocasiones, a él le trae a la memoria aquello que decía su abuelo Jacobo: «¡Nada importante se hizo sin entusiasmo!» Celia es el entusiasmo mismo y siempre anda con aire de darle importancia a lo que hace, sea lo que sea, y al mismo tiempo negarle toda esa importancia con una simple sonrisa. Dice que todo eso lo aprendió en el Teatro de Oklahoma, ese teatro cuyo escenario comunicaba, según ella, directamente con el vacío.

Oklahoma y Celia parecen inseparables. Buda sería el

tercer vértice del triángulo. Celia dice a menudo que no hay lugar mejor para el entusiasmo que los Estados Unidos. Y eso que la vida allí —estuvo una vez en Chicago— es para ella puro teatro, conectado permanentemente con el vacío. Pero no le importaría ir a vivir a Nueva York si él, de una vez por todas y dejando de darle tantas vueltas al asunto, se decidiera finalmente a trasladarse al lugar que tanto anhela, al supuesto centro del mundo.

Celia se va a trabajar, pero antes deja caer una indirecta, un terrorífico mensaje. Presintiendo que su querido autista no tardará en sentarse ante el ordenador, viene a decirle que quienes usan *google* habitualmente van perdiendo la capacidad de realizar lecturas literarias a fondo y que todo eso demuestra que la sabiduría digital hay que vincularla en muchas ocasiones con la estupidez mundial de los últimos tiempos.

Riba encaja la crítica, pero prefiere no darse por aludido. Cuando ella se va, toma su primer *cappuccino* de la mañana. El café fue en realidad ideado para concentrarse mejor en la Red, piensa. A falta de alcohol, en los dos últimos años el café es su único estimulante. Hoy lo bebe como nunca de rápido: de pie, a toda velocidad, en la cocina, con una ansiedad gloriosa. Después, tratando casi con desesperación, de que ni un solo efecto de la cafeína se le escape, da la espalda a las palabras de Celia y se coloca frente al ordenador.

Por un momento, se plantea no estar ante la pantalla tantas horas como las habituales, y no exactamente por lo que ha dicho Celia, aunque también eso influye mucho, sino porque, además, ya lleva tiempo diciéndose que debería darle una oportunidad larga a la vida, plantearse retos vitales alejados de su obsesiva tendencia de los últimos tiempos a permanecer inmóvil frente a la pantalla. Pero enseguida cambia de opinión. A sus casi sesenta años no acaba de tener ideas para retos vitales. Así que finalmente decide de nuevo hundirse, un día más, en internet y en el buscador de blogs de *google*, donde nunca evita dar rienda suelta a cierto narcisismo y acaba escribiendo primero su nombre, y luego el de la editorial. Sabe que, aparte de egocéntrico, todo eso es claramente maniático. Pero, aun así, no quiere renunciar a esa costumbre cotidiana. La carne es débil.

De hecho esa actividad maniaca le sirve para aplacar su nostalgia de cuando iba al despacho y con Gauger, su secretario, pasaban revista a todo lo que la prensa decía de los libros que publicaban. Sabe que, como sustituta de aquella actividad de despacho, su manía de ahora es casi grotesca, pero a él le parece necesaria para su salud mental. Entra en muchos blogs para informarse de lo que en ellos dicen de los libros que publicó. Y si encuentra a alguien que dice algo mínimamente molesto, manda un *post* anónimo tratando de ignorante o de imbécil a quien haya escrito aquello.

Dedica hoy un largo rato a esa actividad y acaba insultando a un turista barcelonés en Tokio, un tipo que en su blog dice haberse llevado de viaje un libro de Paul Auster y sentirse decepcionado. ¡Será cabrón el bloguero! De Auster él sólo publicó *La invención de la soledad* y, aunque el libro despreciado por el turista es *Brooklyn Follies*, se siente igualmente afectado por el mal trato a Auster, a quien considera su amigo. Cuando termina de insultar al bloguero, se siente más descansado que nunca. Está últimamente tan susceptible y tiene tan baja la moral que considera que de haber llegado a pasar por alto esta injusta opinión sobre el libro de Auster se habría quedado aún más hundido de lo que estaba.

Interrumpe el estado hipnótico en el que le está sumiendo un día más el ordenador y se levanta de su silla. Va por unos momentos al gran ventanal y contempla desde allí la gran vista sobre la ciudad de Barcelona, hoy no tan fantástica como de costumbre, debido a la alarmante persistencia de la lluvia. De hecho, la ciudad entera ha desaparecido de su ventanal, ha desaparecido detrás de una intensa cortina de agua. Lluvia de mayo, aunque algo desmesurada respecto a lo que es tradicional en esta época. Es como si allá arriba, en las nubes, hubieran comenzado a colaborar en la futura *instalación* de Dominique en la Tate Modern de Londres.

Intuye que este breve viaje hacia la ventana, esta modesta y pasajera liberación del mundo digital, va a resultarle benéfica. De entrada, estar de pie ahí, aunque sea frente a la vista *desaparecida* de Barcelona, disminuye su mala conciencia de *hikikomori*. Y es que va viendo que las palabras de Celia hoy al marcharse han terminado por hacerle bastante efecto. Generalmente, casi no descansa del ordenador hasta que ella vuelve a casa a las tres menos cuarto. Hoy hace una excepción y dedica parte de su tiempo a estar allí frente a la ventana en la que, por otra parte, no se ve nada. Quizá no ha escogido el mejor momento. Pero lo cierto es que hoy no se ve nada, salvo la ciudad borrada y la niebla. Se queda allí un rato, escuchando el rumor casi religioso y monótono de la lluvia. Pierde cierta noción del tiempo.

Apenas pisa las calles de Barcelona. Últimamente, se limita a contemplar —hoy, con la lluvia y la bruma, ni siquiera eso— la ciudad desde aquí arriba. Pensar que antes tenía mucha vida social y que ahora se ha quedado mustio, melancólico, tímido —lo es más de lo que creía—, encerrado entre estas cuatro paredes. Un buen trago le liberaría de tanta misantropía y apocamiento. Pero no le conviene porque peligraría la salud. Se pregunta si en Dublín existirá un pub con el nombre de Coxwold. En el fondo está ardiendo en deseos de infringir sus propias normas internas y tomarse ahora mismo ese buen trago de whisky. Pero no lo hará, sabe contenerse. Está convencido de que Celia sería capaz de dejarle si un día viera que ha vuelto a caer en el alcohol. Ella no podría volver a soportar un regreso a los días de la gran pesadilla etílica.

No tomará ni un trago, aguantará estoico. Sin embargo, no hay un solo día en que no le asalte una indefinible nostalgia de las noches de otros tiempos, cuando salía a cenar con sus autores. Cenas inolvidables con Hrabal, Amis, Michon... Qué grandes bebedores los escritores.

Deja la ventana y vuelve al ordenador y busca en *google* la voz *Coxwold pub Dublín*. Es una forma como otra de creer que así sacia su gran sed. Busca y pronto ve que no hay ningún bar con ese nombre allí, y vuelve a tener ganas de entrar en uno de verdad. De nuevo, se reprime. Va a la cocina y bebe dos vasos de agua seguidos. Allí, junto a la nevera, apoyado de pronto en ella, recuerda que a veces imagina —sólo lo imagina— que, en lugar de vivir encerrado en su casa y ser un adicto a la computadora, es un hombre abierto al mundo y abierto a la ciudad que tiene a sus pies. Imagina entonces que no es un editor retirado y enclaustrado y un perfecto autista informático, sino un hombre de mundo, uno de esos tipos simpáticos que aparecían en las películas de Hollywood de los años cincuenta y a los que tanto se quiso parecer y se pareció su padre. Una especie de Clark Gable o de Gary Cooper. Esa clase de hombres muy sociables que antes llamaban «extrovertidos» y que eran amigos de porteros de hotel, camareras, empleadas de banco, vendedores de fruta, taxistas, camioneros, peluqueras. Uno de esos admirables tipos desinhibidos y muy abiertos que no paran de recordarnos que en el fondo la vida es maravillosa y hay que abordarla con entusiasmo puro, pues no hay mejor remedio contra la horrible angustia, esa enfermedad de corte tan europeo.

De los años cincuenta, de esa época ligada a los tiempos de su infancia, le ha quedado —heredada directamente de su padre, aunque muy deformada y oculta por su timidez y también por su izquierdismo y por su barniz de editor intelectual bastante riguroso— una poderosa fascinación por el *american way of life*. Es más, nunca se olvida de que si hay un lugar en el que podría encontrar un día la felicidad —de hecho, las dos veces que ha estado allí, la ha rozado—, ese lugar es Nueva York. A esa convicción no es nada ajena un sueño recurrente que durante tiempo le persiguió y que se repitió muchas veces en una época. En él, siempre todo estaba igual que cuando jugaba eternamente a solas al fútbol, de niño, en el patio familiar del entresuelo de Aribau, y se imaginaba que era al mismo tiempo el equipo visitante y el local. En el sueño recurrente, el patio era siempre idéntico al de la casa de sus padres, y la atmósfera de desolación general, propia de los años de la postguerra, también semejante a la de aquellos días. Todo estaba igual en el sueño, menos los grises bloques de pisos que rodeaban el patio y que aparecían siempre sustituidos por rascacielos de Nueva York. Aquel entorno neoyorquino, al crearle la sensación de estar en el centro del mundo, le transmitía una especial emoción —la misma que luego conocería cuando soñó estar en el centro del mundo a la salida de un pub de Dublín— y el cálido sentimiento de estar viviendo un instante de agudísima felicidad.

Aquél acababa siendo siempre un sueño raro sobre la felicidad en Nueva York, un sueño sobre un instante perfecto en el centro del mundo, un instante que a veces relacionaba con unos versos de Idea Vilariño:

> *Fue un momento*
> *un momento*
> *en el centro del mundo.*

Estando así las cosas, nada extraño fue que empezara a sospechar que el sueño recurrente contenía el mensaje de que un emocionante y gran momento de felicidad y de extraordinario entusiasmo por las cosas de este mundo sólo podía estar esperándole en Nueva York.

Un día, habiendo ya rebasado la edad de cuarenta años, le invitaron a un congreso mundial de editores en esa ciudad que no había pisado nunca, y naturalmente lo primero que pensó fue que por fin iba a viajar al centro mismo de su sueño. Tras el largo y tedioso vuelo, llegó a Nueva York a la hora en que declina el día. Le maravilló, de entrada, la gran amplitud física de los espacios americanos. Un taxi enviado por la organización le dejó en el hotel y, ya en su cuarto, estuvo viendo con fascinación cómo se iban iluminando los rascacielos con la llegada de la noche. Se sentía vivamente inquieto, expectante. Habló por teléfono con Celia, en Barcelona. Después, se comunicó con las personas que le habían invitado a la ciudad, y quedó con ellas para el día siguiente. Luego, se ocupó de su sueño.

Estoy en el centro del mundo, pensó. Y, mirando hacia los rascacielos, se quedó esperando a recibir sensaciones de entusiasmo, de emoción, de plenitud, de felicidad. Sin embargo, la espera se reveló únicamente como una espera, sin más. Una espera plana, sin sobresaltos, sin entusiasmo alguno. Cuanto más miraba hacia los rascacielos en busca de cierta intensidad, más evidente se hacía que no iba a llegarle sensación especial alguna. Todo seguía idéntico en su vida, no ocurría nada que pudiera parecerle diferente o intenso. Se encontraba dentro de su sueño, y al mismo tiempo el sueño era real. Pero eso era todo.

Aun así, insistió. Miró una y otra vez hacia la calle, probando sin éxito a sentirse feliz rodeado de rascacielos, hasta que comprendió que era absurdo estar comportándose como ciertas personas de las que hablaba Proust: «... lo mismo que esas personas que salen de viaje para ver con sus propios ojos una ciudad deseada, imaginándose que en una cosa real se puede saborear el encanto de lo soñado».

Cuando vio que era inútil seguir esperando a estar dentro de aquel sueño, decidió acostarse. Cansado por el viaje, no tardó en dormirse. Soñó entonces que era un niño de Barcelona que jugaba al fútbol en un patio de Nueva York. Plenitud absoluta. Nunca se había sentido más pletórico en su vida. Descubrió que el genio del sueño, contrariamente a lo que creía, no era la ciudad, no era Nueva York, sino el niño que jugaba. Y él había tenido que ir a Nueva York para saberlo.

Hoy llueve menos que ayer y Barcelona está más visible desde el ventanal. Riba piensa: qué poco importa, cerca de cumplir ya los sesenta años, donde uno mire, uno ya ha estado allá.

Luego rectifica y piensa aproximadamente lo contrario: nada nos dice dónde nos encontramos y cada momento es un lugar donde nunca hemos estado. Oscila entre el desánimo y la emoción. De repente, sólo le interesa que haya sido capaz de inaugurar ese tipo de calma rara en él, esa calma inédita a la que parece tratar con el mismo interés que antes trataba un manuscrito inédito que se anunciaba valioso.

Suena de fondo, en la radio recién encendida, Billie Holiday, melancólica y soñolienta, cantando con una lentitud infinita, mientras él se pregunta si algún día será capaz de pensar como lo hacía su admirado Vilém Vok cuando meditaba acerca de aquellos que vivieron en mundos de ensueño y luego regresaron indemnes de sus largas travesías.

> La grandeza y la belleza de Nueva York reside en el hecho de que cada uno de nosotros lleva consigo una historia que se convierte inmediatamente en neoyorquina. Cada uno de nosotros puede añadir un estrato a la ciudad, consciente del hecho de que en Nueva York se encuentra la síntesis entre una historia local y una historia universal (Vilém Vok, *El centro*).

Ha sido siempre un apasionado lector de este escritor checo, aunque nunca pudo publicarlo por un malentendido absurdo del que prefiere ya ni acordarse. Pero hubo una época en la que le habría gustado, casi fieramente, que Vok perteneciera a su catálogo.

Cada día que pasa, más entusiasmo le produce Nueva York. Al conjuro de ese nombre, empieza a ser capaz de cualquier cosa. Pero su realidad cotidiana no se acopla bien con sus sueños. En esto no se distingue precisamente de la mayoría de los mortales. Sobrevive a duras penas llevando consigo esa historia local barcelonesa que convierte cuando puede, a modo de espectáculo privado, en universal, en neoyorquina.

Sin Nueva York como mito y sueño último, su vida sería mucho más difícil. Dublín hasta le parece una parada en el camino hacia Nueva York. Ahora, después de haber recurrido a su imaginación, deja de un cierto buen humor el ventanal y va a la cocina a tomar un segundo *cappuccino* y, poco después, regresa al ordenador, y el buscador le ofrece treinta mil *googles* en español de *Dublineses*, el libro de relatos de James Joyce. Lo leyó hace tiempo, y años después lo releyó, y conserva muchos detalles del libro en la memoria, pero le falta, por ejemplo, recordar el nombre de un puente de Dublín que se cita en el gran relato *Los muertos*; un puente en el que, si no recuerda mal, es inevitable ver siempre un caballo blanco.

Se siente envuelto en una estimulante atmósfera de preparativos para viajar a Dublín. Y el libro de Joyce le ayuda a esa apertura hacia otras voces y otros ámbitos. Se da cuenta de que, si quiere averiguar el nombre de ese puente, tendrá que decidirse entre la actividad de hojear el libro —es decir, permanecer todavía, heroicamente, en la era Gutenberg—, o bien indagar en la Red y entrar de lleno en la revolución digital. Por unos momentos, siente que está en el centro mismo del imaginario puente que une las dos épocas. Y luego piensa que para el caso que le ocupa parece más rápido acudir al libro, pues lo tiene ahí, en la biblioteca. Deja a un lado de nuevo el ordenador y, al rescatar de las estanterías su antiguo ejemplar de *Dublineses*, observa que fue comprado en agosto del 72 por Celia en la librería Flynn, de Palma de Mallorca. En esas fechas, a ella aún no la conocía. Posiblemente Celia llegó al caballo blanco que aparece en *Los muertos* antes de que él lo hiciera.

> Cuando el coche atravesaba el puente de O'Connell, miss Callaghan dijo:
> —Dicen que nadie cruza el puente de O'Donnell sin ver un caballo blanco.
> —Yo veo un hombre blanco esta vez —dijo Gabriel.
> —¿Dónde? —preguntó Mr. Bartell D'Arcy.
> Gabriel señaló a la estatua, en la que había parches de nieve. Luego la saludó familiarmente y levantó la mano.

Este fragmento le recuerda una frase de Cortázar oída misteriosamente un día en el metro de París: «Un puente es un hombre cruzando el puente.» Y poco después, se pregunta si cuando vaya a Dublín no le gustará ir a ver ese puente, donde en un espacio imaginario acaba de situar el enlace entre la era Gutenberg y la digital.

Observa que uno de los dos nombres del puente transcritos por la traducción española tiene que estar equivocado. O es O'Connell, o bien O'Donnell. Cualquier conocedor de Dublín lo resolvería seguramente en una décima de segundo. Una prueba más de que está muy verde en el tema dublinés, lo cual no es un problema, sino un estímulo, pues necesita —como jubilado y aburrido abstemio que es— retos de todo tipo. Así que ahora decide que nada puede gustarle más que adentrarse en nuevos temas; estudiar lugares que ha de visitar, y al regreso de esas visitas, seguir estudiando, estudiar entonces lo que ha quedado atrás. Tiene que tomar determinaciones de este tipo si quiere huir de su autismo informático y de la profunda resaca social que le han dejado sus años de editor.

Para lo del nombre del puente le sirve más el mundo digital que el impreso. No le queda otro remedio que recurrir a *google*, lo que no es grave, ya que de paso le ofrece la excusa perfecta para precipitarse de nuevo al ordenador. En él halla muy pronto la respuesta a la duda. Busca primero en O'Connell y ya en esa entrada queda resuelto inmediatamente todo: «Los paseos y los lugares de interés en el norte de Dublín se agrupan, en su mayoría, en torno a la calle principal, O'Connell Street. Es la vía más amplia y concurrida del centro de la ciudad, aunque no precisamente la más larga. Comienza en el puente de O'Connell, mencionado en *Dublineses* de James Joyce.» Cae en la cuenta de que tiene en la biblioteca otra edición más moderna de *Dublineses*, que podría ahora también molestarse en consultar y ver si se da en ella el mismo error del nombre del puente. Se levanta, deja por unos momentos el ordenador —esta mañana parece condenado a ir de Gutenberg a *google* y de *google* a Gutenberg, todo el rato navegando entre dos aguas, entre el mundo de los libros y el de la Red— y se lanza sobre esa edición más reciente. Ahí la traducción no es de Guillermo Cabrera Infante, sino de María Isabel Butler de Foley, y no hay confusión con el nombre del puente.

Cuando el coche atravesaba el puente de O'Connell, la señorita O'Callaghan dijo:

—Dicen que nadie cruza el puente de O'Connell sin ver un caballo blanco (...)

Gabriel señaló la estatua de Daniel O'Connell, sobre la que se habían posado los copos de nieve. Después, la saludó con familiaridad, haciendo un gesto con la mano.

Comparar dos traducciones permite que sucedan este tipo de cosas. El señor Daniel O'Connell, estatua de Dublín, acaba de aparecer en la vida de Riba. ¿Dónde estuvo O'Connell hasta ahora? ¿Quién es? ¿Quién fue? Cualquier excusa es buena para volver a la pantalla del ordenador, el único lugar donde, sin moverse de casa, tiene posibilidades de encontrar el original inglés de *Los muertos*, y así alcanzar a saber si Daniel O'Connell está en el texto joyceano.

Regresa a su posición de *hikikomori*. Busca, y no tarda en resolver el misterio. Daniel O'Connell no aparece en el original: «Gabriel pointed to the statue, on which lay patches of snow. Then he nodded familiarly to it and waved his hand» (*The Dead*, James Joyce).

Se acuerda de que alguien dejó dicho que el camino verdaderamente misterioso siempre va hacia el interior. ¿Fue la propia Celia la que, en una ráfaga profundamente budista, se lo dijo? No alcanza a saberlo. Está aquí ahora, en su pequeño apartamento, aguardando posibles acontecimientos. El esperador vocacional que hay en él se ha quedado aguardando a que de alguna forma se vaya configurando ese viaje a Dublín. Considera que la espera es la condición esencial del ser humano y a veces actúa en consonancia con esto. Sabe que a partir de hoy, hasta el día 16 de junio, no hará más que hallarse en situación de espera para ir a Dublín. Esperará a conciencia. No duda de que sabrá prepararse para el viaje.

Está ahora más que concentrado, como si fuera un samurái antes de partir hacia un largo viaje. Está en posición de *hikikomori*, pero haciendo caso omiso de la pantalla y adentrándose por un camino interior, paseándose por algunos recuerdos, por la memoria de sus antiguas lecturas de *Ulysses*. Dublín está al fondo del camino y resulta agradable acordarse de la vieja música de aquel libro espléndido que leyó en su momento con una mezcla de estupor y fascinación. No está muy seguro, pero diría que Bloom, en el fondo, tiene muchas cosas de él. Personifica al clásico forastero. Tiene ciertas raíces judías, como él. Es un extraño y un extranjero al mismo tiempo. Bloom es demasiado autocrítico consigo mismo y no lo suficientemente imaginativo para triunfar, pero demasiado abstemio y trabajador para fracasar del todo. Bloom es excesivamente extranjero y cosmopolita para ser aceptado por los provincianos irlandeses, y demasiado irlandés para no preocuparse por su país. Bloom le cae muy bien.

Suena *Downtown Train*, canción de Tom Waits. No entiende el inglés, pero le parece que la letra habla de un tren que va al centro de la ciudad, de un tren que lleva a sus pasajeros fuera del alejado barrio en el que crecieron y en el que llevaban toda la vida atrapados. El tren va al centro. De la ciudad. Puede que vaya al centro del mundo. A Nueva York. Es el tren del centro. No puede ni imaginar que esa canción no hable de ningún centro.

Creyendo que esa pieza de Tom Waits habla de esto, no se ha cansado nunca de oírla. Tiene para él la voz de Waits la poesía del tren de cercanías que une el barrio de su infancia con Nueva York. Siempre que escucha la canción, piensa en antiguos viajes, en todo lo que tuvo que dejar para dedicarse a la edición. Ahora, cuanto más viejo se siente, recuerda su antiguo afán, su inicial inquietud literaria, su dedicación sin fin durante años al peligroso negocio de la edición, un negocio tantas veces ruinoso. Renunció a la juventud para buscar la obra honesta de un catálogo imperfecto. ¿Y qué sucede ahora que todo ha terminado? Le queda una gran perplejidad y la cartera vacía. Un sentimiento de para qué. Un pesar bronco en las noches. Pero nadie le quita que tuvo un afán y lo llevó lejos. Y eso es muy serio. Al final, como decía W. B. Yeats, se tenga suerte o no, deja huella el afán.

Soy un hombre apagado, piensa. Pero sería peor que a alguien le diera por encender las lámparas de mi existencia. Nada bueno sería que sucediera cualquier cosa y todo esto se animara y la casa se convirtiera en un exaltado barracón de feria y yo pasara a ser el centro de una vibrante novela. Y sin embargo es como si lo viera venir. Ocurrirá pronto algo, estoy seguro. De golpe, alguien vendrá a interrumpir mi vida monótona de viejo que camina descalzo por su casa, sin encender la luz, y se queda a ratos quieto, apoyado en algún mueble a oscuras mientras escucha las carreras de los ratones. Pasará algo, estoy seguro, mi vida conocerá un vuelco y mi mundo será una novela eléctrica. Si eso ocurre, será horrible. No creo que me guste que me separen del encanto inigualable de mi vida corriente. Yo me contentaría sólo con vivir en Nueva York, pero llevando allí también una vida sencilla, en contacto siempre con la sedante ordinariez de lo cotidiano.

De no permanecer sentado frente a la devoradora pantalla del ordenador, ¿qué más podría hacer? Bueno, podría seguir investigando sobre Dublín o volver a asustar a los vecinos paseando bajo la lluvia en pantalón corto, o bien jugar al dominó con los jubilados del bar de abajo, o volver a emborracharse como en los viejos tiempos y hacerlo con suprema brutalidad, irse al Brasil o a la Martinica, convertirse al judaísmo, segar un campo de trigo, echar un polvo con una novia casual, meterse en una piscina de agua bien fría. Aunque tal vez lo más atinado sería seguir volcando todas su energías en los preparativos de un viaje futuro a Nueva York, cuya primera escala estaría en Dublín.

Un día, en viaje por México con José Emilio Pacheco, al que por entonces le había editado un libro —le publicaría más adelante dos más— llegaron en el descapotable de una amiga al puerto de Veracruz y se fueron directos a ver el mar. Estas formas que veo al lado del mar, dijo Pacheco, formas que engendran de inmediato asociaciones metafóricas, ¿son instrumentos de la inspiración o de falaces citas literarias?

Riba le pidió que repitiera la frase y la pregunta. Y cuando Pacheco las repitió, vio que las había entendido perfectamente bien. A él le pasaba algo parecido. Asociaba ideas y tenía una notable tendencia a leer su propia vida siempre como un libro. Editar y en consecuencia tener que leer tantos manuscritos había contribuido aún más a que se desarrollara y arraigara mucho en él esa tendencia a imaginar que se escondían asociaciones metafóricas y un código a veces altamente enigmático detrás de cualquier escena de su vida cotidiana.

Se considera tan lector como editor. Le retiró de la edición básicamente la salud, pero le parece que en parte también el becerro de oro de la novela gótica, que forjó la estúpida leyenda del lector pasivo. Sueña con un día en el que la caída del hechizo del best-seller dé paso a la reaparición del lector con talento y se replanteen los términos del contrato moral entre autor y público. Sueña con un día en el que puedan respirar de nuevo los editores literarios, aquellos que se desviven por un lector activo, por un lector lo suficientemente abierto como para comprar un libro y permitir en su mente el dibujo de una conciencia radicalmente diferente a la suya propia. Cree que si se exige talento a un editor literario o a un escritor, debe exigírsele también al lector. Porque no hay que engañarse: el viaje de la lectura pasa muchas veces por terrenos difíciles que exigen capacidad de emoción inteligente, deseos de comprender al otro y de acercarse a un lenguaje distinto al de nuestras tiranías cotidianas. Como dice Vilém Vok, no es tan sencillo sentir el mundo como lo sintió Kafka, un mundo en el que se niega el movimiento y resulta imposible siquiera ir de un poblado a otro. Las mismas habilidades que se necesitan para escribir se necesitan para leer. Los escritores fallan a los lectores, pero también ocurre al revés y los lectores les fallan a los escritores cuando sólo buscan en éstos la confirmación de que el mundo es como lo ven ellos...

Suena el teléfono.

¿Qué estaba diciéndose? Bueno, estaba pensando en la llegada de nuevos tiempos que traigan esa revisión del pacto exigente entre escritores y lectores y sea posible el regreso del lector con talento. Pero puede que ese sueño sea ya irrealizable. Más vale ser realista y pensar en el funeral irlandés.

Irá a Dublín. En parte por hacer algo. Por sentirse algo más ocupado en su vida de jubilado. En parte porque un sueño extraño lo arrastra hacia allí.

En días impares, y siempre a esta hora, llama por teléfono Javier, fiel amigo y hombre rigurosamente metódico. Aún no ha descolgado y Riba ya sabe perfectamente que sólo puede ser Javier. Baja el volumen de la radio, donde se escucha a Brassens con *Les copains d'abord*, una música de fondo que le parece casualmente muy apropiada para la llamada amistosa. Descuelga.

—Me voy a Dublín en junio, ¿lo sabías?

Debido a que en los dos últimos años ha dejado de beber y huye de las salidas nocturnas, se ve poco últimamente con Javier, que es muy noctámbulo. La relación, en cualquier caso, sigue siendo activa, aunque ahora se alimenta básicamente de conversaciones telefónicas en mediodías que caen en día impar y de ocasionales encuentros para almorzar. Podría suceder que con el tiempo la ausencia de salidas nocturnas fuera mermando la relación, pero no lo cree, porque es de los que piensan que verse con escasa frecuencia fortalece las amistades. Además, no está claro que existan exactamente los amigos. El propio Javier suele decir que no hay amigos, sino momentos de amistad.

Llama Javier los días impares. Y lo hace siempre hacia el mediodía, creyendo tal vez que para los momentos de amistad esa hora puede ofrecer más garantías que otras. Es un amigo muy metódico. Pero, después de todo, Riba también lo es. ¿O acaso no visita, por ejemplo, sistemáticamente a sus padres todos los miércoles por la tarde? ¿O acaso no se sienta puntualmente todos los días ante su ordenador?

Javier le pregunta ahora cómo van las conversaciones para la venta de su empresa, y él le explica que está desalentado y que al final puede que sea capaz de no vender su patrimonio, dejarlo como está, a la espera de mejores tiempos. Hay precedentes, dice, de otras ruinas gloriosas en la edición barcelonesa. El caso de Carlos Barral, por ejemplo. Javier le interrumpe para disentir de la idea de que Barral se arruinó. Sin ganas de perder energías discutiendo, Riba ni se molesta en seguir conversando sobre el tema. Hablan después de *Spider* y le dice a Javier que ha llegado a identificarse plenamente con el personaje principal de esa extraña película. Y Javier, que se acuerda de pronto de que también la ha visto, le dice que no comprende qué ha podido ver en ella, pues la recuerda como terriblemente mustia, muy apagada. Riba ya está acostumbrado a que le lleve Javier la contraria en todo. Su amistad o, mejor dicho, sus momentos de amistad se basan en las discrepancias casi absolutas en criterios artísticos. Le publicó sus cinco primeras novelas, antes de que Javier volara a editoriales más comerciales. Y, aunque siempre estuvo en desacuerdo con algunos aspectos de su estética literaria, el respeto por la gran fuerza de su estilo realista ha sido en todo momento absoluto.

Cuando decae el tema *Spider*, hablan de la incesante y hasta inquietante lluvia de estos días. Después, Riba vuelve a contarle cómo pasó un día entero en Lyon sin hablar con nadie y montando una teoría general de la novela. Y Javier termina por ponerse muy nervioso. Los escritores no soportan nada bien que los editores hagan sus pinitos literarios y Javier acaba interrumpiendo a Riba para decirle indignado que ya le dijo, el otro día, que se alegraba de que en Lyon hubiera probado a escribir algo, pero que no hay nada más *francés* que una teoría general para las novelas.

—No sabía que eran francesas las teorías —dice Riba sorprendido.

—Lo son, te lo digo de verdad. Es más, te convendría dejar de ser un pensador de café. De café francés, quiero decir. Tendrías que olvidarte de París. Ése es mi desinteresado consejo de hoy.

Javier es asturiano, de un pueblo próximo a Oviedo, aunque lleva viviendo más de tres décadas ya en Barcelona. Tiene quince años menos que Riba y posee una notable tendencia a los consejos y sobre todo a ser tajante, tiene una clara predisposición al tono categórico. Pero hoy Riba no acaba de entender por dónde va y le pregunta qué tiene contra los cafés de París.

Riba se queda recordando que su vocación de editor nació durante un viaje al París de después de mayo del 68. Mientras robaba ensayos izquierdistas con inusitada alegría en la librería de François Maspero —donde los dependientes veían con buenos ojos que les saquearan el local—, decidió que se dedicaría a aquella profesión tan noble de editar novelas vanguardistas y libros insurrectos que luego aficionados a la lectura de todo el mundo robarían en la Maspero y en otras librerías de izquierdas. Unos años después, cambió de idea y dio por agotado el sueño revolucionario y decidió ser razonable y cobrar por la venta de los libros que editara.

Al otro lado del teléfono, su amigo Javier permanece en silencio, pero se nota que continúa indignado. Lo estaría aún más si supiera que su amigo ha mezclado mentalmente, no hace mucho, su diatriba contra los cafés franceses con su condición de asturiano.

Cuando Riba, para calmarlo, desvía la conversación

y le habla de su creciente interés por lo dublinés, Javier le interrumpe y le pregunta si no se estará desplazando tímidamente hacia un paisaje inglés. O irlandés, como prefiera. Si lo está haciendo, no cabe duda de que está dando un primer paso hacia la gran traición.

En la radio la música que ahora suena es de Rita Mitsouko, *Le petit train*. Un primer paso hacia la gran traición a todo lo francés, grita Javier entusiasmado. Y Riba no tiene más remedio que apartar el auricular de su oído. Javier está demasiado excitado. ¿Traición a lo francés? ¿Acaso se puede traicionar a Rimbaud y a Gracq?

Es una alegría que te hayas pasado a Inglaterra, dice Javier sólo unos minutos después. Y, al felicitarle por haber dado el salto, logra sorprenderle.

¿Qué salto?

Casi todo lo que Javier comenta, lo dice siempre en un tono muy tajante, plenamente convencido de que no puede ser de otra forma. Parece que esté hablando de alguien que ha cambiado de equipo de fútbol. Pero él no ha dado ningún salto, ni se ha pasado a Inglaterra. Todo indica que a Javier le gustaría que dejara atrás la cultura francesa, tal vez porque él no ha tenido nunca con ella demasiada comunicación y se encuentra en inferioridad en este apartado. Tal vez porque nunca robó en la Maspero, o porque su padre —no es esto algo que uno olvide fácilmente cuando piensa en Javier— fue el autor anónimo de aquel libelo *Contra los franceses* que en 1980 publicó una imprenta valenciana: un divertido conjunto de bastonazos a la petulancia de buena parte de la cultura francesa y que empezaba así: «Su vanidad fue siempre mayor que su talento.»

—Te convendría perder peso —le dice ahora de pronto Javier—, dar el salto inglés. Salir del embrollo afrancesado en el que te metiste durante tanto tiempo. Ser más divertido y más ligero. Volverte inglés. O irlandés. Dar el salto, amigo.

Javier es metódico y a veces categórico. Pero sobre todo es tozudo, enormemente tozudo. En esto parece aragonés. Claro que también a la gente de Aragón habría que aplicarle la sospecha de que en realidad deben de tener en su tierra la misma proporción de gente tozuda que en todas partes. Hoy, por lo visto, toda su terquedad la está dirigiendo Javier contra la influencia francesa en la formación de Riba. Y parece aconsejarle que deje atrás su afrancesamiento si quiere recuperar el sentido del humor, si quiere perder peso.

Riba le recuerda tímidamente que París, a fin de cuentas, es la capital de la República de las Letras. Y lo sigue siendo, dice Javier, pero precisamente ése es el problema, tiene demasiado peso esa cultura y no resiste la menor comparación con la agilidad inglesa. Además, hoy en día los franceses no saben comunicarse tan bien como los británicos. Basta observar cómo son las cabinas de teléfono de Londres y las de París. Ya no sólo es que sean mucho más bonitas las inglesas, sino que ofrecen un espacio confortable y mejor pensado para relacionarse a través de la palabra, no como las francesas que son raras y pensadas para la impresentable estética pedante del silencio.

El argumento de Javier no le parece nada convincente, entre otras cosas porque no quedan apenas cabinas telefónicas en Europa. Pero no quiere discutir. Decide ahora ser ágil y dar un salto, un ligero salto inglés, *caer del otro lado*, ponerse a pensar en una cosa distinta, dar un giro, moverse. Y acaba recordando para sí mismo unas palabras de Julian Barnes, que le parece que son muy oportunas para ese momento; unas palabras en las que Barnes comenta que a los británicos siempre les ha obsesionado Francia, ya que representa para ellos el inicio de la diferencia, el comienzo de lo exótico: «Es curioso, a los ingleses nos obsesiona Francia mientras que a los franceses sólo les intriga Inglaterra.»

Recuerda esas palabras de Julian Barnes en *Al otro lado del canal* y piensa que para él, en cambio, es precisamente lo inglés el inicio de la diferencia, el comienzo de lo exótico. Le intriga Nueva York y cuando piensa en esa ciudad siempre se acuerda de unas palabras del joven escritor y amigo Nietzky, que desde hace años tiene casa allí: «Vivo en la ciudad perfecta para disolver tu identidad y reinventarte. En España, la movilidad es muy difícil: te marcan de por vida en la casilla que creen que te corresponde.»

Nada en el fondo desearía más que escapar de esa casilla de editor prestigioso retirado en la que le han situado —ya parece que de forma inamovible— sus colegas y amigos en España. Quizá haya llegado la hora de dar el paso adelante, de cruzar el puente —en este caso un metafórico canal de la Mancha— que le lleve hacia otras voces y otros ámbitos. Tal vez le convenga apartar de su vida, por una temporada, la cultura francesa: tiene con ella una confianza que ya casi da asco, y por eso ya no le parece ni tan siquiera extranjera, sino tan familiar como la española, precisamente la primera cultura de la que huyó.

Está claro que sólo lo ajeno a su mundo familiar, sólo lo extranjero, es capaz actualmente de atraerle en una dirección u otra. Tiene que saber ver que necesita aventurarse en geografías donde reine la extrañeza y también el misterio y la alegría que rodea lo nuevo: volver a ver con entusiasmo el mundo, como si lo estuviera contemplando por primera vez. En definitiva, dar el salto inglés, o algo que se parezca al salto que le ha sugerido hace un momento, tan británica y estrafalariamente, Javier.

Se le ocurre una manera de dejar aún más de ser latino: probar ante el espejo a perder el instinto del melodrama y de la exageración y convertirse en un caballero frío y desapasionado, que no agita los brazos al emitir una opinión. Y pronto percibe la llamada de los países difíciles, de los lugares y climas en los que nunca nadie —ni él mismo— programó ni soñó que se adentraría con tanto interés: lugares que toda la vida imaginó inaccesibles y más bien dio por sentado que, aunque sólo fuera por el obstáculo del idioma, no estarían jamás a su alcance. Buscará, una vez más, lo imposible. Nada le conviene tanto como desplazarse de nuevo hacia *lo extranjero*, porque sólo así podrá ir acercándose al centro del mundo que busca. Un centro sentimental, en la línea del viajero de un libro de Laurence Sterne. Necesita ser un viajero *sentimental*, ir a países de habla inglesa, donde pueda recuperar la extrañeza ante las cosas, donde pueda recobrar toda esa forma especial de *sentir* que nunca encontró en la comodidad de lo entrañablemente familiar: ver cómo se abre un abanico más amplio de posibilidades, de culturas, de signos extraños por descifrar. Necesita ir a un lugar en el que pueda recuperar el sentimiento vehemente de la euforia, volver a oír la voz de su abuelo Jacobo cuando le decía aquello de que nunca nada se hizo sin entusiasmo. Necesita dar el salto inglés. Aunque de hecho, necesita dar un salto al revés del que dio el viajero *sentimental* de Sterne, que precisamente, como inglés que era, dejó Inglaterra para dar el salto francés.

Sabe que, si va a Dublín, volverá a sentirse, tal como en otra época se sintió en Francia, un forastero. Maravillosa sensación de ser de otro lugar. En Dublín será un forastero, como lo fue allí Bloom y, de paso, paseará de nuevo por un lugar en el que no tendrá la sensación de que la confianza da asco. «La importancia de otro lugar», se llamaba un poema de Larkin que hablaba de Irlanda y que durante mucho tiempo le gustó mucho. Lo recuerda muy bien. Allí el poeta inglés hablaba de que no se le permitía sentirse como un forastero en Inglaterra, su país. Y decía que, cuando estaba solo en Irlanda, puesto que no era su tierra, al menos allí veía que era posible ser forastero: «El salobre rechazo del habla, que tanto insistía en la diferencia, se me hacía acogedor: una vez eso quedó constatado, conseguimos comunicarnos.» Larkin hablaba del viento en las calles, enfiladas hacia las colinas. Y del suave olor arcaico de los muelles irlandeses. Y de los gritos de los vendedores de arenques en la lejanía, haciéndole sentirse distinto, pero no anulado. «Vivir en Inglaterra eliminaba esa excusa: éstas son mis costumbres y mis instituciones y sería mucho más grave rechazarlas. Aquí no hay ese otro lugar que avale mi existencia.»

Siente nostalgia de no ser protestante. Adora de ellos su cultura del trabajo. Se lo ha comentado más de una vez al propio Javier, al que le fascina, en cambio, el catolicismo puro y duro. Ahora que lo piensa, Javier sería un buen acompañante en ese viaje a la católica Irlanda.

Llega otro día impar y Javier llama a la hora de siempre. ¿Por qué no proponerle que se anime a viajar a Dublín? Aún está a tiempo de decírselo ahora mismo. Duda, pero finalmente se lo propone. Le cuenta que el día elegido para Dublín es el 16 de junio, y le pide que mire su agenda y vea si puede acompañarle en ese viaje. *Se lo pide*, hace hincapié en esto, se lo pide. Javier se queda callado, desconcertado. Se hace esperar su respuesta. Finalmente dice que promete pensárselo, pero que no entiende por qué se lo pide de esa forma, como implorándolo. Si puede irá, pero le extraña que lo implore. Antes, cuando salían juntos de noche, no le pedía nada, más bien le insultaba por publicar en editoriales que no eran la suya y por motivos aún más baladíes.

Sería para ir al *Bloomsday*, le interrumpe Riba con una vocecilla que intenta dar pena y busca que comprenda que no tiene a nadie que quiera acompañarle. Por un momento, teme que la palabra *Bloomsday* haya podido estropearlo todo y que Javier empiece a despotricar contra James Joyce y su novela *Ulysses*, a la que no ha tenido nunca en demasiada consideración, porque siempre estuvo contra el *intelectualismo* de Joyce y más bien a favor de un tipo de narración más ortodoxa, en la línea de Dickens o de Conrad.

Pero Javier hoy no parece tener nada contra Joyce, sólo quiere saber si en Dublín tampoco querrá salir de noche. No, le dice Riba, pero he pensado en proponerle también el viaje a Ricardo, y ya sabes que él es una ave nocturna. Un largo silencio. Javier parece pensativo al otro lado del teléfono. Finalmente, pregunta si se trata sólo de ir al *Bloomsday*.

Peligro. La cuestión retumba unas breves décimas de segundo en los oídos de Riba. Hablarle a Javier del funeral de la galaxia Gutenberg sería un completo suicidio, no lo entendería a la primera y quizá, al verlo todo tan complicado, se echaría atrás en su idea de viajar. Javier repite la pregunta.

—¿Se trata sólo de ir al *Bloomsday*?

—Se trata, sobre todo, de pasarse a la onda inglesa —contesta.

Teme haberse equivocado de lleno al decir esto, pero pronto descubre que es al revés, porque la frase ha tenido poderes sorprendentes. Oye toser a Javier, entusiasmado. Se acuerda del otro día, cuando hablaron de dar un salto, un ligero salto inglés, *caer del otro lado*.

Se percibe toda una gran fiesta al otro extremo del hilo telefónico. No recuerda la última vez en que tan pocas palabras sirvieron para tanto. No hay duda, le dice poco después Javier, de que ha sabido reflexionar acerca de lo mucho que le conviene alejarse de la cultura que ha dominado su vida hasta el momento. Aunque sólo sea, añade, por ir en busca de otras voces y otros ámbitos. Y le habla, con furia extraña, de quitarle al lenguaje su peso hasta que se asemeje a la luz lunar. Y le habla también del idioma inglés, que dice estar completamente seguro de que tanto para la prosa como para la poesía es más dúctil y etéreo que el francés. Y para que sirva de ejemplo le recita un poema de la sin duda aérea y ligera Emily Dickinson: «Un sépalo, un pétalo, y una espina / una mañana cualquiera de verano, / un frasco de rocío, una abeja o dos, / una brisa, una cabriola entre los árboles, / ¡y soy una rosa!»

Una pausa larga.

Sólo estoy contra los franceses, dice Javier cuando

rompe el silencio. Al menos esta mañana, aclara. ¿Quieres que te lo repita? No, le dice Riba, no es necesario. Bueno, comenta Javier, no se hable más, quiero dar contigo el salto inglés, te acompaño a Dublín y que sepulten bien a la pobre Francia.

Minutos después, están hablando de la lluvia que no cesa y que empieza a ser para todo el mundo un hecho ya alarmante, cuando pasan, casi sin darse cuenta, a hablar de Vilém Vok, el escritor que tanto les gusta a los dos, a cada uno por motivos diferentes. Para Riba, Vok es, por encima de todo, el autor del ensayo novelado *El centro*, hasta el punto que a veces relaciona párrafos del libro con su deseo de llevar a cabo muy pronto un tercer viaje a Nueva York, no en vano para él esta ciudad ha tenido siempre la magia exacta de los mitos que a algunos les sirven estrictamente para vivir. Y a su vez *El centro* ha sido como la biblia que ha reforzado esa magia ayudándole en los momentos en que necesitaba de la idea de Nueva York, ya no sólo para vivir sino para sobrevivir. ¿Qué sería de él sin Nueva York? Javier conoce bien el libro y dice intuir por qué ejerce influencia tan directa sobre su viejo amigo editor, pero también dice que él siempre ha preferido ciertos fragmentos del otro ensayo narrativo de Vok, *Algunos volvieron de largas travesías* (*The quiet obsession* en su desnaturalizado, aunque bello y elegante título de la traducción inglesa).

Terminan como siempre, hablando de fútbol. Es una norma no explícita entre ellos, pero cuando pasan a hablar de fútbol, eso no significa otra cosa que la conversación ha entrado ya en su fase final. Comentan sobre la Eurocopa que está por llegar. Javier afirma categóricamente que Francia no llegará en ese campeonato muy lejos. Y Riba está a punto de preguntarle si no le parece que hoy ha sido el día en el que ha demostrado más rabia contra los franceses, pero opta por no complicar más las cosas. Adiós, le dice Javier de golpe, hasta la próxima. Y cuando su amigo cuelga, comprende que el viaje irlandés ya no es una incógnita, sino que ha empezado a perfilarse en el horizonte. Va a la cocina a tomar un nuevo café y a pensarlo todo con calma. Viajar con Javier y quizá con Ricardo —le ha prometido a Javier que llamaría a Ricardo mañana— no ha de irle nada mal, pues a fin de cuentas le ayudará, por ejemplo, a lograr que Celia no siga viéndole tan autista y tan encerrado, tan encadenado a su ordenador y al ocio. Ése es uno de los objetivos principales, piensa Riba. Que Celia vea que se mueve, que vea que él desea todavía encontrarse con gente, comunicarse fuera de la Red, no vivir del recuerdo de los grandes libros editados, no complacerse al verse todos los días viejo y podrido en el espejo.

En la emisora de radio, como si evolucionara el mundo exterior al mismo tiempo que lo hace su vida, puede ahora oírse *Just like the rain*, cantada por Richard Hawley. Observa con divertida sorpresa que de la canción francesa ha pasado, sin apenas darse cuenta, a la música en inglés. Afuera, como si la radio leyera el estado del tiempo o viceversa, sigue lloviendo, *just like the rain*. Registra que ya casi sabe susurrar títulos de canciones en inglés, y de pronto se siente igual que si se llamara Spider y hubiera perdido peso y estuviera ya en una litera de durmiente en la gran Sala de Turbinas de la Tate Modern en la instalación de su amiga Dominique. A medida que, en la búsqueda de cierto equilibrio, se va aproximando, de alguna forma, a su centro sentimental y *sterneiano*, crece todavía más la fuerza de la lluvia en Barcelona.

Se acerca al gran ventanal de su casa. Barcelona está abajo, a sus pies, de nuevo desaparecida. Es rara la persistencia de la lluvia en los últimos días. Se plantea qué le diría a alguien que le preguntara qué es *el salto inglés*. Tal vez contestaría a la manera de San Agustín cuando le pidieron que dijera qué era el tiempo para él: «Si no me lo preguntan, lo sé, pero si me lo preguntan, no sé explicarlo.» Pero piensa que, apremiado a responder algo más, terminaría diciendo que el salto inglés es *caer del otro lado*, una modalidad deportiva que le toca a él inventar en su próximo viaje.

En el Eixample de Barcelona se producen, como en todas partes, muchos encuentros casuales. Ya se sabe: las casualidades gobiernan la vida. Pero, aunque a primera vista pueda parecerlo, el encuentro que acaba de tener Riba con Ricardo en la calle Mallorca no es en absoluto nada casual.

—No, si ya se sabe. Siempre aparece alguien que no te esperas para nada —dice Ricardo con una amplia sonrisa.

No, no es un encuentro casual, aunque Ricardo pueda pensar que lo es. Acaban de chocar casi de frente y se han dado un buen topetazo, y por poco vuelan los dos paraguas. Todo ha sido calculado por Riba para que sucediera así, y ahora simula ante Ricardo que estaba simplemente dirigiéndose a La Central, la librería a cuatro pasos de allí, en esa misma calle. La verdad es otra: se ha pasado más de una hora frente a la casa aguardando a que saliera su amigo para fingir un fortuito encuentro. Lo que va a proponerle no lo conseguiría nunca por teléfono. Sabe que sólo puede llegar todo a buen puerto si previamente hay una conversación en algún café, o en la misma librería; una conversación que vaya preparando el terreno para que, cuando llegue el momento oportuno, caiga por su propio peso la propuesta de que se anime a viajar a Dublín. Después de todo, es el más anglófilo de todos sus amigos, un incansable reseñista de libros que procedan de países anglosajones. Seguro que puede interesarle acudir a su primer *Bloomsday*. Ricardo, además, es una autoridad mundial en escritores como Andrew Breen o como Hobbs Derek, modestos escritores irlandeses a los que Riba, siguiendo el consejo de Ricardo, hizo traducir y publicar al español cuando eran —siguen siéndolo bastante— unos completos desconocidos.

Aparte de reseñista y descubridor de talentos anglosajones, Ricardo es también un novelista interesante: ultra postmoderno en ocasiones, más convencional en otras. Le gusta tener, como mínimo, dos rostros literarios: el vanguardista y el conservador. Su mejor obra es *La excepción de mis padres*, original libro autobiográfico que Riba le editó en su momento.

Coinciden en gustos literarios, desde Roberto Bolaño (al que trataron los dos amistosamente durante una época) hasta Vilém Vok. Por este y otros mil motivos, Ricardo puede ser una persona muy indicada para el viaje, incluso un participante idóneo en el funeral por Gutenberg y su galaxia, aunque de ese réquiem no piensa decirle por ahora nada, porque piensa que, al igual que pasaba con Javier, hablarle de todo eso sería un completo suicidio. Quiérase o no, un réquiem siempre puede dar malas vibraciones y asusta. Además, Ricardo podría pensar que el réquiem es algo organizado por algunos editores nostálgicos del mundo de la imprenta, o cualquier otra cosa por el estilo.

Mejor, piensa, no hablarle del funeral, al menos por ahora.

—¿Tu madre está bien? —pregunta Ricardo.

¿Le habrá confundido con otro? No, sucede simplemente que hace un mes utilizó a su madre para no tener que acudir a una fiesta nocturna que organizó Ricardo para los dos traductores ingleses de su obra.

—Mi madre está perfectamente bien —contesta algo incómodo.

No le pregunta ahora por la suya, porque ya sabe que la suya está muy mal, en todos los sentidos, se lo ha oído decir de mil maneras distintas, incluso por escrito en *La excepción de mis padres*, libro donde parece no cansarse nunca de comentar y analizar el desastre materno. Ricardo es de Bogotá, vive con su mujer y sus tres hijos en Barcelona desde hace once años. Se siente un escritor apátrida y, de tener que elegir un pasaporte, se quedaría sin duda con el norteamericano. Así como su admirado Cortázar viajaba de niño lentamente con un dedo por los mapas de los atlas y paladeaba el sabor embriagante de lo incomprensible, Ricardo de niño viajó velozmente por los poemas que encontró a su alcance en la casa de sus abuelos de Barranquilla y acabó reparando en uno, que le llevó a sentir unas ansias inmensas de alcanzar una cierta edad y poder dejar para siempre Colombia, en realidad de poder dejar atrás todo lo que se cruzara en su camino, dejar constantemente todo atrás, ser libre y móvil, sin frenarse nunca.

Todavía hoy recuerda Ricardo aquel poema de William Carlos Williams en el que se dice que la mayoría de los artistas se detienen o adoptan un estilo, y cuando lo hacen establecen una convención, y ése es su final, mientras que para aquel que se mueve todo contiene siempre una idea, porque el que se mueve corre sin detenerse, el que se mueve simplemente sigue agitándose... Saltando a la inglesa, añadiría ahora Riba.

Ricardo es el hombre en movimiento por excelencia. Puede hasta llegar a dar la impresión de que se mueve siempre, sin tan siquiera pausa alguna. Su hijo mayor, Samuel —lleva ese nombre en honor del antiguo editor del padre—, tiene siete años, nació en Barcelona, cerca de esa casa, junto a la librería La Central. Los tres hijos van a ser el principal problema para convencer a Ricardo de que viaje al *Bloomsday*, pero por probarlo no se pierde nada; lo intentará, aunque no ahora mismo, sino cuando vea que ha llegado el momento más apropiado.

Se encaminan hacia el Bar Belvedere, un lugar que antaño —cuando no era un *hikikomori* y salía más de casa— frecuentaba con cierta asiduidad.

—Estás muy enclaustrado últimamente, ¿no crees? —le dice Ricardo en un tono exquisitamente amistoso, pero también punzante.

Es demasiado osada la pregunta de Ricardo, y Riba calla. Le gusta el paraguas color naranja brillante húmedo de lluvia que hoy lleva su amigo. Es la primera vez que ve un color así en un paraguas. Se lo dice a Ricardo, y luego ríe. Se detiene frente a un escaparate de ropa masculina y mira unos trajes y unas camisas que está seguro que jamás se pondría, y menos con la lluvia que está cayendo ahora. Ricardo ríe, y lo hace para burlarse cariñosamente del paraguas de su amigo, que a su vez le pregunta si acaso está insinuando que su paraguas no está a la altura del suyo.

—No, no —se excusa Ricardo—, no pretendía decir tanto, pero puede que no hayas visto un paraguas en meses. No sales nunca, ¿verdad? ¿Qué dice Celia de esto?

No hay respuesta. Caminan en silencio por la calle Mallorca, hasta que Ricardo le pregunta si ha leído ya los poemas de Larry O'Sullivan. Ni siquiera sabe Riba quién puede ser el tal O'Sullivan, normalmente se interesa sólo por escritores que al menos le suenan; los otros siempre sospecha que son inventados.

—No sabía que O'Sullivan escribiera poesía —le dice a Ricardo.

—Pero ¡si O'Sullivan siempre ha escrito poesía! Te estás convirtiendo en un ex editor mal informado.

Al pisar la terraza del Belvedere, Ricardo le señala un joven árbol, cuyo redondo y firme tronco, entre la húmeda acera y la cuneta —donde el agua es un hilo—, se clava, casi corpóreo, en el aire con un ondulante impulso a la mitad de su altura, enviando jóvenes ramas en todas las direcciones.

—Podría ser un poema de O'Sullivan —dice Ricardo encendiendo uno de sus habituales Pall Mall.

Ya están apoyados en la barra del Belvedere y aún sigue hablándole del árbol con el que O'Sullivan habría hecho un poema. No tarda en hablarle directamente del poeta de Boston.

—Para O'Sullivan, Boston es una ciudad de grandes extremismos —dice Ricardo sin que nadie le haya pedido que comente este asunto—. Una ciudad de calor y frío, de pasión y de indiferencia, de riqueza y de pobreza, de masa e individuo —fuma compulsivamente y habla como si estuviera haciendo una reseña sobre ese poeta o acabara de hacerla y ahora la recitara de memoria—, una ciudad de vivir bien encerrado con doble llave o de sentirse excitado por su energía... Ya veo que no conoces nada a O'Sullivan. Luego, en La Central, te paso algo suyo. Es muy norteamericano, ya me entiendes.

Afuera, parece estar arreciando la lluvia, pero es sólo un espejismo.

También Ricardo lo es, muy norteamericano. Por muy colombiano que sea de nacimiento. Ahora le está asegurando a Riba, con una convicción admirable, que el tal O'Sullivan es un maestro en poner lo trivial en primer plano de lo lírico, y para que se le entienda mejor recita unos versos acerca de un paseo por el centro de Boston: «Voy a que me limpien los zapatos / y subo una calle sofocante que empieza a solearse / y me tomo una hamburguesa y una cerveza negra y compro / un New World Writing feísimo para ver qué están / haciendo ahora los poetas de Ghana.»

Quisiera preguntarle a Ricardo qué es un *New World Writing*, pero se contiene y se limita a intentar averiguar qué cree Ricardo que podían estar haciendo los poetas de Ghana aquel día en el que O'Sullivan estuvo tan inspirado. Le mira Ricardo con súbita compasión, casi como si estuviera viendo a una especie nueva de extraterrestre. Pero Ricardo es aún más marciano. Al menos, sus benditos y colombianos padres siempre lo fueron, y Ricardo heredó no pocas cosas de ellos. En esos padres se encuentra probablemente el origen del gusto de Ricardo por compaginar dos rostros, su tendencia en todo a la cara A de las cosas, pero también a la convivencia de ésta con la cara B. Sus padres fueron toda la vida unos progresistas empecinados, que le inocularon una especie de amor-odio hacia la iconografía izquierdista revolucionaria. Aun siendo ferozmente *gauchistes*, sus padres fueron amigos —en flagrante contradicción escandalosa— de gente tan adinerada como Andrew Sempleton, inversor y filántropo, conocido como *el millonario del buen humor*.

«Dinero y gran risa. Muy norteamericano», dice siempre Ricardo cuando evoca a ese prohombre que fue su magnánimo y cariñoso padrino. Riba siempre ha sospechado que Ricardo acabará escribiendo *La novela de Sempleton*. A pesar de manejar grandes cantidades de dinero, su rico padrino no cayó nunca en la codicia y fue generoso con mucha gente, entre otros con los padres de Ricardo, sobre todo cuando éstos ingresaron en la cárcel de Bogotá por motivos políticos. Con unos padres así, Ricardo tenía que salir con un rostro y personalidad doble, y así fue: empedernido fumador de pipa —casero, sólo en el hogar— y de cigarrillos Pall Mall, sólo consumidos en lugares públicos; escritor solemne y ligero, según los días; hombre hogareño y a la vez peligroso noctámbulo; Jeckyll & Hyde de la Colombia más rabiosamente moderna, pero sosegado norteamericano. Sería magnífico que pudiera convencerle para el viaje a Dublín. ¿Por qué no lo habrá intentado ya?

A la espera del momento idóneo para proponerle el viaje, recuerda algunas historias de Ricardo. De la adolescencia, la más memorable es la relacionada con Tom Waits y una habitación de un hotel de Nueva York. La hija de una amiga de unos amigos de sus padres tenía una cita con Waits en su hotel, una cita para entrevistarle. Ricardo logró convencerla para que él pudiera también ir a ese encuentro. Sólo quería ver —estaba muerto de curiosidad por saberlo— qué hacía Waits cuando se quedaba a solas en un cuarto de hotel. Llamaron a la puerta. Abrió Waits con cara de malas pulgas. Llevaba gafas negras y vestía una camisa hawaiana y tejanos muy descoloridos.

—Lo siento —les dijo Waits—, pero no cabe nadie más.

Ricardo vivió ahí su particular y algo desafortunado gran momento. Lo vivió en el centro del mundo de Waits, un lugar del que fue expulsado de un portazo. No hubo entrevista. Su amiga lloró y le echó la culpa de que Waits hubiera actuado de aquella forma.

En realidad, la poética más vanguardista de la obra de Ricardo, tal como él siempre ha reconocido, surge de las mismas fuentes de las que se nutrió Waits. Nace de las letras de las baladas irlandesas, de las de los blues de los campos de algodón, de las de los ritmos de Nueva Orleans, de las letras de las canciones de cabaret alemán de los años treinta, de las del rock and roll y de las del country. Es una poética que fracasa siempre muy dignamente en su intento de imitar y pasar al papel nada menos que el registro *tabernario* de la voz de Waits.

A Ricardo le quedó muy grabada aquella frase del cantante en la puerta de su cuarto de hotel. Le quedó en la memoria la frase, pero también la camisa hawaiana y las gafas oscuras. Y más de una vez empleó aquella frase para sacarse a alguien de encima.

Es lo que dice ahora Ricardo en su intento de abandonar el Belvedere para ir a La Central a comprar unos libros. Dice que lo siente, pero no cabe nadie más.

—¿Eh?

Ricardo necesita siempre movimiento. Es monstruosamente frenético. Habrá que hacer algo rápido para retenerle como sea. Aún no le ha propuesto ir a Dublín. ¿Por qué, Dios mío? ¿Cuándo piensa hacerlo? Ahora no, porque Ricardo está materialmente proyectándose hacia la calle para huir del Belvedere, donde realmente *no cabe nadie más.*

Media hora más tarde, le llega por fin la propuesta a Ricardo. Y éste dice tener una sola pregunta antes de aceptar la invitación a viajar con Javier y con él a Dublín. Quiere saber si es únicamente para ir al *Bloomsday*, o desean ir también allí por algún oscuro motivo del que antes tendría que ser advertido.

Sigue pensando que sería un suicidio darle a Ricardo cualquier pista acerca de sus intenciones de celebrar allí un réquiem por la galaxia Gutenberg. Ricardo podría pensar, y tampoco estaría tan equivocado, que el funeral se lo quiere dar Riba a sí mismo: unas pompas fúnebres por su condición actual de parado, de editor medio fracasado, de vergonzante ocioso y de autista informático.

—Mira, Ricardo. Hay otro motivo, en efecto. Quiero dar el salto inglés.

Después de aceptar viajar con ellos, Ricardo se queda primero largo rato callado y luego pasa a contarle, casi de pasada y sin darle la menor importancia, que estuvo hace muy poco en Nueva York, donde entrevistó en su casa a Paul Auster para la revista *Gentleman*. Lo dice como si nada. En un primer momento, Riba no puede ni creerle.

—¿Estuviste en casa de los Auster? ¿Y cómo ha sido eso? ¿Cuándo has ido a Nueva York?

Se le han quedado los ojos como platos y se ha emocionado realmente con la sola idea de que Ricardo haya podido estar también en ese *brownstone* de tres plantas de Park Slope en que él estuvo en cierta ocasión y que desde entonces tanto ha mitificado. Le pregunta enseguida si no le pareció que estaba muy bien la casa y que los Auster, Siri y Paul, eran muy agradables, simpáticos. Se lo dice con una ilusión casi infantil y en la creencia de haber compartido experiencias similares.

A Ricardo sólo le falta encogerse de hombros. No tiene la menor opinión sobre el barrio, ni sobre la hospitalidad de los Auster, ni sobre la casa y ni tan siquiera sobre los ladrillos rojos de la fachada. En realidad, no tiene nada que contar de su visita a los barrios victorianos de Park Slope. No le ha dado a su incursión en casa de los Auster la menor importancia. Para él, fue una entrevista más. Se lo pasó mejor el otro día, dice, entrevistando a John Banville en Londres.

¿Será que haber crecido en Nueva York ha dejado a Ricardo inmunizado de todo sentimiento de fascinación por esa ciudad? Es más que probable. Para él, es natural pasearse por allí, no le da mayor trascendencia.

Qué diferentes pueden ser dos personas, por amigas que sean. La ciudad de Nueva York, los Auster, la onda inglesa, todo eso para Ricardo es lo más normal del mundo, no tiene secretos ni constituye ningún aliciente especial. Es algo que le ha sido *dado* desde niño.

Ricardo cambia, sin problema, de tema, sobre todo de personaje, y le dice que en Boston, al día siguiente de la visita a Auster, entrevistó a O'Sullivan. Y luego le habla de Brendan Behan, de quien dice que fue uno de los irlandeses más fantásticos que pasaron en su día por Nueva York.

No quiere comentarle a Ricardo que es inútil que le cuente cosas de Behan, ya que lo sabe todo sobre él. Le deja hablar sobre el irlandés, hasta que, en un momento de descuido, vuelve a sacar el tema Auster.

—¿Crees que a Paul Auster le consideran un buen novelista en Ghana? —le pregunta a Ricardo en clara provocación.

—¡Ah, pero yo qué sé! —le mira muy extrañado—. Estás bien raro hoy. ¿No sales nunca, verdad? No es que salgas poco, es que no sales, no estás acostumbrado a hablar con la gente. Estará bien que te airees en Dublín. Créeme, estás algo desquiciado. Deberías reabrir la editorial. No puedes estar sin hacer nada. ¡Auster en Ghana! Bueno, vayamos a La Central.

Salen del Belvedere. Fuerte viento. Agua inundándolo todo. Intemperie. Caminan despacio. Llueve cada vez más violentamente. El viento tuerce los paraguas. Algunas voces apocalípticas ya han hablado de un diluvio universal. La realidad se va pareciendo a la instalación que prepara Dominique en Londres.

Al final será verdad que el fin del mundo no está tan lejos. En realidad se ha visto venir siempre que ese fin no podía estar muy lejos. Mientras lo esperan, los seres humanos se entretienen celebrando funerales, pequeñas imitaciones del gran final por venir.

Como van a entrar en la librería, Ricardo arroja su Pall Mall y ni se molesta en apagarlo con el pie, porque la tromba de agua se ocupa instantáneamente de la colilla. Mientras cierran sus respectivos paraguas, una ráfaga de viento les empuja con tal fuerza que patinan hacia delante e ingresan de golpe en la librería cayendo cómicamente de culo sobre la alfombrilla de la entrada, justo en el momento en el que estaba saliendo de La Central un joven con una chaqueta azul estilo Nehru debajo de un viejo impermeable, gafas redondas de concha y el cuello de su blanca camisa bastante roto.

Riba cree conocerle de vista, aunque no acierta a orientarse. ¿Quién es? El joven pasa junto a ellos con paso insolente, indiferente a su ridícula caída. Un tipo imperturbable. Actúa con una frialdad asombrosa, como si no hubiera visto que Ricardo y Riba acaban de caerse. O como si pensara que son dos cómicos del cine mudo. Es un tipo raro. Aunque viene del interior de la librería, lleva el pelo muy aplastado por la lluvia.

—Por poco nos matamos —comenta Riba, todavía desde el suelo.

Ricardo ni le contesta, quizá aturdido por lo que ha pasado.

Es algo llamativo. El joven indiferente parece el mismo que estaba plantado el otro día espiando frente a la casa de sus padres, y también el mismo que desde un taxi vio en la confluencia de Rambla de Prat con Príncipe de Asturias. Le comenta a Ricardo que al tipo de la chaqueta Nehru le ve últimamente por todas partes, y por un momento teme que su amigo no sepa ni de quién le está hablando. Quién sabe, tal vez ni siquiera haya reparado en el joven de las gafas redondas que ha pasado junto a ellos con tanta indiferencia. Pero no es así, pronto se da cuenta que lo ha visto perfectamente.

—No, si ya se sabe —dice Ricardo—. Siempre aparece alguien que no te esperas para nada.

JUNIO

Pero si un día encontrara ese autor tan buscado, ese fantasma, ese genio, difícilmente éste mejoraría lo ya dicho por tantos otros acerca de las grietas que separan las expectativas de la juventud y la realidad de la madurez, lo ya dicho por tantos otros sobre la naturaleza ilusoria de nuestras elecciones, sobre la decepción que culmina la búsqueda de logros, sobre el presente como fragilidad y el futuro como dominio de la vejez y de la muerte. Y, por otra parte, siempre será un fastidio, un mal del alma para todo editor lúcido, tener que salir a la busca de todos esos fantasmas que son los malditos autores. En todo esto piensa ahora tumbado en una playa de agua azul, rodeado de toallas, gorros rojos, olas sosegadas sobre la arena tibia y amarilla, cerca del centro del mundo. Una playa extraña en un ángulo del puerto de Nueva York.

Cuando despierta, todavía avergonzado tanto de haber creído que estaba realmente en esa playa como de haber desempolvado inconscientemente el mal oculto de todo editor, se viste a toda velocidad —no quiere perder tiempo— y acude a la prosaica sucursal del Banco Bilbao Vizcaya, a una hora en la que sabe que apenas encontrará clientes y así podrá solucionar su enojoso asunto con mayor rapidez. Le atiende la sonriente directora, a la que comunica abruptamente que desea desplazar la mitad del dinero de un fondo de inversión a otro del mismo banco, a uno denominado Extra Tesorería Fi. Confirma previamente con la directora que el capital en depósito de su nuevo fondo está plenamente garantizado. Y entonces lleva a cabo la transacción. Después, ordena el traslado de parte del dinero de su cuenta corriente a otro banco, el Santander. La directora sabe que no puede pedirle explicaciones de este gesto traidor, pero es muy probable que esté ahora preguntándose qué habrán hecho mal ellos para que él haga este movimiento financiero. Finalmente, firma más papeles y pide el talonario que se olvidaron de darle en la última visita. Se despide con mucha educación y cinismo. Al salir a la calle, detiene un taxi y se va a la otra punta de la ciudad, al barrio de Sants, a una sucursal del banco de Santander donde el hermano pequeño de Celia, que desde hace tiempo trabaja allí, le ha ofrecido contratar un plan de pensiones con una rentabilidad de un óptimo siete por ciento. Le deprime tener ya un plan de pensiones, pues nunca imaginó que envejecería, pero prefiere ir a lo práctico.

En la sucursal del Santander, con el dinero que ha mandado desde el Bilbao Vizcaya, contrata el plan y firma también un buen número de papeles. Aparece el director, que es el jefe directo del hermano de Celia, y se interesa educadamente por su famoso y ya cerrado trabajo editorial de tantos años. Riba desconfía de tanta cortesía y piensa que el director está en realidad siempre a punto de preguntarle directamente si es que ya van muy mal todos los negocios con libros. Le mira casi mal, y finalmente le interrumpe para hablarle de Nueva York y de lo mucho que le gustaría vivir allí. Sus elogios exagerados a esa ciudad acaban incluso irritando al flemático director de la oficina, que le interrumpe:

—Oiga, sólo una pregunta, y usted disculpe, pero me mata la curiosidad... ¿Y no podría ser feliz viviendo, por ejemplo, en Toro, en la provincia de Zamora? ¿Qué tendrían que tener Toro o Benavente, para que usted fuera a vivir allí? Y disculpe la pregunta porque seguramente se la he hecho porque soy de Toro.

Queda pensativo Riba sólo unos segundos, y finalmente emprende el pedregoso camino zamorano de su respuesta. Lo hace con una voz deliberadamente suave, poética, antibancaria, vengativa con respecto al espacio financiero en el que se encuentra.

—Es una difícil pregunta, pero se la contesto. Siempre he pensado que, cuando oscurece, todos necesitamos a alguien.

Silencio impresionante.

—Sin embargo —prosigue Riba—, tengo la impresión de que en Nueva York, por ejemplo, si oscurece y no tenemos a nadie, siempre puede resultar menos dramática la soledad que en Toro o Benavente. ¿Me comprende ahora?

El director le mira casi sin expresión, como si no hubiera entendido nada. Le desliza más papeles para que los firme. Riba firma y firma. Y después, con la misma voz suave de hace un momento, ordena que mañana retiren la parte que aún está en el fondo de inversión del Bilbao Vizcaya y lo pasen a uno del propio Santander.

Una hora después, ya tiene todas las transferencias realizadas. Mejor así, piensa. Mejor así, con el dinero repartido en lugar de tenerlo en un solo sitio. Sube a otro taxi y regresa a casa. Se encuentra medio agotado, porque llevaba dos años sin hacer transacciones financieras ni pisar los bancos. Le parece que ha hecho un esfuerzo sobrehumano esta mañana. Comienza a notar que tiene una sed inmensa. Está cansado y tiene mucha sed. Sed de mal, de alcohol, de agua, de tranquilidad, de volver a estar en casa, sobre todo sed de mal y de alcohol. Le gustaría echar un trago y lanzarse a la mala vida. Después de dos años de abstinencia, está confirmando una vieja sospecha: el mundo es muy aburrido o, lo que es lo mismo, lo que sucede en él carece de interés si no lo cuenta un buen escritor. Pero era muy jodido tener que salir a la caza de esos escritores, y encima no dar nunca con uno que fuera auténticamente genial.

¿Cuál es la lógica entre las cosas? Realmente ninguna. Somos nosotros los que buscamos una entre un segmento y otro de vida. Pero ese intento de dar forma a lo que no la tiene, de dar forma al caos, sólo saben llevarlo a buen puerto los buenos escritores. Por suerte, todavía mantiene amistades con algunos, aunque también es cierto que ha tenido que organizar el viaje a Dublín para no perderlos. Desde el punto de vista amistoso y creativo, está con el agua al cuello desde que cerró su negocio. En el fondo echa en falta el contacto continuo con los escritores, esos seres tan disparatados y extraños, tan egocéntricos y complicados, tan imbéciles la mayoría. Ah, los escritores. Sí, es verdad que les echa en falta, aunque eran muy pesados. Todos tan obsesivos. Pero no se puede negar que le han entretenido y divertido siempre mucho, sobre todo cuando —aquí sonríe maliciosamente— les pagaba anticipos más bajos de los que podía darles y contribuía así a que fueran aún más pobres. Malditos desgraciados.

Ahora les necesita aún más que antes. Le gustaría que alguno se acordara y le llamara para la presentación de alguna novela, o para un congreso sobre el futuro del libro, o simplemente para interesarse por él. El año pasado aún hubo varios que se molestaron en llamarle (Eduardo Lago, Rodrigo Fresán, Eduardo Mendoza), pero este año ni uno. Él se guardará mucho de suplicárselo a alguien, sería lo último que haría en la vida. ¡Implorar que le permitan participar en alguna presentación o en algún nuevo canto del cisne del libro! Pero cree que son muchos los que le deben parte de su éxito y podrían acordarse de él para algún acto de ese tipo o para lo que fuera. Aunque ya se sabe: los escritores son resentidos, celosos hasta la enfermedad, siempre sin dinero y finalmente unos grandes desagradecidos, tanto si son pobres como pobrísimos.

Como ya no bebe, no hay peligro de que se vuelva lenguaraz y vaya divulgando por ahí alguno de sus secretos. El mejor guardado de todos es lo gran cabronazo que le gusta sentirse cada vez que íntimamente se vanagloria y regodea de la multitud de anticipos recortados a los novelistas, sobre todo a éstos, a los novelistas, que son con gran diferencia los más insoportables —más que los poetas o los ensayistas— cuando se ponen verdaderamente insufribles. Claro está que si recortó anticipos fue porque le parecía que, estando tan poco dotado para lo financiero, si no regateaba y se ganaba fama de tacaño, aún se habría arruinado más. De no haber puesto freno al alcohol y a los negocios, iba sin duda camino, desde el punto de vista vital, de acabar como Brendan Behan: totalmente empobrecido y borracho eterno. Piensa en ese escritor irlandés y en los bares de Nueva York que frecuentaba. Y vuelve a pensar en que hoy, después de tanta actividad bancaria, si no fuera porque se lo tiene prohibido él mismo, se tomaría ahora de golpe una copa del licor más fuerte.

«Licores fuertes / como metal fundido», que decía Rimbaud, seguramente su escritor preferido.

Ha sido un impulso suicida, pero qué va a hacer si es grande la sed y larga la sombra de la tentación. Y larga todavía la vida tan breve.

Imagina que Nietzky tiene en realidad algo del fugaz genio que le acompañó en su infancia de fútbol de sesión continua en el patio de Aribau. Aquellos primeros años en los que la sombra del genio iba con él. Un genio que pronto perdió de vista y sólo ha vuelto a ver en un sueño el día en que llegó por primera vez a Nueva York. Imagina que Nietzky es un pariente de aquel ángel de la guarda, de aquel *angelo custode*. Y también imagina que ahora está hablando con esa especie de pariente de aquel perdido genio y que lo hace en el reino feliz de los pantalones blancos, los calcetines escoceses, los prismáticos en bandolera y los idiomas anglosajones.

Deberías llevar una vida más sana, le dice Nietzky, deberías caminar al aire libre. Me gustaría verte pasear por los alrededores de tu domicilio, o bien en plena naturaleza. Cánsate en la naturaleza. O bien trata de buscar otros objetivos, en vez de entregarte al ordenador, o de dedicarte a pensar todo el rato que estás ya viejo y acabado y que te has vuelto muy aburrido. Pero haz algo. Acción, acción. No tengo otra cosa que decirte.

Pensar en Brendan Behan le parece una forma más que idónea de preparar su viaje a Dublín. Durante un tiempo, ya muy lejano, este escritor irlandés fue un enigma para él, un misterio que estuvo persiguiéndole desde que Augusto Monterroso dijera en *Viaje al centro de la fábula* que «crónicas de viaje como *New York* de Brendan Behan son la máxima felicidad».

Durante largo tiempo estuvo preguntándose quién diablos sería aquel Behan, pero sin decidirse a buscarlo de verdad. Y ahora recuerda que siempre que veía a Monterroso, se olvidaba de preguntárselo. Y recuerda también que, un día, cuando menos lo esperaba, halló el nombre de Brendan Behan en una nota periodística sobre huéspedes famosos del Hotel Chelsea de Nueva York. Aunque allí de Behan decían tan sólo que había sido un brillante escritor irlandés que solía describirse a sí mismo como «alcohólico con problemas de escritura».

Le quedó grabado esto último y, por otra parte, tan intensa pero escasa información agrandó aún más el enigma de aquel santo bebedor, hasta que un día, muchos años después de la primera vez que oyó hablar de él, descubrió a Behan camuflado tras el personaje del charlatán Barney Boyle en la barra de un pub en *El secreto de Christine*, novela escrita por John Banville con el seudónimo de Benjamin Black. Aún sorprendido por aquel hallazgo, se dedicó a espiar el ambiente en el que se movía aquel Boyle, contrafigura de Behan: atmósfera de niebla, estufas de carbón, vapores de whisky y humo viciado de cigarrillo. Y comenzó a parecerle que cada día se encontraba ya más cerca del auténtico Behan. No se equivocaba. Hace unas semanas, entró en una librería y, como si hubiera estado allí esperándole toda la vida, dio de pronto con *Mi Nueva York*. Lo primero que lamentó fue no haberlo publicado él. Y más lo lamentó cuando descubrió que el libro de Behan era un monólogo maravilloso sobre la ciudad de Nueva York, a la que consideraba «el lugar más fascinante del mundo». Para Behan nada podía compararse a la eléctrica ciudad de Nueva York, el centro del universo. El resto era silencio, flagrante oscuridad. Después de haber estado en Nueva York, todo lo demás era horroroso. Y así Londres, por ejemplo, llegando de Nueva York, tenía que parecerle al londinense, «una gran tarta aplastada de suburbios de ladrillo rojo, con una pasa en medio que sería el West End».

Mi Nueva York, el libro que escribió Behan al final de su vida, resultó ser un recorrido por el infinito genio del paisanaje de una ciudad de felices constelaciones humanas. *Mi Nueva York* confirmaba, además, que esa ciudad y la felicidad eran lo mismo. Behan escribió su libro en el Hotel Chelsea, cuando ya estaba muy alcoholizado, a principios de los sesenta. Eran días de grandes fiestas en las que no faltaban nunca el twist y el madison, recién inventados, pero también días de incipientes revoluciones. Unos años antes, el galés Dylan Thomas se había presentado en el Chelsea en la noche del 3 de noviembre de 1953 anunciando que había tomado dieciocho whiskies seguidos y que aquello le parecía todo un récord (murió seis días después).

Pasados unos diez años, como si del mismísimo «barco ebrio» del poema de Rimbaud se tratara, «arrojado por el huracán contra el éter sin pájaros», el irlandés Behan iba a presentarse también en aquel hotel en condiciones tan beodas como las del galés, y sería auxiliado por Stanley Bard, el dueño del Chelsea, que le daría alojamiento a él y a su mujer, aun sabiendo que al escritor, que estaba siempre ebrio, le habían echado de todos los hoteles. El gran Stanley Bard sabía que si había algún lugar donde Behan podría volver a escribir era el Chelsea. Y así fue. El hotel de la Calle 23, que siempre fue considerado un lugar propicio para la creatividad, se reveló crucial para Behan, cuyo libro fue redactado en la misma galería en la que viviera Dylan Thomas.

El libro habla de la euforia que le provocaba a Behan aquella enérgica ciudad en la que, al caer la tarde —seguramente la tarde de su propia vida—, se le hacía siempre patente que a fin de cuentas lo único importante en este mundo es «tener algo que comer y algo que beber y alguien que te quiera». En cuanto al estilo del libro, podría sintetizarse así: escribir y olvidar. Los dos verbos suenan como un eco de la conocida relación entre beber y olvidar. El propio Behan decía haberse decantado por esta opción-express: «Habré olvidado este libro mucho antes de que vosotros hayáis pagado vuestro dinero por él.»

Aunque irlandés, Behan no fue nunca administrador de nada, si acaso la excepción a la regla de aquella afirmación de Vilém Vok de que Nueva York pertenece a los judíos, los irlandeses la administran, y los negros la gozan. Porque lo último que Brendan Behan deseaba era tener que administrar algo de su amada ciudad. Tal vez por eso su estilo en *Mi Nueva York* está hecho de opiniones que son como disparos sin ánimo de ser administrados más allá del disparo mismo, de descargas o juicios deliberadamente furtivos acerca de todo el personal humano que tenía a su alcance: los negros, escoceses, camareros, homosexuales, judíos, taxistas, mendigos, beatniks, financieros, latinos, chinos y, por supuesto, los irlandeses, que andaban en clanes familiares por toda la ciudad vigilándose los unos a los otros y creando una sensación única de vida, como si ésta fuera tan sólo una balada sobre la lluviosa tierra natal.

A lo largo de *Mi Nueva York*, en ningún momento Behan olvida la energía de sus maestros literarios: «Shakespeare lo dijo todo muy bien, y lo que se dejó por decir lo completó James Joyce.» Precisamente, la forma que tenía Behan de acercarse a cada uno de los bares de Nueva York recuerda a esa escena de la biblioteca en el *Ulysses* de Joyce, cuando declina el día y el decorado y las personas externas a Stephen empiezan a disolverse en su percepción, tal vez porque las bebidas que ha tomado en el almuerzo y la excitación intelectual de la conversación, entre trivial y anodina, de la biblioteca, las va haciendo alternativamente más nítidas o más borrosas. Así también, con alternativas diáfanas o difusas, van apareciendo en el libro de Behan, según el grado de su entusiasmo privado, los bares del Nueva York de principios de los años sesenta. Y los nombres, a modo de fascinante y perturbadora letanía sagrada, van cayendo, inexorables, irlandeses, legendarios: McSorley's Old Ale House, Ma O'Brien's, Oasis, Costello's, Kearney's, Four Seasons, y el Metropole de Broadway, donde nació el twist.

Esencial y laica letanía. Recordar el libro de Behan, piensa Riba, ha sido una buena manera de seguir preparando su viaje a Dublín, incluso de ir alejándose cada día más del barrio mental que le tiene secuestrado, y así ir acercándose a horizontes más amplios. El libro de Behan lo devoró en el tren de Lyon que le devolvió a Barcelona, y lo leyó imaginando muchas veces que lo leía en una mesa junto a la puerta de hierro del asombroso Oakland, el bar de la esquina de Hicks con Atlantic de *Cuando hieras a Brooklyn*, la bella novela de su amigo el joven Nietzky.

Y recuerda también que en los últimos minutos de

su lectura de aquel libro de Behan, al caer la tarde, siempre imaginándose en el Oakland, hasta creyó vivir con el autor ese momento irrepetible y oscuro que jamás se olvida, ese instante entre *joyceano* y elegíaco en el que los ensueños de Behan absorben paulatinamente el mundo que tiene alrededor mientras se desvanece la luz diurna y se acumulan las impresiones del día en una armonía de sonidos urbanos y una mezcla conmovedora de sentimientos y luz declinante que llega hasta las mismas puertas del Chelsea, donde nunca apagan la luz.

Sin Nueva York no sería nada. Necesita como agua de vida la alegría que le llega siempre que recuerda que esa ciudad está ahí, esperándole. Ahora mismo, pensar en el hotel Chelsea y en Behan le ha ido sumiendo en un estado de feliz melancolía neoyorquina, en una especie de extraña nostalgia de lo no vivido. Pensar en el Chelsea y Behan es una forma de sentirse más cerca del encanto y la calidez de Nueva York y de ciertos momentos de un pasado no vivido y de todo aquello que, por motivos que en general se le escapan, le da una alegría tan misteriosa como necesaria para seguir viviendo.

Tan verdad es que cuando oscurece siempre necesitamos a alguien como que, cuando amanece, siempre necesitamos recordar que nos queda todavía algún objetivo en la vida. Nueva York cumple todos los requisitos para ser un buen motor para seguir en el mundo. El recuerdo más agradable y también el más extraño de esa ciudad que ha visitado dos veces y donde cree que debería irse a vivir pronto, es el de una noche en la casa de Brooklyn de Siri Hustvedt y Paul Auster. Acudió a ella en compañía del joven Nietzky. Recordará siempre esa salida nocturna, entre otras muchas cosas porque no ha vuelto a salir de noche desde entonces. Y es que para no sentirse demasiado tentado por el alcohol y para, además, preservar su salud, se ha prohibido a sí mismo las noches. Con los Auster hizo una excepción que luego no ha repetido más. Recuerda ahora perfectamente cómo aquel día de la gran excepción, hacia las seis de la tarde, él y Nietzky dejaron el bar del Morgan Museum, en Madison Avenue, y fueron caminando pausadamente hasta el puente de Brooklyn, que cruzaron andando a lo largo de una media hora inolvidable. Atravesándolo, pudo comprobar que, tal como le habían dicho unos amigos en Barcelona, *sentir* la ciudad desde el puente a lo largo del tiempo que dura la travesía a pie acaba siendo una intensa experiencia.

—Pasar de Manhattan a Brooklyn por el puente —le dijo Nietzky— es como meterse en otro mundo. Me gusta mucho ese puente. Y también me gusta el gran poema que el suicida Hart Crane le dedicó. Cada vez que cruzo por aquí me siento feliz. Es un trayecto que me sienta bien.

Marchando por el puente, le fue imposible no recordar que, cuando era joven y soñaba con viajar algún día a Nueva York, había deseado mil veces caminar por aquel puente, que él relacionaba con Saul Bellow que, recién llegado a aquella ciudad, se sintió en ese lugar el dueño del mundo. Lo contó muchos años después uno de sus amigos, que presenció ese momento de gran poderío imaginario de Bellow y lo narraría así años después: «Le vi mirar la ciudad desde el puente con una filantropía asombrosa y todo indicaba que estaba midiendo las fuerzas ocultas de cada una de las cosas del universo, tanteando el poder que tenía el mundo para resistírsele:

esperaba que éste fuera hacia él, y se había prometido un gran destino.»

—¿Sabes que a mí también me sienta muy bien caminar por este puente? —le dijo a Nietzky.

Y luego, sin mencionar a Bellow, le contó que caminar hacia Brooklyn significaba para él buscar de nuevo las antiguas fuerzas ocultas y evocar ciertos días de su juventud en los que aún esperaba que el mundo fuera a su encuentro.

—¿Creías que el mundo iría hacia ti? —preguntó el joven Nietzky. Y soltó una risotada. Nietzky llevaba años en la ciudad y no se le había ocurrido nunca una cosa parecida.

Luego, por unas tranquilas calles, se fueron adentrando en los barrios victorianos de Park Slope. Y Brooklyn fue revelándose como un lugar con una atmósfera muy especial. Mientras caminaban, Nietzky le fue explicando que aquel barrio misterioso se metía por debajo de la piel y se quedaba ahí, para siempre. Brooklyn, dijo Nietzky, es algo así como un inventario del universo y tiene la peculiaridad de que, mientras en muchas partes las diferencias étnicas son una fuente potencial de conflictos, aquí se convive en armonía y con un ritmo más humano y más antiguo que el de Manhattan. Es un gran lugar, concluyó Nietzky.

Se fueron adentrando en Park Slope, donde estaba la casa de ladrillo rojo, el *brownstone* de tres plantas de los Auster, muy amigos de Nietzky.

En aquella casa de Brooklyn, sin que él hubiera podido ni sospecharlo, le esperaba la felicidad que había vanamente buscado en su primer viaje a aquella ciudad. Le llegó de súbito, a medianoche, cuando se dio cuenta de que estaba en casa de los Auster en aquella ciudad maravillosa. ¿Qué más podía pedir? Los Auster eran la encarnación misma de Nueva York. Y él estaba en su casa, estaba en el centro mismo del mundo.

Fue una felicidad que recuerda intensísima, muy parecida a la de su sueño recurrente de tantos años. Todo parecía haberse puesto de acuerdo para que se sintiera de un humor inmejorable en aquel momento. Pero sucedió algo con lo que no contaba para nada. Debido a su desfase horario y a pesar de su estado de fantástica felicidad, no podía evitar ciertos bostezos, que trataba de ocultar con las manos, lo cual aún era peor. Cuerpo y alma estaban por completo divididos, cada uno con su lenguaje propio. Y era evidente que el cuerpo, con sus propios códigos, se hallaba desconectado radicalmente en aquel momento de la felicidad de su espíritu. «Cuando el espíritu se eleva, el cuerpo se arrodilla», decía Georg Christoph Lichtenberg.

No olvidará nunca de aquella noche el momento en que pensó en explicarle a Paul Auster que los bostezos, según había leído hacía poco en una revista, no significaban ni aburrimiento ni sueño, sino lo contrario, deseos de descongestionar el cerebro y de lograr así estar aún más despiertos de lo muy despiertos y felices que estamos. Se acuerda mucho de aquel momento y también de cuando vio que sería mejor no decir nada y no complicar aún más las cosas, y que entonces, sin poder evitarlo, volvió a bostezar y tuvo que volver a taparse con las manos la desgraciada boca.

—¿Dejarás algo en depósito? —le preguntó Auster.

No entendió la pregunta en aquel momento, ni tampoco a lo largo de los días que siguieron. Como hablaban en francés, llegó a pensar que no la había entendido a causa del idioma. Pero Nietzky le ha confirmado ya en varias ocasiones que fue así y que Auster, en efecto, le preguntó si dejaba algo en depósito.

Tal vez quiso Auster saber si dejaría el recuerdo de sus bostezos como depósito de un supuesto adelanto por el alquiler. ¿Por el alquiler de aquel *brownstone*? ¿Sabía Auster que su invitado de aquella noche deseaba, a toda costa, vivir en aquella casa? ¿Se lo había contado tal vez Nietzky?

Le ha dado, a lo largo de los últimos meses, múltiples vueltas a aquella pregunta extraña de Auster, pero sigue siendo un misterio no resuelto. A veces, está en la parada de un autobús, o sentado en casa frente al televisor, y piensa en aquello y oye todavía la pregunta, tan cargada de electricidad inexplicable:

—¿Dejarás algo en depósito?

Descubre en *youtube* a un jovencísimo Bob Dylan cantando con Johnny Cash *That's allright Mama*, y observa, con una mezcla de sorpresa y curiosidad, que el consagrado Cash canta ahí con cara de resignación, como si no hubiera tenido aquel día más remedio que aceptar la repentina compañía del desconocido joven genio, que habría saltado al escenario sin permiso de nadie.

Riba observa que no le molesta a Cash la presencia del jovencísimo Dylan a su lado, pero aun así quizá se esté preguntando por qué tiene que cantar acompañado del joven genio que se le ha adosado. ¿Acaso el pequeño Dylan pretende convertirse en su ángel custodio? ¿Es tal vez Dylan un repentino guardián de las creaciones de Cash?

Acaba pensando que algo parecido le ocurre a él con Nietzky, al que durante meses confundió con el genio que buscaba entre los escritores jóvenes. Después, cuando comprendió que tenía un gran talento pero no era el escritor tan especial que le habría gustado encontrar, se resignó a verlo sólo como lo que era, que ya era mucho. No era el gran monstruo de las letras que andaba buscando como editor, pero en él podían percibirse trazos de una chispeante y creativa electricidad neurótica. Más que suficiente.

Cuando hieras a Brooklyn, la única novela de Nietzky, la publicó Riba en su momento y siempre le ha parecido muy buena. Una historia sobre irlandeses en el Nueva York actual. Una pieza magnífica por haber sabido darle su joven amigo una inesperada nueva vuelta de tuerca al mundo de los heterónimos, al mundo de los personajes que se sienten incapacitados para afirmarse como sujetos unitarios, compactos y perfectamente perfilados. Un libro divertido y raro, en el que los irlandeses de Nueva York parecen lisboetas salidos de una siesta muy agitada de Pessoa. Nunca hubo irlandeses más extraños en una novela.

Por todo esto y por mucho más, por su admiración cada día mayor hacia el joven de indiscutible talento que es Nietzky, no lo piensa ya más veces y le manda un correo electrónico, un correo que espera que sea tan directo como el rayo, eléctrico como la psique atormentada de ese prometedor escritor español de Nueva York. Un e-mail a su apartamento en la Calle 84 Oeste, esquina con Riverside Drive. En él le propone que sea el cuarto viajero de la expedición al *Bloomsday*. Y acaba diciéndole: «Después de todo, ya el año pasado —y también creo que en otros anteriores— estuviste allí, sé que volaste desde Nueva York para asistir a las celebraciones del *Bloomsday*, y por tanto nada tendría de extraño que quisieras volver a repetir la experiencia. Anímate.»

Ese *anímate* tiene poderes especiales, porque de pronto, como si también a él le fuera dado ser el dueño pasajero de cierta electricidad neurótica, cree adentrarse en la esencia del viento que sopla afuera y que esparce el agua de la lluvia por toda Barcelona: cree por unos momentos —en una sensación sin duda totalmente inédita para él— estar dentro del pensamiento del viento, hasta que comprende que la mente del viento no podrá ser nunca suya ni de nadie, y entonces se contenta —triste destino— con un pensamiento profundamente ridículo: el mundo es siempre más amplio en primavera.

Hace ya años que lleva una vida de catálogo. Y de hecho le resulta ya muy difícil saber quién es verdaderamente. Y, sobre todo, lo que aún es más difícil: saber quién realmente pudo ser. ¿Quién era el que estaba ahí antes de que empezara a editar? ¿Dónde se halla esa persona que gradualmente fue quedando oculta tras el brillante catálogo y la sistemática identificación con las voces más atractivas del mismo? Le vienen ahora a la memoria unas palabras de Maurice Blanchot, unas palabras que conoce muy bien desde hace tiempo: «¿Y si escribir es, en el libro, hacerse legible para todos, e indescifrable para sí mismo?»

En su trabajo editorial, recuerda un punto de inflexión el día en que leyó estas palabras de Blanchot y, a partir de aquel momento, comenzó a observar cómo sus autores, libro a libro publicado, se iban haciendo cada vez más dramáticamente indescifrables para sí mismos al tiempo que se volvían suciamente muy visibles y legibles para el resto del mundo, empezando por él, su editor, que veía en el drama de sus autores una consecuencia más de los gajes del oficio, en este caso, de los gajes de publicar.

—Ay —les dijo con gran cinismo un día en una reunión en la que estaban cuatro de sus mejores autores españoles—, vuestro problema ha sido publicar. Habéis sido muy insensatos al hacerlo. No sé cómo no presentisteis que publicar os hacía indescifrables para vosotros mismos y, además, os colocaba en la senda de un destino de escritor, que en el mejor de los casos contiene siempre las extrañas simientes de una siniestra aventura.

Detrás de estas cínicas palabras, Riba ocultaba su propio drama. Llevar una vida de editor le había impedido saber quién era la persona que gradualmente fue quedando oculta tras el brillante catálogo.

Nietzky puede ser un perfecto acompañante para el viaje a Irlanda, e incluso el cerebro de la expedición, pues tiene siempre originales ideas y, a pesar de su juventud, es un buen conocedor de la obra de James Joyce. En España se tiende a relativizar la importancia del escritor irlandés y, es más, se ha convertido en un monstruoso lugar común jactarse de no haber leído *Ulysses*, y además decir que es un libro incomprensible y aburrido. Pero Nietzky hace diez años que no está en su país, y no puede considerársele ya exactamente un especialista *español* en Joyce. En realidad, a Nietzky ya sólo puede vérsele como un ciudadano y joven escritor de Nueva York y hombre muy curtido en temas locales irlandeses filtrados por el color de los azulejos de Lisboa.

Piensa en Nietzky y acaba pensando en Celia. No le gustaría que hoy ella, cuando a las tres menos cuarto regrese del trabajo, le encontrara, una vez más, ensimismado frente al ordenador. No lo apaga, pero lo elimina de su mente y se queda sin saber qué hacer, mirando al techo. Consulta después el reloj y confirma que no pasa nada, pues ya queda poco para que Celia vuelva a casa. Se pone a mirar por la ventana y luego a observar con detenimiento una mancha del techo, donde de pronto cree ver un mapa de su país natal. Se acuerda, se acuerda muy bien de la cultura de sus paisanos, que fue la primera que se le hizo peligrosamente pesada y familiar. Recuerda bien su desesperado salto a Francia, su hoy en día ya tan anticuado salto *francés*. París le permitió huir del eterno verano inculto del franquismo y más adelante conocer a escritores como Gracq o como Philippe Sollers y Julia Kristeva, o como Romain Gary, una de las amistades de las que se siente más orgulloso. Y no se le escapa ahora que muchos de los que encuentran *Ulysses* insoportable ni siquiera se han molestado en pasar de la primera página de un libro sobre el que dan por sentado que es plúmbeo, complicado, extranjero, falto de «la castiza y proverbial gracia hispana». Pero él da por sentado que esa primera página del libro de Joyce, ya sólo esa primera página, se basta sola para deslumbrar. Es una página, aparentemente nimia, que sin embargo ofrece en sí misma un mundo completo y extraordinariamente libre. Se la sabe de memoria en la versión ya mítica de aquel primer traductor del libro al español, de aquel traductor tan genial como extraño gran aventurero que fue J. Salas Subirat, autodidacta argentino que trabajó como agente de seguros y escribió un raro manual, *El seguro de vida*, que a modo de curiosidad Riba publicó, a comienzos de los noventa, en su editorial.

Deja la ventana y va hacia la cocina y mientras camina por el pasillo va pensando en el comienzo de *Ulys-*

ses, tan aparentemente plano, aunque ese comienzo emite en realidad una sintonía que raramente se olvida. Transcurre en lo alto de la plataforma de tiro de The Martello Tower, en Sandycove, construida en 1804 por el ejército británico para defenderse de una posible invasión napoleónica:

> Imponente, el rollizo Buck Mulligan apareció en lo alto de la escalera, con una bacía desbordante de espuma, sobre la cual traía, cruzados, un espejo y una navaja. La suave brisa de la mañana hacía flotar con gracia la bata amarilla desprendida. Levantó el tazón y entonó:
> —*Introibo ad altare Dei.*
> Se detuvo, miró de soslayo la oscura escalera de caracol y llamó groseramente:
> —Acércate, Kinch. Acércate, jesuita miedoso.
> Se adelantó con solemnidad y subió a la plataforma de tiro...

Está seguro de que, cuando llegue el momento, le gustará estar en lo alto de la circular plataforma de tiro, allí donde tiene lugar esa escena archiconocida del *Ulysses*. Muy cerca de allí, en el pub Finnegans de la población de Dalkey, es donde, además, tendrá lugar la primera reunión de la Orden de Caballeros —llamada precisamente Orden del Finnegans por el pub, no por el libro de Joyce del mismo nombre— que su joven amigo quiere fundar el mismo 16 de junio.

La noticia de que van a fundar esa orden se la acaba de comunicar Nietzky en su fulminante mensaje electrónico de respuesta. Ya sólo por el simple hecho de proceder de Nietzky, la creación de esa especie de club *finnegansiano* le parece una buena idea. ¿O no anda muy necesitada su melancolía de algunos clubes y algunas reuniones? Por otra parte, todo cuanto Nietzky idea o escribe suele parecerle irreprochable. Además, su e-mail ha sido muy oportuno, le ha dado una gran alegría porque ha llegado en medio de una serie de mensajes de otra gente, en los que —para no variar con la tónica que se ha instalado en los últimos tiempos en su correo electrónico— nadie le invita a nada, a ninguna conferencia ni encuentro de editores, a nada de nada, sólo le dan la lata con asuntos triviales o le piden favores. En cierta forma, le están olvidando sin olvidarse de él.

Con Ricardo y Javier ha sido prudente, pero con Nietzky va a actuar de forma muy distinta. Porque a él sí que se atreve a decirle que en Dublín quiere entonar un réquiem por la galaxia Gutenberg, por esa galaxia hoy de pálido fuego, y de la que la novela de Joyce fue uno de sus grandes momentos estelares. Y no sólo es que vaya a atreverse a decírselo, sino que se lo está comunicando ya ahora mismo en el nuevo e-mail que le envía.

Sin ninguna clase de rodeos ni explicaciones demasiado enrevesadas, le dice a Nietzky que quiere dar el *salto inglés* —espera que capte lo que quiere decir y que a la larga, con su particular talento, hasta amplíe el sentido de la expresión— y le explica que ha pensado, además, celebrar un réquiem por el fin de la era Gutenberg, un réquiem del que sólo sabe, por ahora, que deberá estar relacionado con el sexto capítulo del *Ulysses*. Un funeral en Dublín, le dice y le subraya. Un funeral no sólo por el mundo derruido de la edición literaria, sino también por el mundo de los escritores verdaderos y los lectores con talento, por todo lo que se echa en falta hoy en día.

Está seguro de que tarde o temprano Nietzky tendrá ideas para las exequias, y le dirá, por ejemplo, dónde celebrarlas. San Patrick, la catedral, es un lugar que parece apropiado para la ceremonia, pero puede haber otros. Está también seguro de que Nietzky acabará diciéndole qué palabras utilizar para despedir dignamente a la era Gutenberg. Al funeral, en cualquier caso, sería bueno y oportuno emparentarlo con ese capítulo sexto. Es lo único que a Riba le parece que cae por su propio peso, sobre todo viendo —aunque eso lo guarda para sí mismo— cómo Javier, Ricardo y el joven Nietzky han empezado ya a parecerse a las réplicas vivientes de los tres personajes —Simon Dedalus, Martin Cunningham y John Power— que acompañan a Bloom en el cortejo fúnebre que atraviesa la ciudad hasta el camposanto de Glasnevin en la mañana del 16 de junio de 1904.

A Riba no se le escapa que es característico de la imaginación encontrarse siempre al final de una época. Desde que tiene uso de razón oye decir que nos hallamos en un periodo de máxima crisis, en una transición catastrófica hacia una nueva cultura. Pero lo apocalíptico ha estado siempre, en todas las épocas. Lo encontramos, sin ir más lejos, en la Biblia, en la *Eneida*. Está en todas las civilizaciones. Riba entiende que en nuestro tiempo lo apocalíptico sólo puede ser ya tratado de forma paródica. Si llegan a celebrar ese funeral en Dublín, éste no podrá ser otra cosa que una gran parodia del llanto de algunas almas sensibles por el fin de una era. Lo apocalíptico exige ser tratado sin excesiva seriedad. A fin de cuentas, desde niño se ha cansado de escuchar que nuestra situación histórica y cultural es inusitadamente terrible y en cierto modo privilegiada, un punto cardinal en el tiempo. Pero ¿es así en realidad? Parece dudoso que nuestra «terrible» situación sea muy diferente de la de nuestros antepasados, pues muchos de ellos sentían lo mismo que nosotros y, como bien dice Vok, si nuestros elementos de juicio nos parecen satisfactorios lo mismo les sucedía a ellos. Cualquier crisis es sólo, en el fondo, la proyección de nuestra angustia existencial. Quizás nuestro único privilegio sea simplemente estar vivos y saber que vamos a morir todos juntos o por separado. En fin, piensa Riba, lo apocalíptico tiene un barniz novelesco espléndido, pero no hay que tomárselo muy en serio, porque en realidad, si lo miro bien, lo que me ofrece es la alegre, rotunda y feliz paradoja de un funeral en Dublín, es decir, me ofrece aquello de lo que más necesitado ando en los últimos tiempos: tener algo que hacer en el futuro.

No todos los e-mails los responde Nietzky de forma fulminante. Pronto se ve que ha sido una excepción a la norma la respuesta tan rápida de Nietzky al e-mail anterior. Pasan los minutos y empieza a verse que Nietzky no está ahora dispuesto a responder con tanta celeridad.

Dos días enteros de cierta angustia.

A lo largo de ellos, momentos de viva impaciencia y desconcierto. Como buen *hikikomori*, Riba cree que los correos que manda van a serle siempre contestados de inmediato. Y ni mucho menos es siempre así. Con Nietzky se ha quedado más desconcertado de lo que debería estarlo sabiendo como sabe que su joven amigo neoyorquino no ha sido nunca, por correo electrónico, hombre de respuestas fulminantes.

Pasa dos días esperando la contestación. Y hasta Celia parece al final estar aguardando a que Nietzky se digne contestar, quizá porque está deseando con todas sus fuerzas que de una vez por todas su marido *hikikomori* haga algo de ejercicio —aunque tan sólo sea el ejercicio de subirse a un avión— y le toque el aire lo máximo posible en Dublín.

De vez en cuando, a lo largo de los dos días de espera, Celia se interesa por saber si su amigo de Nueva York, el joven Nietzsche —lo llama así por un error, sin mala intención— ha dado ya señales de vida.

—No, ni una señal, como si la tierra se lo hubiera tragado. Pero ya ha prometido que irá a Dublín, y eso es suficiente —responde Riba ocultándole a Celia su temor de que a Nietzky le haya desagradado, por ejemplo, tener que aportar ideas sobre cómo y dónde celebrar el réquiem.

Cuando finalmente, tras los dos largos días de angustia, llega la respuesta de Nietzky, es noche cerrada en Barcelona, y Celia duerme. De modo que Riba no le puede comunicar a ella inmediatamente la buena nueva. Nietzky le escribe desde un hotel de Providence, en las afueras de Nueva York, y le cuenta que, tal como le dijo en su anterior correo, siente gran entusiasmo por repetir su viaje a Dublín del año pasado. Respecto al *salto inglés*, dice que cree saber a qué se refiere. Y le comenta, con electricidad neurótica, que de entre las religiones protestante y católica, prefiere la última: «Ambas son falsas. La primera es fría e incolora. La segunda está constantemente asociada al arte; es una *bella mentira*, al menos es algo.» Luego viene una frase desconcertante: «Fuiste judío, ¿no?» Y acto seguido, sin venir demasiado a cuento, le habla de Nueva York, e inicia un inesperado largo rosario de quejas de tipo personal. Habla de los espantosos cambios a los que cada momento se ve sometida la ciudad y entona su «réquiem particular por los días en los que, viviera uno donde viviera, siempre podía encontrar a pocas manzanas de su casa un colmado, una barbería, un quiosco de periódicos, una tintorería, una floristería, una licorería, una zapatería...».

Sigue una posdata en la que le habla de una cita que ha establecido con una sociedad de fanáticos de *Finnegans Wake*, el raro y, según Nietzky, nada fallido último libro de James Joyce: «El miércoles asistiré a la reunión que celebran el cuarto miércoles de cada mes los socios de la Finnegans Society of Providence desde hace sesenta y un años. Tienen una página web. Llamé por teléfono y contestó un tipo al que le causó gran extrañeza mi acento hispano. Me preguntó si tenía alguna experiencia con el texto. Le dije que sí. Me dijo que no hacía falta ninguna. Me dio la dirección del lugar donde se reúnen, que no está anunciado en la página web: el número 27 y medio (eso dijo) de la calle Edison. Cuando le di mi apellido polaco, volvió a dudar de que yo fuera hispano.»

¿Y del funeral ni palabra?

Turbado por ese dato de los sesenta y un años de la Finnegans Society, tarda Riba en darse cuenta de que hay una posdata de la posdata de Nietzky, que no descubre hasta que no deja por fin de pensar en las curiosas coincidencias entre el aniversario de boda de sus padres y el de la sociedad *finneganiana* de Providence: el mismo número de años, 61.

En la posdata de la posdata, se lee: «Habrá tiempo en Dublín para todo, creo que incluso para encontrar un buen sitio para nuestra sentida oración fúnebre por la gloriosa y liquidada era Gutenberg.»

Perfecto, piensa Riba. Espero que cuando Nietzky habla de «sentida oración» lo esté haciendo en tono burlesco, como intuyendo que generalmente el tratamiento paródico será el más idóneo para el funeral. Me quedo a la espera de sus ideas concretas para el réquiem, las que a mí me faltan. No puedo tener mejor colaborador para el asunto de Dublín. Y su confirmada complicidad hasta me alegra el día.

Pero la forma que Riba tiene a continuación de exteriorizar esa alegría es extraña. La festeja dedicándose a temer que ese «habrá tiempo para todo» pueda referirse a entrar en Dublín en muchos pubs. De ser cierta esta sospecha, corre un verdadero peligro. Podría acabar cayendo en la tentación alcohólica y bebiendo en un bar de nombre Coxwold, y después llorando abatido, perdidamente borracho y arrepentido, sentado en el suelo de una acera de un callejón, tal vez consolado por Celia, o por su fantasma, ya que Celia no viajará a Dublín, pero su fantasma sí podría hacerlo...

Basta, piensa. Son unos temores absurdos. Y detiene la paranoia. Aunque no se detiene la rareza que envuelve toda su forma de celebrar que Nietzky le haya contestado. Porque ahora empieza a festejar el guiño cómplice de Nietzky poniéndose a imaginar que le quita colores y peso a la vida y le quita casi todo hasta lograr que ésta se asemeje a una ligera sombra, iluminada por una desencajada luz de anémico fuego lunar imaginario. Esa sombra es él mismo. Y no deja de ser coherente que lo sea. A fin de cuentas, ¿no se ve como un pobre viejo y un simple ayudante de Nietzky en toda esta historia?

En el viaje a Dublín, por ejemplo, sólo se concibe allí como escudero de su amigo. Le ha cedido secretamente el gobierno del viaje. Poco importa que éste sea en realidad todavía un joven inexperto. No hace muchas semanas, a pesar de su edad, le nombró en secreto «su segundo padre». Y es que con Nietzky tiene una relación muy parecida a la que durante toda su vida ha tenido con la figura paterna en abstracto: ante él, al igual que con su padre, es casi siempre sorprendentemente dócil, y se muestra, a pesar de sus ya casi sesenta años, abierto a toda clase de consignas y órdenes.

De hecho, tanto ante su padre como ante Nietzky, siente una callada gran admiración de fondo y una infinita tranquilidad de saberse a sus órdenes, de saberse controlado y orientado por sus ideas. No conoce a padre que ejerza tan concienzudamente de padre como el suyo. Nietzky, en cambio, no tiene ni idea de lo que es comportarse como un cabeza de familia, y tal vez por eso le parece idóneo como segundo padre. Se complementan, porque las carencias paternales de uno compensan los excesos del otro.

En cualquier caso, es evidente que se trata de todo un derroche de padres. Tal vez provocado porque, como viene pensando cada vez con mayor insistencia, no se conoce a sí mismo. No se conoce nada. A causa de su brillante catálogo, no sabe quién es, y el instinto le dice que será difícil que llegue a conocerse a sí mismo algún día. Y es probable que de ese desamparo surja esa necesidad que tiene de protección desde ciertas alturas, de protección desde esas cimas en las que se supone que habita un padre cálido —de dos cabezas, en este caso—, bonachón a veces y en otras neoyorquino y talentoso, creador constante de electricidad neurótica.

Tal vez tiene una añoranza imprecisa del artífice oculto de sus días, y por eso anda siempre buscándolo por ahí, en la casa familiar o en las luminosas calles de Nueva York. Va siempre como si estuviera a punto de tropezarse con un soberano señor padre omnipotente, esa figura abstracta que imagina a veces como un desconocido —tal vez sólo un joven con una ridícula chaqueta estilo Nehru— que lo estaría dirigiendo todo desde una luz cansada.

Por la noche, le viene a la memoria una frase de Mark Strand que podría incluir en ese documento *world* donde anota cuanto le llama la atención a lo largo del día, un documento que va creciendo casi sin darse cuenta, como si las frases que van cruzándose en su camino fueran cayendo como copos, «como nieve en los Alpes, si no hay viento», que decía Dante en *Infierno*.

La frase de Mark Strand dice así: «La búsqueda de la levedad como reacción al peso de vivir.» ¿Busca él realmente la levedad? Cuando se da cuenta de que todos sus movimientos de esta noche parecen dirigirse hacia una pérdida de gravedad y encaminados hacia el momento mismo en que se decidirá a airearse y dar definitivamente el ligero salto inglés, comprende que en realidad se ha convertido en un esperador de ese salto, que empezó siendo sólo una imagen amable, una figura retórica.

Enfila el pasillo de su casa, va a consultar un libro de Italo Calvino, donde también se habla de la levedad. Y se encuentra allá con el episodio del salto del poeta Cavalcanti. En este caso, un salto italiano. Queda algo impresionado por la relativa casualidad, y literalmente clavado al pie de la biblioteca. Y, cuando por fin logra moverse, va con el libro a sentarse en su butacón más habitual. Celia duerme, probablemente feliz, si se atiene a las últimas palabras que le ha dicho: «Tú me tienes que querer siempre como hoy.»

No se acordaba de ese salto que el ágil poeta florentino Guido Cavalcanti protagoniza en un episodio del *Decamerón*, de Boccaccio, y le parece encontrar en el casual hallazgo un impulso más para, en su rabiosa manía y necesidad de ser cada día *más* extranjero, animarse a dar el salto inglés. Para Calvino, nada ilustra mejor su idea de que una necesaria ligereza ha de saber inscribirse en la vida y en la literatura que el cuento del *Decamerón*, de Boccaccio, donde aparece el poeta Cavalcanti, un austero filósofo que se pasea meditando entre sepulcros de mármol, delante de una iglesia florentina.

Cuenta Boccaccio que la *juventud dorada* de la ciudad —muchachos que cabalgan en grupo y le tienen manía a Cavalcanti porque nunca quiso ir con ellos de juerga— le rodea y trata de burlarse de él. «Te niegas a ser de nuestro grupo», le dicen, «pero, cuando hayas averiguado que Dios no existe, ¿qué vas a hacer?» En ese momento, Cavalcanti, viéndose rodeado por ellos, prestamente les dice: «Señores, en vuestra casa podéis decirme cuanto os plazca.» Y, poniendo la mano en uno de los sarcófagos, que son grandes, como agilísimo que es da un salto y cae *del otro lado* y, librándose de ellos, se marcha.

Le sorprende esa imagen visual de Cavalcanti liberándose de un salto *«si come colui che leggerissimo era»*. Le sorprende la imagen, y el fragmento *boccacciano* le provoca, además, deseos inmediatos de *caer del otro lado*. Se le ocurre que, si tuviera que escoger un símbolo propicio para asomarse a los nuevos ritmos que mueven su vida, optaría por éste: el ágil salto repentino del poeta filósofo que se alza sobre la pesadez del mundo, demostrando que su gravedad contiene el secreto de la levedad, mientras que todo aquello que muchos consideran la vitalidad de los tiempos, ruidosa, agresiva, rabiosa y atronadora, pertenece al reino de la muerte, como un cementerio de automóviles herrumbrosos.

Y poco después, le vienen a la memoria unas palabras de un libro que, al igual que le ocurriera con la recopilación de ensayos de Calvino, fue decisivo en sus primeros años de lector. Ese libro fue *Carta breve para un largo adiós*, de Peter Handke. Lo leyó en los años setenta, y cree recordar que dio allí con el tono de voz de su generación, o al menos con el que él deseaba tener cuando editara, porque ya desde un buen principio le pareció que no era una exclusividad de los escritores el privilegio de la elección de una voz, sino que también los editores tenían más que merecido ese derecho a adquirir un tono determinado y dejar que ese tono, ese estilo, atravesase siempre su catálogo.

Y recuerda también ahora Riba que lo que más le sorprendió del libro de Handke fue que, al final de la novela, los dos jóvenes protagonistas —el narrador y su novia Judith— hablaban con el cineasta John Ford, un personaje de la vida real. ¿Así que personajes como Ford podían salir en las ficciones, aunque no fueran exactamente ellos ni dijeran lo que decían en la vida verdadera? Fue la primera vez que se enteró de que hacer algo así era posible. Y le pareció aquello muy chocante, casi tanto como que Ford en aquella novela hablara siempre en primera persona del plural:

> Los americanos hablamos así, aunque sea de nuestros asuntos privados. Para nosotros, todo lo que hacemos forma parte de una acción pública común (...) No utilizamos el yo con tanta solemnidad como vosotros.

Con solemnidad o no, el narrador de *Carta breve para un largo adiós* utilizaba siempre su *yo*, probablemente porque su formación era europea. Era una clase de *yo* aquel de Handke que enseguida vio que podía dejarle huella. Desde entonces, manejó en su vida privada siempre una primera persona del singular, aunque el suyo siempre fue un *yo* desnaturalizado, a causa seguramente de haber perdido al genio de la infancia, aquella *primera persona* que hubo en él y que desapareció tan pronto. Tal vez también es a causa de esta lamentable ausencia por lo que maneja hoy en día ese *yo* impostado que, según cómo se mire, parece estar siempre en perfecta disposición para dar el salto *al otro lado*, es decir, en plena disposición para convertirse en un *yo* múltiple, del estilo del *yo* de John Ford, que hablaba siempre en primera persona del plural.

Y es que, cuando Riba piensa, simplemente se dedica a comentar el mundo, algo que hace siempre situado mentalmente *fuera de casa* y en busca de su centro. Y en esas ocasiones no es extraño que sienta de pronto que él es John Ford, pero también Spider, Vilém Vok, Borges, y John Vincent Moon, y en definitiva todos los hombres que han sido todos los hombres en este mundo. En el fondo, su *yo* plural —adoptado por las circunstancias, es decir, por no haberse podido reencontrar nunca con el genio original— no está demasiado lejos del budismo. En el fondo, su *yo* plural siempre fue idóneo para la profesión que ejerció. ¿O acaso un editor literario no viene a ser como un ventrílocuo que cultiva en torno a su catálogo las más variadas voces distintas?

—¿Sueña usted a menudo? —le preguntó Judith.
—Casi nunca soñamos ya —dijo John Ford—. Y si lo hacemos se nos olvida. Como hablamos de todo, no

nos queda nada para soñar (Peter Handke, *Carta breve para un largo adiós*).

Cuando editaba, nunca en las entrevistas habló de la pluralidad de su primera persona del singular. Habría estado bien que, por ejemplo, hubiera dicho algo así en alguna ocasión: «No me van a comprender, pero en realidad yo soy como un irlandés que vive en Nueva York. Compagino el *nosotros* americano con un rabioso *yo* europeo.»

¿Habría estado bien realmente que hubiera dicho algo así? Está cargado siempre de dudas, casi nunca seguro de nada. Pero es cierto que con el tema del *yo* plural podría haberse lucido sobradamente. En realidad, cuando editaba, fueron demasiadas las cosas que dejó de decir en las entrevistas. Le perdió, por ejemplo, querer ser tan diplomático y en ciertas ocasiones no decir lo que pensaba de ciertos autores pésimos que no publicaban con él. Seguramente le perdieron sus ganas absurdas de perder la vida por delicadeza. Le perdió eso y también, sin ir más lejos, tener ese espíritu de *hijo* en lugar del obligado talante protector de *padre* que tan propio parece de los editores, aunque también es verdad que no son pocos los que fingen tenerlo cuando en realidad carecen del más elemental instinto paterno.

Se acuerda de que no hace nada dedicó una mañana entera a recorrer sucursales de bancos y modificar fondos de inversión y, sin embargo, tiene a veces la impresión de que ha pasado ya una eternidad desde aquella mañana. Y observa que empieza a quedarle incluso lejana la época en que editaba toda la gran literatura que se ponía a su alcance.

Qué viejo se ve, qué viejo está desde que se retiró. Y qué aburrimiento no beber. El mundo, en sí mismo, es muchas veces tedioso y carece de verdadera emoción. Sin alcohol, uno está perdido. Aunque hará bien en no olvidar que una persona sabia es aquella que monotoniza la existencia pues, entonces, cada pequeño incidente, si sabe leerlo literariamente, tiene para ella carácter de maravilla. En realidad, no olvidarse nunca de esta posibilidad de monotonizar a conciencia su vida es la única o mejor solución que le queda. Beber podría dañarle seriamente. Por otra parte, *no encontró* nunca nada en el alcohol, en el fondo de los vasos, y hoy en día no se explica muy bien qué buscaba ahí. Porque tampoco es que lograra escapar del aburrimiento, que volvía siempre implacable. Aunque en las entrevistas había simulado a veces una vida apasionante de editor. Ahí inventaba como un loco, aunque ahora se pregunta para qué. ¿De qué le sirvió aparentar que tenía un oficio extraordinario y que disfrutaba tanto con él? Claro que siempre será mejor ser editor que no hacer nada, como ahora. ¿Nada? Prepara un viaje a Dublín, un homenaje y un funeral a una época que desaparece. ¿Acaso eso es no hacer nada? Qué aburrido es todo, menos pensar, pensar que está haciendo algo. O pensar lo que piensa ahora: que hará bien en monotonizar su existencia y tratar de buscar, donde pueda, esas maravillas ocultas de su vida cotidiana que, en el fondo, si quiere, sabe perfectamente encontrar. Porque, ¿acaso no sabe ver mucho más de lo que hay en todo lo que vive? Al menos le sirven de algo tantos años de entender la lectura no sólo como una práctica inseparable de su oficio de editor, sino también como una forma de estar en el mundo: un instrumento para interpretar de forma literaria, secuencia tras secuencia, el diario de su vida.

Sigue preparándose para Dublín y en su deriva mental acaba pensando en los escritores irlandeses. Nada tan cierto como que cada día los admira más. Nunca publicó a ninguno de ellos, pero no fue porque no le faltaran ganas de hacerlo. Persiguió durante tiempo, pero sin éxito, los derechos de John Banville y de Flann O'Brien. Le parece que los escritores irlandeses son los más inteligentes en monotonizar y encontrar maravillas dentro del tedio cotidiano. En los últimos días ha leído y releído algunos autores irlandeses —Elizabeth Bowen, Joseph O'Neill, Matthew Swenney, Colum McCann— y no deja de sentirse continuamente maravillado por la capacidad que tienen todos de escribir tan pasmosamente bien.

Es como si los dublineses tuvieran el don de la literatura. Recuerda que hará cuatro años vio a algunos de ellos en una Feria del Libro en Guanajuato, México, y descubrió, entre otras cosas, que no tenían la costumbre latina de hablar acerca de ellos mismos. En una rueda de prensa, Claire Keegan contestó de forma casi airada a un periodista que quería averiguar qué temas tocaba en sus novelas: «Soy irlandesa. Escribo sobre familias disfuncionales, vidas miserables carentes de amor, enfermedad, vejez, el invierno, el clima gris, el aburrimiento y la lluvia.»

Y a su lado, Colum McCann remató la intervención de su compañera hablando en un exquisito plural, estilo John Ford: «No solemos hablar públicamente de nosotros mismos, preferimos leer.»

Se queda pensando en lo mucho que le gustaría hablar así en plural todo el rato, como John Ford, como los escritores irlandeses. Decirle, por ejemplo, a Celia:

—A nosotros no nos parece mal que te plantees hacerte budista. Pero también pensamos que esto puede acabar siendo motivo de disputa y de ruptura.

Sabe que Ricardo se sintió a las puertas del centro del mundo, pero le expulsó de allí un portazo radical de Tom Waits. Desconoce, en cambio, cuál puede ser el centro de Javier. Le llama por teléfono.

—Perdona —le dice—, pero aunque no sea día impar quisiera hablar contigo, quisiera que me dijeras si recuerdas algún gran momento especial de tu vida, algún instante en el que te hayas sentido en el centro del mundo.

Imponente silencio al otro lado del teléfono. Puede que haya molestado la ironía sobre el día impar. Un silencio que parece que podría eternizarse. Hasta que finalmente, tras un largo suspiro terrible, Javier dice:

—Mi primer amor, Riba, mi primer amor. Cuando la vi a ella por primera vez, quedé enamorado de golpe. El centro del universo.

Le pregunta qué estaba haciendo ella, el primer amor, cuando la vio en esa primera ocasión. ¿Acaso marchaba cual la Beatrice de Dante por una calle de Florencia?

—No —dice Javier—, me enamoré viéndola mondar batatas en la cocina de la casa de sus padres, y recuerdo que le faltaba un diente...

—¿Un diente?

Decide Riba tomárselo todo trágicamente en serio, a pesar de que puede que Javier tan sólo bromee. No tarda en comprobar que ha elegido el camino correcto. Su amigo no está para nada bromeando.

—Sí, lo que has oído —le dice Javier con voz temblorosa—, mondaba batatas, ni tan siquiera patatas, no vayas a confundirte, y tenía la pobre un diente menos.

—El amor es así —añade Javier, filosófico y soñador—. La primera visión del ser amado, aunque pueda parecer trivial, es capaz de conducirnos a la más fuerte de las pasiones, y a veces incluso hasta al suicidio. Nada tan irracional como la pasión, créeme.

Como Riba tiene la impresión de haber desenterrado demasiado inoportunamente un oscuro drama, toma en la conversación el primer atajo que encuentra y termina despidiéndose, pensando que siempre será mejor hablar con Javier en los días impares, cuando sea él mismo, por iniciativa personal, quien llame.

—¿Has comido alguna vez batatas? —pregunta Javier cuando prácticamente ya se habían despedido, iban los dos a colgar.

A Riba le sabe mal no responder. Pero lo cierto es que no contesta. Cuelga. Simula que la línea ha quedado interrumpida. Por Dios, piensa, mira que hablarme de batatas. Pobre Javier. Un enamoramiento siempre resulta un tema interesante, pero mezclado con los alimentos no es nada digestivo.

Ahora ya sabe que en el centro del mundo Ricardo encajó un severo portazo de Tom Waits. Y que el bueno de Javier, por su parte, vio a una muchacha mondando algo. En cuanto al joven Nietzky, puede que en su caso todo sea diferente, y hasta carezca de importancia la cuestión del centro de las cosas, puesto que a fin de cuentas —Riba entra sin casi darse cuenta en un mundo mental burbujeante a causa de la evocación de Nueva York— vive ya en ese centro, vive en él sin más problema, vive directamente en el centro mismo del mundo. Pero quién sabe qué ocurre por su mente cuando el joven Nietzky se queda solo en el centro del centro del centro de su mundo, y piensa. ¿Qué puede pasar por su cabeza, por ejemplo, cuando la pureza de la luz baña los cristales de los rascacielos, que son como cielos azules y transparentes que apuntan a un cielo celeste perfecto que parece ascender hacia un cielo superior, allá en Central Park? ¿Qué sabe en realidad de Nietzky? ¿Y del cielo superior de Central Park en Nueva York?

Trata de olvidarse de todo esto, porque es complicado y porque es miércoles y está ahora en la casa de sus padres y no ha oído bien lo que acaba de decir su madre.

—Que digo que si todo marcha sin problema —repite ella—. Te veo ausente.

Qué rápido pasa el tiempo, piensa. Miércoles. Amor, enfermedad, vejez, clima gris, aburrimiento, lluvia. Todos los temas de los escritores irlandeses parecen estar de plena actualidad en la sala de estar de la casa de sus padres. Y afuera, la fina lluvia contribuye a crear esa impresión.

Enfermedad, vejez, aburrimiento, insufrible grisura. Nada que no sea sobradamente conocido sobre la faz de la tierra. El fuerte contraste entre el aire de velatorio que percibe en casa de sus padres y el burbujeante mundo mental de Nietzky le parece grandioso.

Pensar en ese joven amigo talentoso con el que se lleva veintisiete años, le hace recordar que ahora mismo éste debe de estar dirigiéndose al 27 y medio de la calle Edison en Providence. Aunque Nietzky se encuentra en el continente americano y él en Europa, los dos están viviendo en este momento situaciones paralelas casi idénticas, situaciones que tienen como punto en común su carácter de antesalas del mismo viaje a Irlanda.

Y pensar que, tras su primer encuentro con Nietzky,

nada permitía prever que acabarían algún día siendo amigos. No puede quitarse de la cabeza que su encuentro de hace quince años en París tuvo ciertos paralelismos —sobre todo en lo referente a la diferencia de edad y a la antipática frase de despedida— con el encuentro que tuvo lugar en Dublín entre W. B. Yeats y James Joyce.

En aquel primer encuentro, después de haberle reprochado hasta lo más intachable de su política editorial, su futuro amigo Nietzky acabó diciéndole: «Podríamos haber coincidido en el tiempo, y hasta ser los dos los mejores de nuestra generación, yo como escritor y usted como editor. Pero no ha sido así. Usted es muy viejo ya, y se nota mucho.»

No se lo tuvo en cuenta, como tampoco, salvando todas las diferencias, le guardó rencor Yeats al jovencito Joyce cuando se conocieron en la sala de fumadores de un restaurante de O'Connell Street en Dublín, y el futuro autor de *Ulysses*, que acababa de cumplir veinte años, le leyó al poeta de treinta y siete un conjunto de excéntricas y breves descripciones y meditaciones en prosa, bellas pero inmaduras. Había abandonado la forma métrica, le dijo el joven Joyce, con el fin de obtener una forma tan fluida que pudiera responder a las oscilaciones del espíritu.

Elogió Yeats aquel esfuerzo, pero el joven Joyce, arrogante, le dijo: «Realmente no me importa si lo que hago le gusta o no. De hecho no sé por qué le estoy leyendo esto a usted.» Y luego, dejando su libro en la mesa, comenzó a detallar sus objeciones a todo lo que Yeats había hecho. ¿Por qué se había metido en política y, sobre todo, por qué había escrito acerca de ideas y por qué había condescendido a hacer generalizaciones? Todas estas cosas, le dijo, eran señales de un enfriamiento del hierro, del desvanecimiento de la inspiración. Yeats se quedó perplejo, pero luego se reanimó él solo. Pensó: «Es de la Royal University, y cree que todo ha sido resuelto por Tomás de Aquino, no debo preocuparme. Me he encontrado con muchos como él. Probablemente reseñaría bien mi libro si lo enviara a un diario.»

Pero la autorreanimación flojeó cuando al cabo de un minuto el joven Joyce habló mal de Wilde, que era amigo de Yeats. Y al poco rato —esto último desmentido por el propio Joyce que lo enmarcaba en un «cotilleo de café» y decía que, en cualquier caso, sus palabras de despedida nunca tuvieron ese aire de desprecio que se desprende de la anécdota— se puso en pie, y mientras se retiraba, dijo: «Tengo veinte años, ¿usted qué edad tiene?» Yeats le respondió quitándose un año. Con un suspiro, Joyce agregó: «Es lo que suponía. Lo he conocido demasiado tarde. Es usted demasiado viejo.»

Va hablando con sus padres al tiempo que imagina la acción paralela que puede estar desarrollándose en Providence, cerca de Nueva York: Nietzky entrando en estos momentos en la Finnegans Society of Providence y saludando a los joyceanos que le reciben como nuevo e inesperado miembro hispano de su sociedad y le preguntan si es cierto que leyó entero *Finnegans Wake* y también si es verdad que es un apasionado de esa obra. Puede imaginar a Nietzky sonriendo y lanzándose como un loco a recitar de memoria el libro entero: «*Riverrun, past Eve and Adam's, from swerve of shore to bend of bay...*» Y también puede imaginar a los tertulianos, sobrecogidos de espanto, teniendo que interrumpirle.

—¿Y qué diablos pasó en Lyon? Aún no sabemos nada de lo que pasó allí —pregunta de repente su madre.

—¡Oh, no! ¡Por favor, mamá! Desde esta mañana muy temprano, hasta ahora que estoy aquí con vosotros he estado ante mi ordenador leyendo todo tipo de cosas sobre Dublín y estudiando la entraña —breve pausa, traga saliva— de lo irlandés. Y ahora...

Se detiene en seco, de golpe. Le da vergüenza haber dicho *la entraña*, porque piensa que *la esencia* habría sido un término más adecuado, más certero. Pero da igual, piensa. Sus padres le pueden perdonar sin duda errores de este tipo. Así que no pasa nada. ¿O sí?

—¿La entraña? Qué raro eres, hijo —dice su madre, que a veces realmente parece tener capacidad para leer en su pensamiento.

—La esencia de lo irlandés —rectifica malhumorado—. Precisamente ahora, mamá, precisamente ahora que me sé empapado de conocimientos sobre Dublín y quería pasaros información sobre esa ciudad, ahora que ya sé incluso qué clase de árboles encontraré en la carretera que va del aeropuerto a mi hotel dublinés, vas tú y me preguntas por Lyon. ¿Y qué quieres que te diga de Lyon? Allí me despedí de Francia por una larga temporada. Creo que eso fue todo lo que pasó. Le dije adiós a Francia. La tenía demasiado estudiada, pateada y vista.

Tan pateada y vista como esta casa, iba a añadir Riba, pero se reprime.

—¿Francia pateada? —dice su padre.

Hoy más que nunca se percibe una atmósfera de velatorio en este salón familiar. Y aunque ya muy pronto en su adolescencia percibió el extraño estancamiento de aire y hasta la paralización de todo lo vivo que parecía haberse posesionado del salón, nunca como hoy había tenido una mayor sensación de tiempo atascado, detenido, absolutamente muerto.

En esta casa, que cada vez le parece más irlandesa, todo pasa aquí con una lentitud de plomo y, además, quizá para no modificar en nada una arraigada costumbre, no pasa nada. Parece que sólo estén velando a sus antepasados y que hoy precisamente caiga sobre el hogar, con toda su máxima gravedad, la espectral tradición familiar. De hecho, juraría que más que nunca está viendo, como tantas veces ya ha visto, los fantasmas de algunos familiares. Son seres tan borrosos como desplazados, algo cortos de vista, con un aire acechante y rencoroso hacia los vivos. Justo es reconocer que al menos son bastante educados. Y la prueba está en que, como si tuvieran el ánimo cortés de no molestar, han salido algunos discretamente del velatorio, y fuman ahora, de pie, junto a la puerta del salón, mandando el humo al pasillo. No le extrañaría a Riba que incluso hubiera algunos en este momento jugando al fútbol en el patio. Qué buenos tipos, piensa de pronto. Hoy le ha dado por verlos como si fueran fantasmas adorables. De hecho, lo son. Se ha pasado la vida acostumbrado a ellos. Le son familiares en todos los sentidos. Su infancia estuvo infestada de espectros, cargada de señales del pasado.

—¿Qué miras? —dice su madre.

Los espíritus. Eso es lo que debería responderle. Tío Javier, tía Angelines, el abuelo Jacobo, la niña Rosa María, tío David. Eso debería contestarle. Pero no quiere problemas. Calla como un muerto mientras cree escuchar voces que proceden del patio, tal vez conectado directamente con otro patio, éste en Nueva York. Se entretiene evocando para sí mismo humos de difuntos que vio anteriormente en otros lugares. Pero calla, como si él mismo fuera un aparecido más de su familia.

Trata de escuchar alguna conversación entre los fantasmas más cercanos, los del pasillo —le parece más fácil que escuchar a los que alborotan en el patio—, y cree oír algo, pero es tan impreciso que no llega a ser nada, y luego le viene a la memoria aquella famosa descripción del fantasma que se encuentra en *Ulysses*:

> —¿Qué es un fantasma? —preguntó Stephen—. Un hombre que se ha desvanecido hasta ser impalpable, por muerte, por ausencia, por cambio de costumbres.

Recuerda un día en este mismo lugar a su abuelo materno, Jacobo, diciendo con un énfasis algo forzado: «¡Nada importante se hizo sin entusiasmo!»

—A ver. ¿Y qué has podido averiguar sobre Irlanda?

No le contesta a su madre de inmediato, está demasiado entretenido dando un vistazo al salón. De pronto, las voces comienzan a aflojarse y a bajar considerablemente de tono, como si fueran adormeciéndose, y al final, tras un breve proceso de casi completa desintegración, ya sólo queda el silencio y el humo indefinido del pitillo de algún fantasma rezagado. Le parece que no puede ser más oportuno el momento para contarle a su madre que esencialmente Irlanda es un país de narradores de historias, cargado de *fantasmas propios*. Quiere darle un sentido doble a la palabra fantasmas, hacerle un guiño a su madre, pero es inútil, porque ella lleva ya años no queriéndose dar por enterada del tema de los fantasmas de la familia, seguramente porque hace ya demasiados años que convive en armonía más que estable con los espectros y no quiere discutir algo tan obvio como su dulce existencia.

—Imagínate —le dice a su madre— que un político o un obispo irlandés cometen un acto terrible. Bien. A ti te interesaría saber exactamente cómo han sucedido las cosas. ¿No es así?

—Creo que sí.

—Pues para los irlandeses, eso es secundario. Lo que les importa es cómo van a explicarse. Si el político o el obispo son capaces de justificarse con gracia, o sea, con un relato humano y apasionante, pueden salir del apuro sin grandes problemas.

Vejez, enfermedad, clima gris, silencio de siglos. Aburrimiento, lluvia, visillos que aíslan del exterior. Fantasmas tan familiares de la calle Aribau. No hay que buscarle paliativos al drama de sus padres y al suyo propio, envejecer es un desastre. Lo lógico sería que todos los que ven declinar sus vidas gritaran de espanto, no se resignaran a un futuro de mandíbula colgando y babeo irremediable, y aún menos a ese brutal despedazarse que es la muerte, porque morir es rasgarse en mil pedazos que empiezan a desperdigarse vertiginosamente para siempre, sin testigos. Lo lógico sería eso, pero también es cierto que a veces se está muy bien oyendo este fantasmal y suave rumor de voces y de pasos espectrales que arrullan y que en el fondo, siendo tan rabiosamente familiares, hasta enamoran.

—¿Y qué más sabes de Irlanda?

Está a punto de decirle a su madre que ese país es lo más parecido que hay a este salón. Su padre le reprocha levemente a su mujer que agobie tanto a su hijo con preguntas sobre Irlanda. Y no tardan en enzarzarse en una discusión. «No te prepararé el café en dos días», le dice ella. Gritos seniles. Ella y él son muy distintos en carácter, distintos en todo. Se aman desde siempre, pero precisamente por eso se odian. En realidad se odian a sí mismos. Sus padres le recuerdan algo que le dijera una vez el poeta Gil de Biedma en el pub Tuset de Barcelona. Una relación íntima entre dos personas es un instrumento de tortura entre ellas, ya sean personas de distinto sexo o del mismo. Todo ser humano lleva dentro de sí una cierta cantidad de odio hacia sí mismo, y ese odio, ese no poder aguantarse a sí mismo, es algo que tiene que ser transferido a otra persona, y a quien puedes transferirlo mejor es a la persona que amas.

Si lo piensa bien, a él le ocurre otro tanto con su mujer. Hay días en los que siente que es muchas personas al mismo tiempo y su cerebro está más poblado de fantasmas que la casa de sus padres. Y no aguanta a ninguna de esas personas, cree conocerlas a todas. Se odia a sí mismo porque tiene que envejecer, porque ha envejecido mucho, porque tiene que morir: precisamente lo que con absoluta puntualidad recuerda todos los miércoles cuando visita a sus padres.

—¿En qué piensas? —le interrumpe su madre.

Vejez, muerte, y en realidad ni un solo visillo normal que pueda impedir la visión de un panorama de futuro pero también presente fúnebre. A través del espejo del salón, al adentrarse con su propia mirada en sus propios ojos, le horroriza ver, por unas décimas de segundo, luz irlandesa en el interior de sus retinas, y en ellas una multitud de insectos mínimos diferentes, falenas de especies muy variadas, muertas. Se diría que sus ojos son como aquella telaraña mental que parecía reproducir el pavoroso funcionamiento del cerebro de Spider. Se aterra, y aparta la mirada, pero sigue despavorido, miedoso, al borde del grito.

Va a la ventana en busca de una geografía más viva y, al asomarse al mundo exterior, descubre que va andando por la calle a cierta velocidad un joven que, justo cuando pasa por debajo de la ventana, levanta su mirada tuerta e iracunda y le mira de una forma muy dura, tan sólo suavizada por la cojera cómica que arrastra.

¿Quién puede ser ese iracundo cojo? Le parece que le conoce de toda la vida. Se acuerda de que lo mismo le pasaba con el joven genio que soñó durante tantos años que descubriría un día para su editorial. Creía que estaba ahí y que de hecho lo conocía de toda la vida, y luego resultaba que no había manera de dar con él, pues o no existía o no sabía cómo encontrarlo. ¿Haber dado con el genio habría justificado toda su vida? Lo ignora, pero nada le habría podido parecer más glorioso que poder anunciar al mundo que en literatura no era cierto que hubieran muerto ya todos los grandes. Habría sido formidable, porque habría podido así abandonar su pintoresca práctica de referirse a la ausencia de genios jóvenes citando siempre —antes borracho y ahora con toda la serenidad y alevosía del mundo— el primer verso de un poema de Henry Vaughan, que él sabía perfectamente que en realidad trataba de otra cuestión:

—Todos se han ido.

Cuando vuelve a mirar hacia el joven tuerto, descubre que éste ya no está, no cojea ya por ahí. Puede que el etéreo iracundo haya entrado en un portal, pero en cualquier caso lo cierto es que no está. Qué raro, piensa Riba. Está seguro de haberlo visto hace un momento, pero también es cierto que algunas personas con las que últimamente se cruza desaparecen con mucha rapidez.

Vuelve al salón y le parece que no queda allí nada de conversación, sólo un aire cada vez más profundo de ve-

143

latorio y esa atmósfera plomiza de sala de espera. Entonces, no sabe cómo, se acuerda de algo que decía Vilém Vok en *El centro*: «¡Tener madre y no saber de qué hablar con ella!»

Tiene que irse, piensa, no puede estar por más tiempo en esta casa. De lo contrario acabará mudo del todo y enterrado, y días después andará por ahí compartiendo cigarrillos con los espectros.

—Todos se han ido, mamá —balbucea cabizbajo.

Y su madre, que le ha oído perfectamente, ríe feliz mientras asiente con la cabeza.

Muy lejos le parece que queda el día en que se despertó su vocación de editor. Lo que más perfectamente recuerda es que, después de años de silencio espectral y familiar, la literatura le llegó sola, completamente sola. ¿Cómo decirlo, cómo contarlo? No es fácil. Ni siquiera siendo escritor le resultaría fácil explicarlo. Porque fue raro, la literatura le llegó ligera, con paso airoso, zapatos rojos de tacón alto, gorra rusa ladeada y gabardina beige. Aun así, no se interesó por ella hasta que no la confundió a conciencia con Catherine Deneuve, a quien no hacía mucho había visto con impermeable y paraguas en una película muy lluviosa que transcurría en Cherburgo.

—Me parece que no sabes nada de Dublín —dice su madre interrumpiendo sus pensamientos.

Había olvidado que estaba en casa de sus padres. Parece el miércoles de la semana pasada, cuando dijo cabizbajo que todos se habían ido y su madre asintió con la cabeza. Pero éste es otro miércoles.

Sin duda, es lamentable que, justo cuando estaba recordando que una vez, en medio de un gran embrollo mental, creyó que la literatura era Catherine Deneuve y luego ya no pudo corregir nunca el malentendido, justo cuando la estaba viendo a ella llegar sola y erótica, con sus zapatos rojos y sin ropa debajo del impermeable y con su gorra ladeada y su desesperación liviana en día de lluvia, su madre le haya dejado sin poder completar esa visión que, una vez más, tanto le excitaba. Porque, a fin de cuentas, cuando conoció a Celia, también ella le pareció casi el vivo retrato de Deneuve en Cherburgo.

—Es verdad, sólo sé que a veces llueve en Dublín —dice enojado—. Y la ciudad entonces se llena de impermeables.

¿Ha hablado de gabardinas? Su madre le recuerda que de niño siempre le gustaron mucho, siempre estaba esperando que lloviera para poder lucirlas. Su madre quiere saber si de verdad no se acuerda de esa afición suya. Pues no, no se acuerda. Pero, ahora que lo piensa, es posible que de esa afición por las gabardinas proceda su fascinación por Deneuve. Nadie conoce esa gran confusión suya entre la literatura y Deneuve. Nadie la conoce, ni Celia. Sería horroroso que alguien se enterara, sobre todo si la información cayera en poder de sus enemigos. Se reirían, sin duda, de él. Pero ¿qué hacer si la cosa es así y en realidad no es tan espantosa? Asocia, desde tiempos ya casi inmemoriales, a Deneuve con la literatura misma. ¿Y qué? Otros asocian a su amante con una tarta de chocolate podrido que se comen en la oficina. Mientras sea un secreto, no pasará nada. Después de todo, otros tienen secretos más ridículos, y bien que los callan. Aunque también es verdad que hay algunos que no callan y, además, sus secretos no son ridículos. Samuel Beckett, por ejemplo. Una noche de marzo en

Dublín, el escritor irlandés tuvo una revelación definitiva, la clase de revelación que da envidia:

> Al final del muelle, en el vendaval, nunca lo olvidaré, allí todo de golpe me pareció claro. Por fin la visión.

Era de noche, en efecto, y como tantas veces el joven Beckett erraba solitario. Se encontró en la punta de un muelle barrido por la tempestad. Y entonces fue como si todo recuperara su lugar: años de dudas, de búsquedas, de preguntas, de fracasos, cobraron de pronto sentido y la visión de lo que tendría que realizar se impuso como una evidencia: vio que la oscuridad que siempre se había esforzado en rechazar era en realidad su mejor aliada y entrevió el mundo que debía crear para respirar. Se forjó allí una especie de asociación indestructible con la luz de la conciencia. Una asociación hasta el último suspiro de la tempestad y de la noche.

Si no recordaba mal, aquel nocturno en el muelle dublinés aparecía más tarde, algo cambiado, en *La última cinta*:

> ¿Qué quedará de toda esta miseria nuestra? Al final, sólo una vieja puta paseando con una gabardina irrisoria, en un solitario dique bajo la lluvia.

En un ensayo —seguramente equivocado porque solía equivocarse mucho en sus ensayos— Vilém Vok apuntó que esa mujer bajo la lluvia, aunque mucho más joven, era la misma que aparecía en *Murphy* y se llamaba Celia, la prostituta que vivía con el joven escritor protagonista.

Siempre le ha parecido toda una coincidencia que

esa prostituta se llame Celia, como su mujer. Según como se mire y por una simple regla de tres, la vieja anciana de la gabardina irrisoria de *La última cinta*, a causa de su impermeable a lo Deneuve, podría ser la literatura y al mismo tiempo la Celia de *Murphy* ya bien vieja, y también Celia, su mujer, en este caso bastante más joven.

Todo esto le deja algo confundido, como si anduviera húmedo por la pasión y por las olas y errante en la punta de un muelle dublinés barrido por la tempestad. Hasta que le viene a la memoria la gabardina, la *mackintosh*, que aparece en el sexto capítulo del *Ulysses*. Recuerda que la lleva un desconocido que asiste al entierro de Paddy Dignam. Y es curioso. Porque hoy en día una *mackintosh* sería solamente una famosa computadora, pero en aquellos días era un impermeable, una prenda inventada por el señor Charles Macintosh, que al comercializar sus gabardinas añadió una *k* a su apellido.

No puede evitar pensar que si bien él es testigo privilegiado del salto de la era Gutenberg a la digital, también lo ha sido del paso de la *mackintosh* al ordenador Macintosh. ¿Le gustaría también organizar en Dublín un réquiem por la era de los impermeables de aquella marca? Se ufana enseguida de saber a veces ironizar con crueldad sobre sus proyectos y sus desvelos.

El desconocido del Prospect Cemetery es alguien que encontraremos once veces a lo largo del libro de Joyce, pero que hace su primera y misteriosa aparición en el sexto capítulo. Los comentaristas de *Ulysses* no se han puesto nunca de acuerdo sobre su identidad.

¿Quién será ese larguirucho de ahí con el impermeable? Me gustaría saber quién es. Daría cualquier cosa por averiguarlo. Siempre aparece alguien que no te esperas para nada (*Ulysses*, sexto capítulo).

—¿En qué piensas? —le interrumpe su madre.

Una vez más, en casa de sus padres, esa sensación de olvidarse de dónde está. Le molesta que le hayan interrumpido su viaje por el cementerio dublinés. Claro que no hay muchas diferencias entre la atmósfera del Prospect y la de casa de sus padres.

—Dublín está llena de muertos por todas partes —contesta furioso.

Y es el comienzo del fin. De su visita de hoy al menos.

—¿Cómo? —dice la madre, casi sollozando.

—Que la muerte y los hijos —está cada vez más enrabiado— se parecen mucho allí, eso es lo que digo. Los sepultureros se tocan las gorras después de enterrarlos. Y algunos dicen todavía *mackintosh* cuando hablan de impermeables. Otro mundo, mamá, otro mundo.

Detiene un taxi. Siempre se encuentran muchos en la calle Aribau. A veces basta sólo con levantar la mano para que automáticamente se detenga uno. Hoy ha tenido mala suerte. El interior del taxi apesta. Pero es tarde para rectificar y el coche se encamina ya hacia su casa. También es tarde para arreglar el enfado con sus padres. Quizá no debería tener ese compromiso tan férreo todos los miércoles. Hoy, de nuevo, la aplastante impresión de velatorio y esa íntima familiaridad con los fantasmas ha podido con sus nervios. Tras la salida de tono, de nada han servido sus disculpas.

—¿Qué ha sido ese grito?

—No he gritado, mamá.

Ha terminado por irse dando un portazo, y luego

quedándose lleno de angustia y remordimiento. Trata ahora de escapar del malestar y se concentra en ese capítulo sexto que quiere revivir en Dublín y que se inicia justo después de las once de la mañana, cuando Bloom sube al tranvía en los baños de la calle Leinster y va a la casa del difunto Dignam, en Serpentine Avenue 9, al sudeste de Liffey, de donde sale el cortejo. En vez de dirigirse recto hacia el oeste, hacia al centro de Dublín, y luego ir al noroeste hacia el Prospect Cemetery, el cortejo fúnebre toma la dirección de Irishtown, torciendo al nordeste y luego al oeste. Obedeciendo a una antigua costumbre, hacen desfilar el cadáver de Dignam primero por Irishtown, hacia Tritonville Road, al norte de Serpentine Avenue, y sólo después de cruzar Irishtown tuercen hacia el oeste por Ringsend Road y New Brunswick Street, para cruzar después el río Liffey y seguir en dirección noroeste hasta el Prospect Cemetery.

Al pasar el taxi por la calle Brusi, ve a un tipo que camina con paso rápido. Le recuerda al joven que salió impetuoso, el otro día, de la librería La Central. Desvía la vista un momento y cuando poco después vuelve a mirar, el desconocido ya no está, se ha esfumado. ¿Dónde se habrá metido? ¿Quién era?

Hombre lleno de vida, piensa, y al mismo tiempo liviano como un espectro. ¿Quién diablos será? ¿No podría ser que fuera yo mismo? No, porque no soy joven.

Desde hoy, Celia es budista. Aún no ha acabado de entrar en casa, y ya ha sido informado de la noticia. Está bien, dice algo aturdido, resignado. Y cruza el umbral. Y piensa: Antes, las marquesas salían a las cinco de la tarde, y ahora se hacen budistas.

Quisiera decirle cosas a Celia que le permitieran comprender que no sólo ella puede de un día para otro cambiar de personalidad; decirle, por ejemplo, que se siente algo perturbado, una flecha en un sótano de telarañas con luz de color acero. Pero se reprime. «Está bien», repite, «está bien, te felicito, Celia». Pero nota que la decisión budista le ha afectado más de lo que pensaba. Y eso que estaba ya convencido de que acabaría Celia cambiando de religión, se veía perfectamente venir. Baja la cabeza, va a su estudio directamente, siente que necesita refugiarse allí.

Todo en la casa se está volviendo oriental.

Él *hikikomori*, ella budista.

—¿Qué te pasa? ¿Adónde vas? —pregunta Celia con su voz más tierna.

Decide no dejarse embaucar y se encierra en su estudio. Una vez ahí, mira por la ventana e inicia una meditación. Fuera, la luz del día se apaga. Siempre ha admirado el budismo, no tiene nada contra él. Pero la situación que acaba de vivir al llegar a casa le ha molestado, porque le ha parecido salida de una novela, y si hay algo que hoy en día pueda incomodarle de verdad es que a su vida le sucedan cosas que puedan resultarle apropiadas a un novelista para contarlas en una novela. Y es que esa forma que ha tenido Celia de decirle que se ha hecho budista le ha parecido el arranque de la clásica historia con conflicto: esposa que tiene de pronto una ideología distinta de la del marido, primeras reyertas y discrepancias serias después de años de felicidad.

Si en algo ha salido ganando al dejar la editorial ha sido en la ausencia de horas perdidas leyendo tanta basura: manuscritos con historias convencionales, relatos que necesitan de un conflicto para ser algo. Ha perdido de vista los manuscritos de contagiosa cantinela tradicional y no quiere ahora sentirse dentro de uno de ellos. Para él, es una contrariedad que, siendo desde hace dos años, exactamente desde hace veintiséis meses, tan tranquila la historia de su vida, le haya surgido de repente ese punto novelesco con el que no contaba. Ama su vida corriente de los últimos tiempos y, por encima de muchas cosas, ama su mundo cotidiano, tan tranquilo y aburrido. Si alguien se acercara a examinar su vida de cada día tendría dificultades para poderla encontrar apasionante, y ya no digamos para contarla a los demás, porque en realidad es una de esas vidas en las que apenas ocurre nada. Lleva una existencia al estilo de los personajes de Gracq, que él mismo puso de modelo en su teoría de Lyon. Por eso le fastidia tanto que se haya producido ahora ese acontecimiento con pretensiones folletinescas. Le molesta que todo se haya acelerado de pronto, como si le quisieran involucrar en una novela menos lenta.

Le fascina el encanto de la vida corriente. Es cierto que a veces le angustia haberse quedado tan bloqueado, tan autista informático, y también es verdad que a veces le angustia llevar una vida sin los sobresaltos de antes. Pero generalmente se inyecta cada día la consigna de que cuanto más insignificante sea lo que le pase, mejor le irá todo. Como futuro miembro de la Orden del Finnegans y supuesto buen conocedor de la obra de Joyce, sabe que el mundo funciona a través de insignificancias. Después de todo, el mayor hallazgo de Joyce en *Ulysses* fue haber entendido que la vida está hecha de cosas triviales. El truco glorioso que puso Joyce en práctica fue tomar lo absolutamente mundano para darle una base heroica de alcances homéricos. Fue una buena idea, sí, aunque no ha dejado de parecerle nunca un engaño. Pero no por eso va a privarle de su simbolismo al funeral que quiere montar en Dublín, no quiere privarle de la grandeza que requerirá la ocasión. Ahí es nada un réquiem por el fin de una época en la que precisamente Joyce reinó. Sin grandeza, además, la parodia no se entendería. Por otra parte, ese aspecto grandilocuente y simbólico seguro que convivirá —tal como sucede también en *Ulysses*— con la procesión mundana de trivialidades propias de todo viaje. Esa convivencia la puede ya hasta comenzar a imaginar: él en Dublín, despidiendo con cierto impulso heroico y grandeza funeral a una época histórica y al mismo tiempo él en Dublín en contacto con la sedante ordinariez de lo cotidiano, es decir, comprando allí camisetas en unos grandes almacenes, zampándose algún vulgar pollo al curry en una taberna de O'Connell Street, y, en fin, llevando el ritmo gris de lo prosaico.

Grandes contrastes entre la grandeza y lo prosaico, entre el impulso heroico y el pollo al curry. Se le escapa la risa. Tal vez el impulso heroico sea hoy en día algo completamente vulgar y corriente. A todo esto, ¿qué debe ser realmente el impulso heroico? Piensa en ese impulso como si fuera algo muy evidente y de hecho no sabe bien qué es.

—¿Sabías que en los monasterios budistas uno de los ejercicios es cruzar cada momento de tu vida viviéndolo plenamente? —le pregunta Celia.

Ella ha entrado en el estudio, y no parece que en su primer día de budista vaya a permitirle ejercer demasiado de *hikikomori*. Riba se lleva una sorpresa porque Celia nunca entra sin llamar en ese cuarto.

—En los monasterios budistas te ayudan a pensar —dice Celia con toda naturalidad, como si, al entrar ahí, no acabara de infringir una norma interna de la casa.

—No sé de qué me hablas.

—¿No? Te lo explicaré mejor. En los monasterios budistas te ayudan a decirte a ti mismo, por ejemplo: ahora es mediodía, ahora estoy atravesando el patio, ahora me encontraré con el monje superior, y al mismo tiempo debes pensar que el mediodía, el patio y el monje superior son irreales, son tan irreales como él y como sus pensamientos. Porque el budismo niega el *yo*.

—Es algo que *yo* no ignoro.

Observa que el conflicto que quería eludir está apareciendo, y vuelve a pensar que no quiere en modo alguno vivir dentro de una novela. Pero lo cierto es que está ocurriendo lo que se temía: no será tan fácil convivir con alguien que ha cambiado mucho en las últimas semanas y tiene ahora una visión del mundo marcadamente religiosa y muy distinta de la suya.

Celia cree adivinar lo que piensa, y le calma. Le dice que no ha de inquietarse, porque el budismo es dulce, el budismo es bueno y, además, el budismo es tan sólo una filosofía, un modo de vida, y en el fondo tan sólo una técnica de mejoramiento personal.

Uno de los temas de meditación del budismo, le explica Celia, es la idea de que no hay sujeto, sino una serie de estados mentales. Y otro de los temas es pensar que nuestra vida pasada fue ilusoria. Debe calmarse, le dice Celia. Y él, como no sabe qué contestarle, dice que está dispuesto a calmarse pero no dentro de una novela.

—No te entiendo —dice Celia.

—Yo tampoco a ti.

—Pero a ver si al menos entiendes esto. Si por ejemplo tú fueras un monje budista, pensarías en este momento que has empezado a vivir ahora. ¿Me escuchas bien?

—¿He empezado a vivir ahora?

—Pensarías que toda tu vida anterior, esa época tan alcohólica tuya y que precisamente tanto detestas y de la que te sientes tan orgulloso de haber escapado, fue un sueño. Pensarías eso, ¿me sigues? Pensarías eso y también que toda la historia universal fue un sueño. ¿Me escuchas?

La escucha relativamente. Está abrumado ante la irrupción del budismo en su vida. La verdad es que la prefería a ella cuando hablaba por teléfono todas las tardes con su madre, o con sus hermanos, o hablaba con sus compañeras de trabajo sobre problemas del museo. El budismo ha venido a complicarlo todo.

—Mediante ejercicios mentales te irías liberando —prosigue Celia—. Y una vez que comprendieras de verdad que el yo no existe, no pensarías que el yo puede ser feliz o que tu deber consiste en hacerlo feliz, no pensarías nada de todo eso.

Le parece que ya sólo le ha faltado añadir: y no te ilusionarías tanto con tu viaje a Dublín, ni con tu búsqueda del entusiasmo y de la genialidad perdida, ni con ese Nueva York que sintetiza tu ilusión de perder de vista tu mediocre vida, ni con la idea de que no eres tan viejo, ni con el salto inglés.

Pero siendo budista, se pregunta él, ¿habría podido ella decir algo tan increíblemente cruel? Prefiere pensar que no. El budismo no es despiadado. El budismo es dulce, el budismo es bueno. ¿O no?

Los ojos redondos como platos, sentado frente al ordenador. No sabe cuántas horas lleva ya aquí. Insomnio implacable. Le llega la impresión de que es *observado*. Por alguien en todo caso no visible. Por alguien que tal vez se ha desvanecido hasta ser impalpable, quién sabe si por muerte o por cambio de costumbres.

Ya se sabe que todo hombre presenta otro rostro cuando se siente espiado, y ahora él hasta modifica sus gestos al intuir que podría estar siendo mirado. Debería ir a dormir, tal vez sólo es eso. Cansancio. Son casi las cinco de la madrugada. Debería descansar, pero no está convencido de que sea lo conveniente. Vuelve a concentrarse en el ordenador.

En el buscador de *google* descubre que el 2 de febrero de 1922, día en el que nació su padre, sucedieron más cosas en el mundo. Una de ellas, asombrosamente relacionada con un hecho bien importante para Dublín. Ese día Sylvia Beach, la editora de *Ulysses*, estuvo paseando en París a lo largo del andén de la Gare de Lyon largo rato, inquieta, mientras aguardaba, envuelta por el frío aire de la mañana, la llegada del tren de Dijon. El expreso llegó a las siete en punto de la mañana. Y Sylvia Beach corrió hacia el revisor que sostenía un paquete y buscaba a quien tenía que dar aquellos dos primeros ejemplares de *Ulysses*, enviados por el impresor Maurice Darantière, que se había dejado literalmente la piel en cada corrección de cada párrafo de cada galerada tachada, reescrita y manoseada hasta extremos delirantes. Allí estaban el primer y el segundo ejemplar de la primera edición, con sus tapas azul griego y el título y el nombre del autor en letras blancas. Era el cumpleaños de James Joyce, y el regalo de Sylvia Beach iba a resultarle inolvidable. Tal vez aquél fue uno de los grandes momentos secretos de la era de la imprenta, de la galaxia Gutenberg.

Aquel mismo día, a la misma hora en que Joyce recibió su primer ejemplar de *Ulysses*, el padre de Riba, con una edad rara —llevaba tan sólo cuatro horas en el mundo—, soltó un gigantesco gruñido, que atravesó, con estridente poderío, las paredes de la casa natal.

Le escribe un e-mail muy largo a Nietzky para decirle que cada día se siente más predestinado a ir a Dublín, pero finalmente no se lo manda. Vuelve al buscador de *google* y tras una cierta deriva acaba teniendo en la pantalla las pinturas de Vilhelm Hammershøi, que le dejan aún más desvelado de lo que ya estaba. Le hipnotiza siempre enormemente este artista danés que durante toda su vida se ajustó a unos contados motivos pictóricos: retratos de familiares y amigos cercanos, pinturas de interior de su hogar, edificios monumentales de Copenhague y Londres, y paisajes de Selandia. Le gustan esos cuadros en los que los mismos motivos reaparecen una y otra vez. Y aunque en todos ellos el creador emite una gran paz y calma, podría reprochársele a Hammershøi que sea obsesivo. Pero le parece que en el arte muchas veces lo que importa es precisamente eso, la obsesión desaforada, la presencia del maniático detrás de la obra.

En los cuadros de Hammershøi siempre está el pintor, con sus imágenes tenaces dando vueltas alrededor de su insistencia por los espacios vacíos en los que aparentemente no sucede nada y, sin embargo, sucede mucho, aunque lo que pasa, a diferencia de lo que ocurre en cuadros de artistas como Edward Hopper por ejemplo, no puede llegar a cuajar nunca como material para novelistas ortodoxos. No hay acción en sus cuadros. Y a todos ellos, sin excepción, los impregna una actitud muy firme: tras la calma extrema y la inmovilidad, se percibe el acecho de un elemento indefinible y tal vez amenazador.

Su escala de colores es muy limitada y la domina una variación de tonos grises. Es el pintor de lo que pasa cuando parece que no pasa nada. Todo eso convierte a sus interiores en lugares de quietud hipnótica y de introspección melancólica. En esos cuadros felizmente no hay sitio para las ficciones, para las novelas. Se descansa en ellos a gusto, por mucho que todos los lienzos los recorra una mente obsesiva.

Pero es que, además, le gusta este pintor precisamente porque, en medio de la aletargada quietud de sus espacios vacíos, todo en él es obstinado, insistente. Hammershøi vive permanentemente —por decirlo con el título que le dieron en Londres a un libro de su admirado Vok— en una *quiet obsession*. Su universo de hombre sosegado parece girar alrededor de esa templada fascinación.

Le ha gustado mucho siempre esa expresión —*quiet obsession*— que acuñara el traductor de Vok al inglés. También él cree tener obsesiones del mismo estilo. Su pasión quieta por Nueva York, por ejemplo. Su obsesión tranquila por unos funerales en Dublín, por despedir con salvas —o lágrimas, aún no sabe— a la era de la imprenta. Su obsesión tranquila por volver a vivir un momento en el centro del mundo, por viajar al centro de sí mismo, por alcanzar grados importantes de entusiasmo, por no morirse de pena después de haberlo perdido casi todo.

Le domina muy especialmente la obsesión por *The British Museum*, que es el cuadro más raro y obsesivo que conoce de Hammershøi. Pintura de un tono gris casi exacerbado y en la que puede verse una fuerte niebla matinal que recorre una calle completamente desierta del barrio de Bloomsbury. Al igual que en tantos cuadros de este pintor, no hay personas en el lienzo. Pertenece a la serie de obras de Hammershøi en las que, con marcada insistencia, aparecen calles neblinosas y desiertas de ese barrio londinense que al pintor debieron hipnotizarle.

Sólo ha pisado Londres una vez, hace cinco años, invitado a un congreso de editores. Nunca viajó a esa ciudad a su feria del libro porque temía sentirse acomplejado ante el nulo dominio del idioma, de modo que envió siempre allí a Gauger. En ese primer y único viaje a Londres, le hospedaron en un pequeño hotel familiar de Bloomsbury, junto al British Museum, cerca del edificio de la enigmática Swedenborg Society. Las reuniones del congreso tenían lugar en un teatro de Bloomsbury. Y en su breve estancia de tres días apenas tuvo tiempo de recorrer otros espacios que no fueran los que rodeaban el hotel y el museo. Se limitó a conocer tan exhaustivamente las calles de aquel barrio que vive desde entonces en la ilusión de que lo conoce muy bien, a fondo. Ésta ha sido su forma de intentar apoderarse de la zona. Tal vez por eso, cuando vio la película *Spider*, las sórdidas calles del East End le sorprendieron, porque no había querido aceptar algo tan elemental como que en Londres había zonas que eran bien distintas a las de Bloomsbury.

En aquel viaje de hace cinco años se cuidó muy bien de no decir a nadie que era la primera vez que visitaba la ciudad. Sabía que causaría una impresión pésima que un editor como él, con el prestigio que tenía, fuera tan paleto y no hubiera pisado nunca Londres, y no lo hubiera pisado, además, sólo por la vergüenza que le daba no tener ni idea de hablar inglés.

En aquel viaje de hace cinco años estudió a fondo, muy meticulosamente, sobre el terreno, las calles que rodean el British Museum. Las recorrió muchas veces, de arriba abajo y terminó aprendiéndoselas de memoria y, a su regreso, en cualquier cuadro londinense que veía de Hammershøi identificaba, casi de inmediato, la calle, y se sabía incluso, casi de carrerilla, el nombre de ésta. Le sucedía con todos los cuadros, menos con *The British Museum*. Hoy en día sigue ocurriéndole lo mismo. Es extraño, pero en esa pintura todavía hoy se pierde, se confunde, se abisma. Cuantas más veces ve la calle que aparece en ese cuadro, menos sabe cuál pudo ser la que sirviera de modelo al pintor y más se pregunta si no la inventó el propio Hammershøi. Sin embargo, la parte del edificio que puede verse a la izquierda del cuadro es seguramente una parte lateral del museo y, por tanto, debería reconocer esa calle, que seguramente no tiene mayor misterio y es muy posible que sea una calle que existe y que está ahí, como una obsesión tranquila más, para cuando él quiera volver a Londres y verla.

En todo caso, mantiene con el cuadro *The British Museum* una relación tan extraña como la que ha tenido siempre con Londres. Porque, en realidad, si no ha ido a Londres más que una vez no es sólo por el nulo dominio del idioma, sino también porque durante años fue creciendo en él un extraño temor provocado por el hecho de que en varias ocasiones, habiendo estado a punto de viajar a aquella ciudad, a última hora algo raro se lo había siempre impedido. La primera vez, en Calais, a principios de los años setenta. Tenía ya incluso el coche dentro del *ferry* que debía dejarle al otro lado del canal cuando una discusión imprevista con una amiga —una discusión un tanto necia acerca de las minifaldas de Julie Christie— provocó que se volviera atrás en su idéa de viaje. En los años ochenta, con los billetes de avión ya comprados, una tormenta descomunal se interpuso en su camino y terminó impidiéndole cruzar el canal de la Mancha.

Llegó a pensar que Londres era ese lugar al que por oscuros motivos sabemos que no debemos ir nunca, porque allí nos espera la muerte. Por eso sintió verdadero pánico cuando le llegó, hace cinco años, aquella invitación a Londres que siempre tanto había temido. Tras no pocas dudas, un día finalmente salió de su casa de Barcelona para viajar a Londres, convencido, eso sí, de que, antes de tomar el avión, el más imprevisible acontecimiento le impediría pisar tierra inglesa. Pero nada se interpuso en su camino, y acabó aterrizando en Heathrow, donde pudo comprobar, con notable recelo, que seguía perfectamente vivo.

Sintiéndose amenazado por fuerzas extrañas y oscuras, comenzó a caminar con gran desconfianza por aquel aeropuerto. Por un momento, creyó que hasta había perdido el sentido de la orientación. Una hora después, al entrar en su cuarto de hotel, se quedó un largo rato en la cama, en silencio, sorprendido de que aún no le hubiera ocurrido nada y que ni siquiera se hubiera sentido rozado por la posibilidad de una visita de la Muerte. Al poco rato, viendo que todo se mantenía en un estado de normalidad casi tan vulgar como obsceno, encendió el televisor y entró en un informativo y, a pesar de que no entendía ni palabra de inglés, dedujo muy pronto que acababa de morir Marlon Brando.

Se quedó aterrado, porque entendió que, a causa de un error de la distraída Muerte, tan propicia a confundirse, Brando había fallecido en su lugar. Después, rechazó la idea por inconsistente. Pero estuvo un buen rato oficiando un funeral interior por el pobre Brando y al mismo tiempo manteniendo su estado de alerta ante cualquier movimiento que pudiera darse en el pasillo de la tercera planta en la que se encontraba su cuarto, pues le entró un grandísimo temor a que la Muerte avanzara por aquel estrecho corredor con el ánimo de visitarlo.

Estaba atento precisamente a todos los movimientos del inmueble cuando oyó pasos, alguien se dirigía a su habitación. Llamaron a la puerta. Se quedó helado. Cuatro golpes más, muy secos. El susto no se le pasó hasta que abrió y vio que no era la infame figura de la guadaña la que estaba detrás de la puerta, sino el editor Calasso, que también se encontraba en el hotel, invitado al congreso, y venía a proponerle dar una simple vuelta por el barrio.

Cuando a la caída de la tarde los dos salieron a dar aquel paseo, no podían ni imaginar que acabarían viendo la película *Julio César*, de Joseph Mankiewicz, a modo tal vez de inesperado e improvisado homenaje al actor principal del film, al ilustre muerto del día. Y es que, por una de esas casualidades tan casuales que a veces se dan en la vida, descubrieron que el film que protagonizaran Brando y James Mason lo pasaban al atardecer en el Aula Stevenson del British Museum, a cuatro pasos del hotel. Y les pareció que no podían darle la espalda a aquel guiño del destino y entraron a ver la admirable película que tantas veces y en tantas ocasiones distintas habían visto antes.

Recuerda que anoche Celia, con marcado acento budista en sus palabras, le decía que siempre estamos tejiendo y entretejiendo en cada momento de nuestras vidas. Tejemos, le decía Celia, no sólo nuestras decisiones, sino también nuestros actos, nuestros sueños, nuestros estados de vigilia: de una forma perpetua tejemos un tapiz. Y en el centro del mismo, concluyó Celia, a veces llueve.

Se ha quedado recordando estas frases tan tópicas de ayer, lo que no le impide imaginar ahora un tapiz en el que se vería con toda claridad que diluvia en Barcelona desde hace meses, sin interrupciones, y ya no dejará de diluviar nunca más. Llueve siempre en la alta fantasía, decía Dante. Y llueve, sobre todo ahora, en su imaginación, y también en Barcelona. En esa ciudad diluvia, sí. Y aproximadamente, aunque con las intermitencias de rigor, lo hace desde que él decidió ir a Dublín. La lluvia siempre nos hace recordar, nos trae la memoria de otros tiempos, y tal vez por eso ahora recuerda que, hace cinco años en Bloomsbury, después de ver a James Mason en *Julio César*, volvió a encontrarse con este actor cuando regresó a su cuarto de hotel por la noche y le encontró allí quieto en la pantalla del televisor, en aquella escena de *Lolita* de Kubrick, en la que en su papel de Humbert Humbert, antes de subir al cuarto para acostarse con su ninfa, habla con un inquietante desconocido, otro cliente del hotel, un tal Quilty, que parece saberlo todo sobre su vida.

¿Quién es el tal Quilty? ¿Llevaba una chaqueta estilo Nehru en la película? Ignora si es porque el insomnio es duro y no ha dormido en muchas horas o porque sigue teniendo *The British Museum* en la pantalla de su ordenador, pero actúa ya cada vez más ligeramente alterado. Dejándose llevar por las rimas que la lluvia va hilando en la calle desconocida del cuadro y pensando en la lluviosa *instalación* que prepara su amiga Dominique en la Tate, escribe mentalmente frases y en una de ellas se pregunta cómo será Londres cuando las personas que ama estén ya, al igual que él, muertas. Serán días —eso puede ya darlo por seguro— en los que todos sus difuntos se habrán convertido en humedad pura y hablarán desde sus soledades remotas y salvajes, hablarán tal como lo hace la lluvia en África, y ya no recordarán nada, todo se habrá olvidado. Hasta la lluvia bajo la cual un día todos los muertos se enamoraron habrá quedado borrada. Y también se habrá perdido el recuerdo de la luna bajo la cual un día caminaron vivos como almas en pena en una carretera también olvidada.

Y aunque, una vez más, se le van complicando las cosas por momentos, cree saber que, mientras todo siga dependiendo únicamente de él, mientras aún pueda controlar la acción y lograr que ésta sea pura y exclusivamente mental, podrá estar bien tranquilo. Quizá por eso se pierde con cierta calma por la calle neblinosa, presuntamente desconocida, que está junto al British Museum, y queda atrapado en un extraño recodo de lo que en un primer momento le había parecido una esquina. No es una esquina, es una mancha, y en ella hay una sombra que parece querer escapar de la pantalla.

Alarmado ante la sombra al acecho, pulsa el ratón y en dos movimientos alcanza la página del correo electrónico, donde encuentra el e-mail con el poema «Dublinesca», de Philip Larkin, que acaba de enviarle desde Nueva York el joven Nietzky. Es un poema que habla del sepelio de una vieja prostituta dublinesa, a la que en su última hora tan sólo acompañan por las calles de la ciudad algunas colegas. Nietzky le dice que le ha enviado ese poema porque en él hay una reunión funeral y ocurre en Dublín: un guiño a propósito de la ceremonia fúnebre que preparan el 16 de junio. Un poema que empieza así:

> *Por callejuelas de estuco*
> *donde la luz es de peltre*
> *y en las tiendas la bruma obliga*
> *a encender las luces sobre*
> *rosarios y guías hípicas,*
> *está pasando un funeral.*

Interrumpe la lectura para encender la radio y pensar en otras cosas algo menos funerales y escucha *Partir Quand Même*, cantada por Françoise Hardy. Hacía años que no oía esa canción que siempre le gustó. Parece que ahora no llueve. Deben de ser ya las siete pasadas. Se aprende el primer verso del poema de Larkin, *Down stucco sidestreets*, para imaginarse que empieza a saber inglés, para poder decirlo incluso a la menor ocasión que tenga. La fuerza de su insomnio se muestra ya imparable. Y Celia parece constatarlo. Está ahí de pronto, en el umbral de la puerta, mirándole amenazante, aunque al mismo tiempo con un aire que puede parecer desesperado. No sabía, piensa Riba, que los budistas también conocieran la angustia. Pero se equivoca, no es desesperación, es sólo que Celia tiene que irse al trabajo y no le ayuda mucho ver a su marido tan despierto y extravagante. Riba baja la cabeza y se refugia en «Dublinesca». Lee el resto del poema, esperando que el gesto le proteja en parte de los reproches que pueden llegarle en cualquier momento de Celia. Y mientras lee, se pregunta qué pasaría si ahora reapareciera aquella mancha en la pantalla, aquella sombra al acecho.

Celia va a marcharse y él —para que vea que no está hipnotizado— apaga el ordenador, y así de paso elude de golpe varios problemas. Celia no acaba de irse y se prueba una nueva camisa frente al espejo. Él tiene la sensación de que, nada más apagar el ordenador y perder posibilidades de ver a la sombra, le ha entrado una extraña tristeza grande, muy inesperada. Una tristeza absurda, porque no cree que sea la ausencia de la sombra la que esté provocándole ese bajón de ánimo, pero por otra parte no encuentra una explicación mejor. Decide esquivar esa rara tristeza con una que sea algo más relativa y se pone a pensar en la triste —pero no tanto, porque va asociada a un viaje con buenas perspectivas— ceremonia funeral que le espera en Dublín, esa ceremonia de la que sólo sabe que habrá de mantener conexiones con el sexto capítulo de *Ulysses*.

También su vida de los últimos días, ahora que lo piensa, parece guardar puntos de contacto con ese capítulo. Decide releerlo, comprobar si es verdad lo que intuye. Y poco después ya está examinando con atención las páginas del entierro de Paddy Dignam y muy especialmente el momento en el que un tipo desgarbado aparece a última hora en el cementerio. Es un hombre que parece surgido de la nada en el mismísimo instante en que el ataúd cae en el agujero del Prospect Cemetery. Bloom está pensando en Dignam, el muerto que acaban de tirar al hoyo, y, mientras su mirada revolotea entre los vivos, se detiene un momento en el desconocido. ¿Quién es? ¿Quién puede ser ese tipo de la gabardina?

«Me gustaría saber quién es. Daría cualquier cosa por averiguarlo. Siempre aparece alguien que no te esperas para nada», piensa Bloom, y luego deja que su pensamiento derive hacia otros asuntos. Al final de la ceremonia, Joe Hynes, reportero que se dedica a tomar el nombre de los asistentes al entierro para la reseña mortuoria, le pregunta a Bloom si sabe «quién es el tipo del...», y justo en ese momento, cuando está haciendo la pregunta, comprueba que el individuo al que se refiere se ha esfumado, y la frase queda sin terminar. La palabra que falta es impermeable (*mackintosh*). Bloom la completa poco después: «Sí, el tipo del *mackintosh*. Le he visto. ¿Dónde está ahora?» Hynes entiende mal y cree que el hombre se apellida Macintosh, y lo anota para su reseña del entierro.

La relectura de ese pasaje le hace recordar a Riba que hay en *Ulysses* diez alusiones más al enigmático tipo de la gabardina. Una de las últimas apariciones de ese misterioso personaje se produce cuando después de las doce de la noche, Bloom pide un café para Stephen en el Refugio del Cochero y coge un ejemplar del *Evening Telegraph* y lee la breve reseña del entierro de Paddy Dignam que ha escrito Joe Hynes. En ella el periodista da trece nombres de asistentes, y el último de todos es... Macintosh.

Macintosh. Así podría llamarse también la sombra oscura que ha visto antes en su pantalla. Y al pensar esto, quizá involuntariamente, estrecha lazos entre su ordenador y el funeral de Paddy Dignam.

No es precisamente el primero del mundo en preguntárselo.

«¿Quién era M'Intosh?», recuerda que puede leerse en el capítulo segundo de la tercera parte de *Ulysses*, un capítulo compuesto en forma de preguntas y respuestas.

Una de esas preguntas, intrigante y enrevesada, siempre le atrajo mucho: «¿Qué enigma autoenmarañado, aprehendiéndolo voluntariamente, no comprendió Bloom (mientras se desvestía y reunía sus ropas)?»

Pasa revista a todo lo que se ha discutido acerca de quién era ese M'Intosh. Existen las más variadas interpretaciones. Hay quienes opinan que es el señor James Duffy, el amigo indeciso de la señora Sinico, la mujer de «Un caso doloroso» en *Dublineses*, que se suicida abrumada por el desamor y la soledad. Duffy, atormentado por las consecuencias de su indecisión, vagaría por los alrededores de la tumba de la mujer que pudo haber amado. Y hay quienes opinan que es Charles Stewart Parnell, que se ha levantado del sepulcro para proseguir su lucha por Irlanda. Y también hay quien cree que podría ser Dios, enmascarado de Jesucristo, camino de Emaús.

A Nietzky siempre le encantó muy especialmente la teoría de Nabokov. Después de haber leído las opiniones de tantos investigadores, Nabokov dedujo que la clave del enigma del desconocido se encontraba en el capítulo cuarto de la segunda parte de *Ulysses*, en la escena de la biblioteca. Allí, Stephen Dedalus está hablando de Shakespeare y sostiene que éste se ha incluido a sí mismo en sus obras. Muy tenso, Stephen dice que Shakespeare «ha ocultado su propio nombre, un nombre hermoso, William, en sus obras: es un comparsa aquí, allá, igual que el pintor de la vieja Italia colocaba su rostro en un rincón oscuro de su lienzo».

Eso es lo que, según Nabokov, pudo hacer Joyce en *Ulysses*: colocar su rostro en un rincón oscuro de su lienzo. El hombre del Macintosh que cruza el sueño del libro no es otro que el propio autor. ¡Bloom llega a ver a su creador!

Se pregunta si, llegado el momento, se esforzará por permanecer despierto o se rendirá al sueño que no cree que le convenga demasiado porque el insomnio le está dando una lucidez especial, aunque le haya costado ya el serio enfado de Celia. Al tratarse de una riña matinal, ella no ha vuelto a los viejos tiempos, es decir, a la época en la que se enojaba tanto que acababa colocando unas cuantas cosas en su maleta y las sacaba al rellano. No ha actuado así esta vez, pero está claro que si las cosas empeoran, puede hacerlo más tarde, cuando regrese del trabajo, a la hora del almuerzo. Es terrible. Siempre todo con Celia pende de un hilo.

Deja el ordenador y va a la ventana, mira hacia la calle. Oye el gran portazo que da Celia al irse a trabajar. Finalmente se ha ido. Es ridículo, pero parece que en realidad lo que más ha podido molestarla, lo que más la ha hecho explotar de ira, ha sido que hace un momento le haya citado tan frívolamente a W. C. Fields: «Un buen tratamiento contra el insomnio es dormir mucho.» A ella la frasecita la ha sacado de quicio. «No valen las excusas», le ha dicho.

La frase de Fields sobraba, piensa ahora él, inútilmente arrepentido. ¿Cuándo aprenderá a controlar mejor sus palabras? ¿Cuándo se dará cuenta de que ciertas salidas de tono pueden parecer geniales en muchos ambientes menos en el conyugal? El portazo de Celia ha sido seguramente más que justificado. Durante un rato, desde el ventanal, se dedica a observar lo que pasa cuando no pasa nada. Cuando abandona la vista general de Barcelona y baja los ojos para centrarse en lo que ocurre ahí abajo en su calle, se da cuenta de que avanza por ella un hombre con un abrigo Burberry gris, que le recuerda —tiene un aire— al desconocido con gabardina y de pelo aplastado por la lluvia que vio con Ricardo en La Central. En un primer momento le parece extraño y luego no tanto. Lo cierto es que acaba sintiendo una misteriosa compenetración emotiva hacia él. ¿No habrá venido a decirle que persista en su búsqueda de la dimensión insondable, esa dimensión por la que, en plena tormenta, preguntara su padre en voz baja el otro día? Siente vértigo. Y se acuerda del pensador sueco Swedenborg, que un día, hallándose junto a la ventana de su casa de Londres, se fijó en un tipo que andaba por su calle y por el que sintió una empatía instantánea. Para su sorpresa, aquel ciudadano se dirigió a su puerta y llamó. Y, al abrir, Swedenborg sintió desde el primer momento una confianza absoluta hacia aquel individuo, que se presentó a sí mismo como el hijo de Dios. Tomaron un té y, en el transcurso del encuentro, el hombre le anunció que veía en él a la persona más indicada para explicar al mundo el camino correcto. Borges siempre dijo que muchos místicos pueden pasar por locos, pero que el caso de Swedenborg fue especial, tanto por su enorme capacidad intelectual y el gran prestigio científico como por el radical viraje que supuso en su vida y obra las revelaciones que le llegaron de la mano de aquel visitante inesperado que le conectó directamente con la vida celestial.

Observa los pasos del hombre del Burberry gris y por un momento teme, y al mismo tiempo desea, que ese individuo se dirija a la puerta del inmueble y llame al interfono. Puede que el hombre quiera felicitarle por estar planeando una oración fúnebre por la era Gutenberg, pero también que quiera, además, decirle que no hay que tener una mirada de tan corto alcance y que por tanto habría también que entonar ese canto funeral por la era digital —que algún día también desaparecerá— y no tener miedo, además, de viajar en el tiempo y entonar otro canto fúnebre por todo lo que vendrá después del apocalipsis de la Red, incluido el fin del mundo que seguirá al primer fin del mundo. Después de todo, la vida es un ameno y grave recorrido por los más diversos funerales.

¿Estarán incluidos en el segundo fin del mundo el vestido azul brillante con una aguja de plata, los guantes blancos y el sombrerito que su madre se ponía ladeado todos los sábados por la noche cuando en los años cincuenta iba con su marido a bailar al Flamingo? Entonces nadie en la familia se preguntaba por la dimensión insondable.

Mira de nuevo por la ventana y ve que el hombre del Burberry gris ya no está en su calle. ¿Y si era Swedenborg? No, no lo era. Como tampoco, por poner otro ejemplo, aquel tipo del que un día pensó que podía estar dirigiéndolo todo desde una luz cansada. Ha sido alguien que ha pasado completamente de largo. Y es extraño, porque al principio no parecía ésa su intención.

El insomnio le lleva a leer sentado en su butacón. Como antaño, cuando el ordenador no le devoraba tanto espacio. La música en la radio sigue siendo francesa, como si el salto inglés hallara la curiosa resistencia casera de su emisora favorita.

Ha rescatado de la biblioteca un libro de W. B. Yeats, uno de sus poetas predilectos. No estaba previsto, pero esa lectura podría formar parte perfectamente de los preparativos también de su viaje a Dublín. El tiempo pasa muy rápido y un insomnio como el de hoy contribuye aún más a una sensación de tiempo que vuela, pero el hecho es que ya quedan sólo cinco días para que viaje a esa ciudad. Todo ha sido realmente muy veloz y parece que fuera ayer cuando, para evitar que su madre descubriera que carecía de plan alguno para el futuro, se le ocurrió decir que tenía que ir a Dublín.

Se adentra en Yeats, en un poema en el que se dice claramente que todo se desmorona y para el que resultan idóneos sus ojos sanguinolentos de lector profundamente desvelado. Dejándose llevar por los versos, se queda imaginando que le ciega la luminosidad del día y que se ha convertido en un diestro piloto que cruza con rapidez la geografía de la vida infinita. Un piloto que no tarda en dejar pronto atrás todas las etapas de la humanidad —edad de hierro, de plata, la era Gutenberg, la era digital y la era definitiva y mortal— y llega justo a tiempo para asistir al diluvio universal y al gran cierre y funeral del mundo, aunque en realidad sería más exacto decir que más bien ha sido el mundo el que ha ido quemando etapas y viajando directo hacia su grandioso final y funeral, ya anunciado por esos versos de Yeats por los que Riba se ha dejado llevar esta mañana tan lejos: «Todo se desmorona; el centro ya no puede sostenerse / La anarquía se adueña del mundo entero, / La marea sanguinolenta se ha desatado, y en todas partes / La ceremonia de la inocencia es ahogada...»

Ahí termina su vuelo. Regresa a la realidad, que no es tan distinta del lugar al que le ha transportado su imaginación. Cierra el libro del gran Yeats y mira por la ventana y sigue con curiosidad extrema el curso de una nube y luego da una cabezada y siente que tal vez pronto se quede dormido, y entonces, para evitar que esto suceda, abre de nuevo el libro que había cerrado y encuentra en lo que lee rastros de la nube que acababa de mirar, lo encuentra en este fragmento del prólogo de Vilém Vok al libro de Yeats: «Los vientos que barren la costa y los bosques donde hablan los *shide*, emisarios de las hadas, aluden a un esplendor perdido, pero recuperable.» Y más adelante: «Dijo que el mundo fue perfecto y amable, y que el mundo perfecto y amable seguía existiendo, pero enterrado como un montón de rosas bajo muchas paladas de tierra.» Y de golpe cae en la cuenta de cuál pudo ser el verdadero fondo de las palabras de su padre cuando preguntó, el otro día, si alguien podía explicarle el misterio.

Si no hubiera leído estos versos de Yeats, sin duda ahora no habría pensado esto. Pero los ha leído y no puede evitar pensar que acaba de comprender qué podía haber exactamente detrás de aquella pregunta paterna. Tal vez los vientos que barrían la costa catalana en aquel momento inquietaron el inconsciente de su padre, hasta el punto de empujarle a preguntar, de un modo indirecto, por el esplendor perdido. Y es que tal vez su padre en realidad no preguntaba por el misterio de la vida en general, ni por el misterio de la tormenta, sino por todo aquello tan próximo a su mundo afectivo, todo aquello que con el tiempo había visto que quedaba enterrado como un montón de rosas bajo muchas paladas de la tierra más húmeda.

Ésa pudo ser la verdadera causa de fondo de las inquietudes de su padre ante la tempestad. Y si fue ésa la causa no puede negar que ha sido el insomnio quien le ha ayudado a encontrarla, que el insomnio escondía una potencia visionaria que no conocía y, al llevarle a comprender el verdadero sentido de aquellas palabras paternas, ha sabido abrirle un amplio panorama.

Va a la cocina y, cayendo de nuevo en lo prosaico, se prepara un bocadillo de jamón y doble ración de queso. Se pregunta si no será que, cuando piensa en Nueva York, en realidad se está interesando —digno heredero de su padre— por un mundo perfecto y amable, que de niño perdió muy pronto y que espera reencontrar en esa ciudad algún día. ¿En Nueva York se concentra simbólicamente toda su búsqueda de la gran parte de su vida que quedó enterrada como un montón de rosas bajo toneladas de tierra? Es posible. Muerde el bocadillo, vuelve a morderlo. Se odia a sí mismo por gestos tan extremadamente vulgares, pero el queso está magnífico. Se acuerda de una frase de Woody Allen sobre la realidad y los bistecs. Cada vez está más despierto. ¿No era eso lo que buscaba? Si era eso, lo está consiguiendo. Tiene la impresión de que *ve* más que nunca. Es como si se estuviera acercando a la experiencia de Swedenborg, el hombre que hablaba con toda naturalidad con los ángeles. En algunas ocasiones le parece como si el insomnio fuera capaz de producirle los mismos efectos que en otros tiempos el alcohol. El alcohol, que tanto necesita a veces. ¿Quién está ahí? Sonríe. Detecta de nuevo una presencia, aunque ahora podría ser sólo una intuición salvaje, provocada por su desvelado estado. La presencia acaba pareciéndole tan obvia y grande que se entristece al preguntarse qué sería de él si la realidad le devolviera de pronto a la evidencia de una gran ausencia.

Se adentra en *Crónica de Dalkey*, de Flann O'Brien, lo que no es más que otra forma de prepararse a conciencia para el viaje a Dublín. Además, el pub Finnegans, donde Nietzky tiene pensado fundar la Orden de Caballeros, está en esa población de Dalkey, la pequeña ciudad situada a unas doce millas al sur de Dublín, en la costa.

Del pueblo de Dalkey dice Flann O'Brien: «Es una población peculiar, acurrucada, tranquila, como adormilada. Sus calles, que no lo son tan claramente, son estrechas y en ellas se suceden encuentros que parecen accidentales.»

Dalkey, pueblo de encuentros casuales. Y también de extrañas apariciones. En *Crónica de Dalkey* aparece San Agustín vivo y coleando, en diálogo con un amigo irlandés. Y también aparece James Joyce, que trabaja de camarero en un bar turístico de Dublín y se niega a ser relacionado con *Ulysses*, libro que considera «mugriento, esa colección de inmundicia».

Una ráfaga violenta de sueño le impulsa ahora a mover la cabeza hacia delante. Y de nuevo le llega la sensación de estar siendo *visto*. ¿Celia ha vuelto y no la ha oído entrar? La llama, pero nadie contesta. Completo silencio.

—¿James?

Bueno, no sabe muy bien por qué ha preguntado por James, pero espera que no sea precisamente Joyce quien ande ahora por ahí.

Teme quedarse dormido, y si lo teme es porque sospecha que podría volver a asaltarle de nuevo esa pesadilla recurrente en la que un dios privado de la vista y con aspecto de primate fatigado quiere darle la mano y para ello se ve obligado a levantar el codo lo máximo que puede. Riba le mira desde las alturas, pero no puede decirse que esté en mejor posición, pues se encuentran los dos encerrados en esa jaula en la que para toda la eternidad están condenados a sufrir la corrosión de una hidra íntima, de un dolor pavoroso: el mal del autor.

Justo después de las once de la mañana, comienza a sentirse ya realmente vencido por el sueño. Oscila entre quedarse mansamente dormido y ser víctima probable de lo que su amigo Hugo Claus llamó *la pena del editor*, o resistir un poco más. Le parece un fastidio que le llegue la amenaza del sueño justo cuando, hace tan sólo unos momentos, más lúcido se sentía.

Dentro de cinco días exactamente, a esta misma hora, estará aterrizando su avión en Dublín. Javier, Ricardo y Nietzky llevarán ya un día allí cuando él llegue. Javier y Ricardo siguen ignorando que, aparte de asistir al *Bloomsday* y a la ceremonia de fundación de la Orden de Caballeros del Finnegans, van a participar en los funerales de la era Gutenberg. Un programa apretado. Quizá Nietzky se lo explique a lo largo de ese primer día que pasarán los tres juntos. Quizá cuando él llegue a Dublín, Nietzky haya ideado ya algo para celebrar ese funeral y tenga ya el sitio idóneo para llevarlo a cabo.

Durante un buen rato, resiste a los embates del cansancio y del sueño pensando en el cercano viaje irlandés. Le inquieta, por encima de todo, que ha dejado hace unas horas de ser un *hikikomori*, pero ahora lo parece más que nunca. Si bien en espíritu ha dejado por completo de serlo, sabe que cuando regrese Celia, si lo encuentra durmiendo, lo primero que pensará será que se ha convertido ya trágica y definitivamente —una injusticia, pero será lo que pensará— en uno de esos japoneses que viven de noche frente al ordenador y duermen todo el día.

Le resulta muy evidente que si dicen por ahí que aparte de ser honrado hay que parecerlo, para dejar de ser un *hikikomori* no basta en absoluto con dejar de serlo, hay también que no parecerlo. Pero ¿qué puede hacer para evitarlo? Tarde o temprano, caerá rendido. Está agotado. Dormirá, no tiene otra opción. Deja para otro momento la idea de continuar con las experiencias entre la razón y la locura. Pero ve enseguida que no puede interrumpirlas. Hace un gran esfuerzo y se pone en pie, ha decidido que no dejará que le venza el sueño y menos aún que Celia piense erróneamente que sigue siendo un obstinado autista informático.

Se viste, coge su paraguas, titubea unos instantes, pero finalmente sale al rellano, toma el ascensor, baja a la calle. Llevaba días dándole una pereza enorme ir a comprar unas medicinas, pero ahora tiene tiempo de ocuparse de ciertas cuestiones de la vida cotidiana. Va a la farmacia de siempre y compra las pastillas que se le estaban ya agotando y que por prescripción médica toma desde que tuviera el colapso físico de hace dos años. Pastillas para controlar la tensión alta: Atenolol, Astudal, Cardurán, Tertensif. Después, compra en la panadería una pizza de roquefort —que comerá fría en el camino de vuelta a casa— y unos picatostes para la sopa que Celia dejó ayer hecha.

Se le ve por todo el barrio, bajo la lluvia, con una bolsa de la farmacia y comiendo una pizza. Aparatosas gafas de sol para ocultar el deterioro físico que le está acarreando el insomnio. De vez en cuando, cómico y conmovedor, lanza miradas furtivas a los picatostes. Hoy, dentro de la evidente extravagancia, se le ve más normal que en otras ocasiones, al menos viene de la panadería y de la farmacia, y podría parecer —de hecho lo es— un vecino más. La última vez en este barrio fueron muchos los que le vieron paseando bajo la lluvia con su viejo impermeable, la camisa con el cuello roto y levantado, aquellos grotescos pantalones cortos, el pelo enormemente aplastado por el agua. Fue una imagen extraña la que dio, la de un pobre editor de prestigio, vestido para ser llevado directamente a un psiquiátrico. Una imagen pésima, de excéntrico pasado de rosca. A causa de su conducta de aquel día, mucha gente le mira desde entonces ya con total desconfianza en el barrio, y eso a pesar de que le han visto más de una vez en la televisión hablando con sensatez de los libros que publicaba y que tan grande fama le iban reportando.

Camina con paso lento, con su pizza de roquefort y sus picatostes y su paraguas bien derecho y sus medicinas recién adquiridas en la farmacia. Soy normal, miradme, parece estar diciéndoles. Claro que las gafas de sol le delatan, y la gabardina es la misma de la noche aquella, y también le pone en evidencia su caminar algo a la deriva y los mordiscos ansiosos a la pizza. En realidad, todo le pone en el punto de mira de los vecinos. En los cristales del escaparate de la tienda de flores, se contempla a sí mismo desde fuera, y se asusta al verse como un caminante extraño, con pantalones cortos ocultos bajo la gabardina. Pero no va con pantalones cortos. ¿Por qué le ha parecido que los llevaba? ¿Quién es ese viejo de mierda, quién es ese personaje cómico que se refleja en los cristales?

Empieza a reírse de sí mismo y a caminar como un vagabundo de cine mudo. Juega a ser su sombra, ese personaje cómico que ha visto en los cristales. Camina de forma deliberadamente irregular y luego, frente a la charcutería, imagina que no es un vagabundo como todos los otros, debido a que tiene casa, un hogar estable, donde, eso sí, también vagabundea. Mientras continúa andando de forma cómica, imagina que ya es de noche y que está en esa casa inventada. La lluvia azota los cristales, donde se refleja su sombra, que es sombra a su vez de otra sombra. Porque en esa casa inventada él es un ex editor a la espera de encontrar al hombre que fue antes de crearse —con los libros que publicó y con la vida de catálogo que llevó— una personalidad falsa.

Imagina que en esa casa inventada no tiene sueño —en esto último coincide con su propia realidad— y que su vieja lámpara le ilumina en el momento de ponerse a preparar un informe sobre su situación en la vida, un informe que imagina que está obligado a terminar antes de que llegue el alba y que, para no aburrirse por la calle —no se aburre nunca salvo cuando camina por lugares que le resultan tan familiares como éstos, los de su barrio—, va elaborando mentalmente, con dolor, frase por frase, mientras avanza decididamente patético, con sus aires de actor de cine mudo, escupiendo flujo y basura de la conciencia:

«Pronto cumpliré sesenta años. Desde hace dos, me persigue la realidad de la muerte al tiempo que me dedico a observar lo mal que va el mundo. Como dice un amigo, todo se acabó, o se está acabando. No queda otra *cosa* que una gran masa analfabeta creada deliberadamente por el Poder, una especie de muchedumbre amorfa que nos ha hundido a todos en una mediocridad general. Hay un inmenso malentendido. Y un trágico embrollo de historias góticas y editores puercos, culpables de un monumental desaguisado. La edición literaria a la que di mi vida tiene ya su funeral preparado en Dublín. Y yo ya sólo puedo dedicarme a intentar respirar, abrirle el máximo de espacios posibles a los días que me quedan, tratar de ir en busca de un arte de mi propio ser, de un arte que tal vez pueda perfeccionar algún día haciendo un inventario de los que fueron mis principales errores como editor. Porque tengo la impresión —un último proyecto, tan sólo imaginario— de que sería grande que muchos quisieran hacer lo mismo y un libro recogiera las confesiones de editores que dijeran qué creen que anduvo trastabillado en su política de publicaciones; editores independientes que contaran lo extraordinarios que imaginaron los libros que soñaron un día sacar a la luz; editores que contaran cuáles fueron sus mayores esperanzas y cómo fue que éstas no se materializaron (ahí estaría bien que hablara un editor como el gran Sensini, que sólo publicaba historias de *personajes valientes y a la deriva* y que acabó procesado en los Estados Unidos); editores literarios que contaran las miserias de la literatura, hoy una sinfonía completa de cuervos perdidos en el mafioso centro de la selva fúnebre de su industria. En definitiva, editores que se avinieran a publicar el gran mapa de sus decepciones y que confesaran en él la verdad y dijeran de una vez por todas que, para colmo, ninguno encontró a un verdadero genio en su camino. Un mapa así nos permitiría avanzar dentro de las movedizas arenas de la verdad. Me gustaría tener la osadía un día de adentrarme en esas arenas y de hacer un inventario sobre todo lo que quise alcanzar en mi catálogo y no alcancé nunca. Me gustaría un día tener la honestidad de desvelar las grandes sombras que se esconden detrás de las luces de mi trabajo tan absurdamente elogiado...»

Decide acelerar el paso en su camino de regreso porque ya no puede con su alma y, además, porque nota que su lucidez de insomne podría ir en cualquier momento ya de capa caída, pues hasta se le diluye y transforma peligrosamente en los escaparates el perfil de su risible pero a fin de cuentas patética figura de cine mudo. Ahora lo único que le parece importante es que, cuando Celia llegue del trabajo, le encuentre con la comida preparada para los dos, el almuerzo bien dispuesto sobre el mantel, el televisor encendido para no tener que hablar mientras comen. Por el momento, tomará otro café. Es necesario que ella le encuentre despierto, como si no pasara nada. Es necesario buscar una pronta reconciliación. Hacerse budista, si es necesario. No tiene fe en la gente que tiene fe —aunque sea una fe budista—, pero simulará que la tiene. Su relación con Celia está por encima de todo. Aunque bien es verdad que desconfía enormemente de la gente que tiene fe. Cuando piensa en estas cuestiones, trata siempre de reconstruir algo que le oyera decir a Juan Carlos Onetti a finales de los setenta en el Instituto Francés de Barcelona. Onetti, que parecía inmensa y felizmente borracho, habló de que había que meter en el mismo saco a los católicos, los freudianos, los marxistas y los patriotas. A cualquiera, dijo, que tuviera fe, no importaba en qué cosa; a cualquiera que opinara, supiera o actuara repitiendo pensamientos aprendidos o heredados.

Se le quedaron muy grabadas aquellas palabras. Recuerda que Onetti dijo aquel día que un hombre con fe era más peligroso que una bestia con hambre y que la fe había de ser puesta en lo más desdeñable y subjetivo. En la mujer amada de turno, por ejemplo. O en un perro, en un equipo de fútbol, en un número de ruleta, en la vocación de toda una vida. Eso cree recordar que dijo Onetti en aquella tarde ya un tanto lejana de Barcelona.

Como la mujer amada en su caso es Celia y por tanto no es precisamente *la mujer de turno*, y como ha renunciado, no hace mucho, a la edición, que siempre fue la vocación de su vida, y como además no tiene perro ni equipo de fútbol, le parece más que evidente que para la fe sólo le queda un número. Un número de ruleta, si es que le queda algo. Y ese número podría perfectamente ser el de la propia ruleta de la vida, es decir, su destino.

Por un momento y sin que cunda el pánico, se queda ofuscado mirando los picatostes, como si éstos fueran su único y verdadero porvenir.

Al pasar por delante de la pastelería, está fumando en la puerta el transexual que trabaja ahí y que es la única persona del mundo que aún le tira los tejos, al menos de una forma descarada. La tragedia de envejecer, piensa Riba, lleva a estas cosas: este amable transexual es hoy en día la única mujer que todavía le ve. Uno sabe que envejeció cuando aparecen lunares en las manos y nota que se volvió invisible para las mujeres. Celia habla a veces con esta dependienta, cuando va a comprar el postre de los domingos. Es tan mala la pastelería que ella, que tiene poco trabajo, suele estar casi siempre apostada en la puerta, fumando. Como Riba sabe que echa las cartas, siempre que la ve imagina que le pide que le lea el futuro. La imagina a ella en el interior de la pastelería, disfrazada de gitana después de haber hecho un gran esfuerzo por leerle y descifrar las cartas, como si fuera Marlene Dietrich en *Sed de mal*. Una risa muy seria. Dime ya de una vez por todas mi futuro, por favor, le dice Riba. Apenas hay luz al fondo de la pastelería. No tienes futuro, le contesta ella. Y suelta una carcajada definitiva.

Ya en casa, la lluvia azota los cristales. Es como si hubiera ido a parar a la casa inventada de antes, sólo que es su casa de verdad, por suerte. Al pensar en el personaje de Bloom, se pregunta qué rostro tendría. A este respecto, Joyce no da demasiadas pistas. Es el típico hombre moderno, eso está claro. Moderno, por supuesto, si se le compara con el Ulises de Homero. Risas interiores. Es de suponer que Joyce lo ideó de una forma que pudiera parecerse a cualquier ciudadano de provincias, de Europa. Un hombre sin atributos. A Bloom le superan los otros dos personajes principales del libro: Stephen Dedalus y Molly Bloom. Lo sobrepasa e ilumina desde arriba Stephen, que representa el intelecto, la imaginación creadora. Y lo sostiene Molly, que representa el cuerpo, la tierra. Pero a la larga Bloom no es ni peor ni mejor que cualquiera de ellos, pues Stephen tiene un exceso de orgullo intelectual, y Molly se halla a merced de la carne; en cambio, Bloom, aunque sea una personalidad menos vigorosa que la de ellos, tiene la fuerza de la humildad. Es más, Bloom seguro que fue —seguro que todavía lo es hoy— más encantador que su autor.

Recorre su biblioteca y se detiene aquí y allá; toma un volumen, lo hojea nerviosamente, vuelve a dejarlo. Se queda hipnotizado mirando la lluvia. Va a la cocina y comienza a preparar la comida. El ruido de la lluvia le trae el recuerdo de aquel día de su juventud en el que iba sin paraguas y, aun así, se dedicó a perder el tiempo mirando fijamente a la cara de los transeúntes a la caza de la esencia única de cada uno, y terminó muy mojado. Su ridícula juventud podría resumirse en ese episodio, pero prefiere olvidarlo para siempre, no está dispuesto a que la lluvia y ciertos recuerdos le depriman.

Deja de prestar atención al fuerte aguacero y, por un momento, le parece que vuelve esa extraña sensación y que es como si alguien se hubiera puesto a caminar en silencio a su lado, alguien que es otra persona, obviamente, aunque a veces hasta le resulta muy familiar. Es un caminante silencioso que quizá ha estado siempre ahí. Vuelve a la ventana. Ve el destello plateado de la lluvia. Piensa que tendría que contárselo a alguien y que Celia desde luego no es la más indicada. Seguro que, cuando llegue, seguirá enfadada con él. A falta de alguien para contárselo, decide anotarlo en el documento *world* en el que acumula frases. Abre el ordenador, va al documento y allí inscribe su impresión de hace un momento:

El destello plateado de la lluvia.

No se resiste a añadir algo más y anota, en letra más pequeña:

El dolor del autor, mi hidra íntima.

Llega Celia y le encuentra despierto y, además, eufórico, escuchando a Liam Clancy cantando *Green Fields Of France.* Y ve también que, aunque parezca mentira, él ha colocado muy servicialmente toda la comida sobre la mesa, sobre el mantel a cuadros que les regalaron cuando su boda en aquel día de febrero de hace más de treinta años. Ha hecho un gran esfuerzo, pero se ha mantenido despierto, aunque su agudeza ha ido entrando en rotundo descenso. Por suerte, Celia ha llegado en son de paz. Es más, con alucinantes remedios para el insomnio y el estrés.

—¡*Gadgets* para el descanso! —grita sonriente.

Le está sentando bien el budismo. Lleva un producto que le han vendido en la oficina, una especie de repetidor digital basado en estimulaciones audiovisuales, unas gafas multicolores, un antifaz y unos auriculares. Le cuenta que, a través de sus veintidós programas, el repetidor emplea modelos de luz, color y sonido de acuerdo con frecuencias de las ondas cerebrales, lo que propicia sensaciones adecuadas para el descanso.

—Ahora sólo falta saber cuáles son las frecuencias de tus ondas cerebrales —dice Celia con cierta malicia.

¿Las ondas qué? Sonríe. No puede evitar pensar en Spider y en sus telarañas mentales. Ella insiste en preguntar cuáles son esas frecuencias. Los vendedores del producto le han prometido agudeza mental, relajación y disminución del estrés para un sueño placentero.

Celia le pide ahora que pruebe el repetidor digital.

—No está bien que no duermas nada. ¡Esa música! ¡Liam Clancy! ¿Qué te pasa con Liam Clancy?

—Me emociona, pienso que es una canción patriótica y me emociona, me estoy volviendo irlandés.

—Pero no creo que sea tan patriótica. ¿Es que no lo ves? No puedes irte el domingo a Dublín con sueño atrasado —le dice cariñosa y maternal, pero también deliberadamente banal y carnal, provocativa.

Le muestra el escote. Le hace una pregunta aparentemente trivial o, como mínimo, fuera de lugar.

—¿Por qué no dejas de ir algún miércoles a casa de tus padres? ¿Sientes que les debes algo?

—Sí. El deber filial. Es un sentimiento perfectamente natural en la especie humana.

Ella le alborota el pelo.

—No te enfades —le dice.

Se le acerca aún más y le acaricia.

Se aman. El culo de Celia sobre un cojín rojo. Piernas abiertas. Revuelo de ropas de cama. Liam Clancy, que sigue cantando. Y, con tanto estrépito, el repetidor digital estrellándose con gran violencia contra el suelo.

Barcelona, doce de la mañana del viernes 13, dos días antes de tomar el avión a Dublín.

Desde un lugar donde no puede ser visto por ellos, observa con detenimiento y repentino asombro cómo dos pseudoamigos, o más bien conocidos de su generación, se disponen a bajar con gran solemnidad Rambla de Cataluña abajo. Sus ceremoniales movimientos no dejan lugar a muchas dudas: se hallan al inicio de un ritual que hace años practican. De hecho, hace cuarenta años ya los vio en este mismo lugar, disponiéndose para lo mismo. Se preparan para iniciar una conversación acerca del mundo y de los avatares de sus vidas mientras descienden elegantemente Rambla abajo.

Repentino asombro, pero también una cierta envidia. Todos sus gestos y ese aire de estar amagando el inicio de un viejo ritual, le remiten a la idea de que para hablar del mundo disponen de todo el tiempo por delante. Y seguramente le han llamado la atención más de lo normal porque su lento ritual solemne contrasta con las prisas de toda la gente que les rodea. A su alrededor, no parece que haya nadie más que disponga de tiempo para pensar o simplemente para conversar sobre el mundo, sino más bien gente de paso apresurado y con el tiempo justo, gente con velocidad, pero sin pensamiento.

Les conoce. Son universitarios de su generación, de su clase social. Sabe que su coeficiente mental no es muy alto. Pero la solemnidad de sus gestos, sus buenas maneras —último eslabón de aquel tipo de catalanes a los que ha perdido siempre la estética— y el haber sabido conservar esa disponibilidad con respecto al tiempo hace que se quede petrificado. Parece incluso que vayan a pensar. Y ahora se da cuenta: son los genuinos representantes de su generación. Si se sintiera universitario, si se sintiera intelectual y barcelonés y no hubiera querido traicionar a su clase social, se reconocería inmediatamente en estos dos conocidos, que disponen de todo el tiempo por delante.

Es una lástima, pero ésa no es su generación. Siente envidia por el ritual que han conservado sus dos paisanos, pero también compasión, una honda, infinita compasión. Y lo lamenta mucho: una generación por la que siente envidia, pero a la que compadece, no quiere que sea su generación.

Los ve ahí en lo alto de la Rambla de Cataluña, tal como los vio hace cuarenta años, igual que entonces, disponiéndose a pensar, iniciando el ritual del paseo. Ya entonces, si uno los veía allí arriba, tan universitarios y majestuosos preparándose para el descenso, pensaba que era envidiable el tiempo del que disponían.

Para ellos no pasa el tiempo. Iban a comerse el mundo y ahora se limitan a comentarlo, si es que lo comentan, circunscritos como están a los límites de su limitada capacidad de pensar. Y sí. Hasta parece que sea verdad que el tiempo no pasa para ellos y que no están ya a las puertas de su futuro de quijada colgando y babeo irremisible. Será el final de una generación que un día pudo ser la suya. No lo es. Y si lo es, lo es de forma muy remota. ¿Por qué ser de su generación debe ser más importante que ser piadoso o no piadoso, por ejemplo? Si alguien le dice que es piadoso va a saber algunas cosas sobre su identidad mucho más reveladoras que si le dice que es barcelonés o que es de su generación.

Adiós a esta ciudad, a este país, adiós a todo eso.

Dos antiguos universitarios ahí en lo alto del señorial y comercial paseo. No parecen conscientes de que toda vida es un proceso de demolición y que les esperan los golpes más fuertes. Va pensando en todo esto desde este lugar desde el que no puede ser visto por ellos. Es, sin que los otros puedan saberlo, un traidor, es decir, es en realidad un golpe más de los que les llegarán a ellos desde dentro. Aquí está él ahora, despidiéndose a su manera de Barcelona, en la esquina sombría, agazapado a la espera de la oscuridad definitiva. Mucho mejor será que, al final de todo, las penas se pierdan y regrese el silencio. A fin de cuentas, seguirá como siempre ha estado. Solo, sin generación, y sin tan siquiera un mínimo de piedad.

Hora: justo después de las once de la mañana.

Día: 15 de junio de 2008, domingo.

Estilo: Lineal. Se entiende todo. Guarda un aire familiar con el capítulo sexto de *Ulysses*, donde encontramos un Joyce lúcido y lógico, que introduce de vez en cuando pensamientos de Bloom que el lector sigue con facilidad.

Lugar: Dublin Airport.

Personajes: Javier, Ricardo, Nietzky y Riba.

Acción: Javier, Ricardo y Nietzky, que llevan ya un día en Dublín, reciben en el aeropuerto a Riba. La idea es celebrar mañana, al caer la tarde y antes de visitar la

Torre Martello, las honras fúnebres de la galaxia Gutenberg. ¿Dónde? Hace ya días que Riba delegó en Nietzky la decisión, y éste ha pensado, con buen tino, que el cementerio católico de Glasnevin —antes Prospect Cemetery, donde entierran a Paddy Dignam en *Ulysses*— podría ser un lugar adecuado. Pero del funeral no saben nada todavía ni Ricardo ni Javier. Y por no saber ni siquiera saben que ha sido incluido en el informal programa de actos que Riba y Nietzky han estado preparando.

Por otra parte, los tres escritores y amigos de Riba son ya, sin ellos aún saberlo, las réplicas vivientes de los tres personajes —Simon Dedalus, Martin Cunningham y John Power— que acompañan a Bloom en la caravana fúnebre del sexto capítulo de *Ulysses*. Satisfacción secreta de Riba.

Temas: Los de siempre. El pasado ya inalterable, el presente fugitivo, el inexistente futuro.

En primer lugar, el pasado. Ese sufrimiento alrededor de lo que podría haber hecho y no hizo y dejó enterrado como un montón de rosas bajo muchas paladas de tierra; su necesidad de no mirar atrás, de atender a su impulso heroico y dar el *salto inglés*, de orientar la vista al frente, hacia la insaciabilidad de su presente.

Después, el presente fugitivo, pero de algún modo asible en forma de gran necesidad de sentirse *vivo* en un *ahora* que le está obsequiando con la alegría de sentirse por fin libre, sin la atadura criminal de la edición de ficciones, una labor que a la larga se volvió un tormento, con la competencia siniestra de los libros con historias góticas y Santos Griales y sábanas santas y toda aquella parafernalia de los editores modernos, tan analfabetos.

Y finalmente, la cuestión del futuro, claro. Oscuro.

No tiene el menor porvenir, que diría el transexual de la pastelería de abajo. El famoso futuro engloba en realidad el tema principal, que resulta no ser exactamente un tema único: Riba y su destino. Riba y el destino de la era Gutenberg. Riba y el impulso heroico. Riba y su sospecha desde hace unas horas de que es observado por alguien que tal vez quiere hacer algún experimento con él. Riba y la decadencia de la edición literaria. Riba y la vieja y gran puta de la literatura, hoy ya bajo la lluvia y en el último muelle. Riba y el ángel de la originalidad. Riba y los picatostes. Riba y lo que se quiera. *As you like it*, que decían Shakespeare, el doctor Johnson, su amigo Boswell, y tantos otros.

—¿Dónde lo celebramos? —pregunta Riba, nada más alcanzar la terminal del aeropuerto y encontrarse con sus amigos.

Se refiere al funeral por el mundo de Gutenberg, por el mundo que ha conocido, que ha idolatrado y que le ha cansado. Pero se crea un equívoco. Como Javier y Ricardo aún no tienen noticia del réquiem, piensan que Riba habla de celebrar que se acaban de encontrar los cuatro en Dublín y creen que les está proponiendo tomarse unas copas, es decir, dan por sentado que ha decidido volver a la bebida. Es curioso, pero les hace una ilusión exagerada ese supuesto regreso al alcohol de su antiguo editor. De modo que ríen felices.

—En el mismo cementerio de Glasnevin —les interrumpe Nietzky con un tono muy seco.

—¿Hay un bar en el cementerio? —pregunta Javier extrañado.

Estado del cielo: No llueve como en Barcelona. Pero una nube empieza a cubrir el sol y sume los alrededores del aeropuerto en un verde más oscuro. Se funden los recuerdos de Riba en las aguas oscuras y refrescantes de las sombras.

Suben al Chrysler que Walter, un amigo dublinés de Nietzky, les ha dejado. Conduce Ricardo, experto en circular por la derecha y el único, además, que va ataviado de irlandés, aunque de irlandés, en todo caso, salido directamente de *Donovan's Reef*, la película de John Ford, es decir, con camisa floreada y motivos polinesios, aunque todo lo cubre un impermeable muy largo y anticuado que recuerda a aquellos que utilizaba Sergio Leone en sus spaghetti-westerns. En contraposición, Javier va vestido de forma muy sobria y casi británica. Componen, según cómo se mire, una involuntaria pareja cómica.

Se dirigen al Morgans Hotel, cuartel general del cuarteto. Un lugar extraño, según explica Javier a Riba, un lugar repleto de ejecutivos solitarios, de individuos de traje y corbata a los que han decidido llamar los *morgans*. Un lugar que está en la carretera que va del aeropuerto a la ciudad de Dublín y que pertenece a la misma cadena del sofisticado Morgans de Nueva York, en Madison Avenue. Precisamente fue del bar del Morgan Museum, junto al Morgans Hotel de Nueva York, de donde salieron hace unos meses Nietzky y Riba para visitar la casa de los Auster.

—¿Estuvisteis en casa de los Auster? —pregunta Javier burlón, pues ha oído a Riba contar la historia mil veces.

Este hotel dublinés en la carretera lo encontró Ricardo en internet y reservó las habitaciones por la proximidad con el aeropuerto, y jamás imaginó que pudiera ser tan *fashion*, y más teniendo en cuenta que en internet parecía un motel de carretera. Todos protestan, porque deducen de las palabras de Ricardo que no le importaba colocarles en un motel de ese estilo.

Riba les cuenta a todos que su mujer ha estado a punto de viajar con él y que por suerte no ha podido venir, porque si bien las intenciones de Celia eran buenas, su presencia en el viaje habría facilitado demasiado la posibilidad de que se hiciera realidad la desdichada escena que él ha visto previamente en sueños, una secuencia terrible de puro y duro alcoholismo a la salida del pub Coxwold. Quizá no exista un bar en Dublín con ese nombre, pero cree que de acompañarle su mujer podría cumplirse la visión profética, aterradora de su sueño: Celia horrorizándose al descubrirle en su indeseada recaída alcohólica, abrazándole conmovida, llorando al final los dos, sentados en el suelo de una acera de un callejón de Dublín.

Todos callan. Seguramente están pensando maldades.

Nietzky interrumpe el silencio para decir que nadie ha reparado en ello, pero el bar del Morgans Hotel se llama Pub de John Cox Wilde, que suena bastante parecido a Coxwold. En un primer momento Riba prefiere no creerle, pero cuando los demás le confirman que ése, en efecto, es el nombre del bar, dice que incluso sería partidario de hospedarse en otro hotel. Lo dice muy en serio, porque cree que generalmente los sueños se cumplen. Luego rectifica, justo cuando llegan al Morgans y el vestíbulo, decorado con grandes cuadrados blancos y negros, le gusta, y las esculturales empleadas de la recepción también. Son altísimas y parecen *top models*, tal vez lo sean. Son, además, muy agradables, aunque no entiende lo que dicen, ni por qué son recepcionistas y no modelos.

Se puede ver en el amplio vestíbulo blanquinegro a varios clientes extrañamente atormentados, con la cabeza baja, *morgans* tristes, con gafas de sol oscuras y trajes impecables de ejecutivos, pensando asuntos inescrutables. Música sofisticada de fondo. No parece que estén en la carretera del aeropuerto, ni tan siquiera cerca de Dublín, se diría que están en pleno centro de Nueva York. Se nota que en el aspecto económico Irlanda ha prosperado últimamente, piensa Riba, mientras repara con cierto asombro en que el lobby de este Morgans de Dublín es casi idéntico al del hotel de Madison Avenue.

Suena, en la versión de Javier de Galloy, *Walk on the wild side*. Cada vez que Riba oye esta canción —y muy especialmente cuando el cantante deletrea las sílabas de las palabras New York City— cree que está escuchando exactamente la música de fondo de su *salto inglés*, de su gran viaje sentimental *sterneiano*, de su odisea en busca del entusiasmo original.

Entusiasmo no le falta, aunque, a la vista del John Cox Wilde cerrado, se pierde por momentos por caminos depresivos, evocando la vida brutal de alcohol que llevó durante muchos años para poder tirar adelante el negocio de su editorial independiente y alcanzar experiencias de vida que le ayudaran a crear un catálogo desconectado del academicismo y de la vida retrógrada de la gente de su generación.

Necesita ver el alcohol como algo monstruoso y como algo a lo que no puede volver jamás, porque de hacerlo correría grave riesgo su salud. Con todo, necesita recordar que tuvo que beber mucho para sacar adelante la editorial y que pagó muy cara, con su salud precisamente, la peripecia alcohólica. En cualquier caso, no se arrepiente de nada. Es sólo que ya no puede ni quiere repetir aquella experiencia. Después del gran colapso físico, llegó la calma y quiere pensar ahora que volvió a la vida, que se le había ido olvidando con tan duro trajín etílico. Convertido en un hombre nuevo, comenzó a escuchar con asombro, a la salida del hospital, lo que decían de su labor de editor; lo escuchaba al principio fingiendo creer que ese trabajo lo había hecho otro, su doble, y que era como si lo hubiera ahora heredado por sorpresa. Y así fingiendo, acabó creyéndose, a lo largo de toda una temporada, su propia farsa.

Sólo cuando volvió a ser consciente de que la editorial la había montado él y le había costado la salud, comenzó a sentirse viejo y acabado y a deprimirse y a hundirse en la melancolía en un mundo en el que no cree que vuelvan a existir editores con una pasión literaria como la suya. Le parece, cada día más, que esa clase de pasiones ya han comenzado a pasar a la historia y que pronto incluso caerán en el olvido. El mundo que él conoció se termina, y sabe sobradamente que las mejores novelas que publicó hablaban ya sólo prácticamente de eso, de mundos que no volverían a existir, de situaciones apocalípticas que en su mayoría eran proyecciones de la angustia existencial de los autores y que hoy en día hacen sonreír, porque el mundo ha seguido su curso a pesar de los inagotables grandes finales por los que ha ido cruzando. Si no cae rápidamente en el olvido, no pasará mucho tiempo sin que la tragedia del declive de la era de la imprenta (del declive de una brillante gran época de la inteligencia humana) también haga sonreír. De modo que tomar distancia con semejante drama pasajero parece como mínimo lo más sensato.

El Morgans Hotel cambia de aspecto cuando uno se adentra en los pasillos y va por los largos corredores y descubre que la numeración de los pisos y de las puertas no respeta la menor lógica. Hay en el interior un desorden fenomenal. Son pasillos, además, repletos de operarios que parecen estar dando los últimos retoques al lugar, como si el hotel aún no lo hubieran terminado. Suenan martillazos agresivos por todas partes. Y el caos, que ha sido siempre famosa fuente de toda creatividad, es aquí excepcionalmente grandioso y recuerda ciertas escenas de películas norteamericanas de los años de la gran euforia económica de Nueva York, cuando un cierto mundo estaba en construcción y había por todas partes un simple y puro entusiasmo.

Mientras Riba conduce su maleta hacia el cuarto —a causa de la rara enumeración se pierde en repetidas ocasiones— piensa que no le extrañaría, en medio de tantos operarios repartidos por todos los rincones del gran edificio, encontrarse de pronto a Harpo Marx con un martillo, dispuesto a clavar allí mismo cualquier tachuela, convertido en un obrero más del hotel. Le parece este lugar, todavía medio en construcción, el sitio ideal para tropezarse con Harpo, pero no sabría explicar bien por qué. Seguramente, el caos general le ha llevado a esa idea.

En la habitación, junto al teléfono, hay una tarjeta-invitación para el pub de John Cox Wilde. Abren a las seis de la tarde, o sea que faltan horas todavía. Ligero alivio para Riba. El cuarto huele a perfumado y se nota recién hecho, todo está en orden. Hay un obsequio algo ridículo del hotel, un solitario bombón, sobre la mesita de noche. ¿Les gustan esos detalles chocolateros a los ejecutivos? La vista desde la ventana es triste, pero le fascina el aire gris, el humo de las chimeneas, el color marrón de los ladrillos de las casas de enfrente. Le encanta la vista, porque no tiene nada de mediterránea, lo que le permite sentirse realmente en el extranjero, que era lo que venía deseando desde hacía semanas. No puede sentirse mejor. Ha logrado lo que venía buscando: comenzar a *caer del otro lado*. Está por fin en una geografía donde reina la extrañeza y también —para él al menos— el misterio. Y nota que la alegría que rodea a todo lo nuevo le está haciendo casi volver a ver con entusiasmo el mundo. En países como éste, uno se puede reinventar, se abren horizontes mentales.

Tiene la impresión de que absolutamente todo es nuevo para él, hasta los pasos que da, la tierra que pisa, el aire que respira. Si todo el mundo supiera ver el mundo así, piensa, si todo el mundo comprendiera que de repente todo puede ser nuevo a nuestro alrededor, no necesitaríamos ni siquiera perder el tiempo pensando en la muerte.

Se agradece a sí mismo encontrarse donde se encuentra, en esta geografía de la extrañeza. Se fija en que, encima de la cama, hay un cuadro con una fotografía del Dublín de 1901. La imagen es la de un coche de caballos, que le hace pensar en el carruaje fúnebre al que subió Bloom un 16 de junio de 1904, a las once de la mañana. Mira bien y, a la vista del ambiente que cree captar en esa calle aún no asfaltada por la que circula el coche negro, le parece que la ciudad en aquellos días pudo ser francamente siniestra. Y eso que entonces empezaba a ser una ciudad nueva. Pero el ambiente que se desprende de esa foto es un ambiente literalmente de entierro. Por aquellos días, piensa Riba, tal vez todo Dublín era un inmenso funeral de funerales. Ya sólo falta que asome una viejecita por una de las ventanas de una cualquiera de esas tristes casas de la calle no asfaltada: una viejecita como la que en el capítulo sexto de *Ulysses* se asoma tras las cortinillas de una ventana y le trae a Bloom a la memoria la afición de las viejas por amortajar a los cadáveres: «Nunca se sabe quién te va a manosear de muerto.»

Aunque deja de mirar el cuadro, sigue evocando el inicio del sexto capítulo: «Martin Cunningham fue el primero en meter la cabeza encopetada en el crujiente coche y, entrando ágilmente, se sentó. El señor Power le siguió, curvando su altura con cuidado...»

Lleno de sentimientos contradictorios hacia la novedad, decide regresar al vestíbulo de abajo, no crearse más telarañas mentales y olvidarse de que el personaje de Spider es demasiado tiránico y posesivo a veces con él. Decide que ahora lo más sano será lanzarse a conocer Dublín con sus amigos, con su Martin Cunningham y su Power particulares.

Se dispone ya a abandonar el cuarto cuando ve que, junto a la cortina de la ventana, hay una maleta roja. Se queda atónito. ¿Qué puede estar haciendo una maleta ahí? No puede ni creerlo. Se acuerda de cuando Celia se enfadaba y dejaba su equipaje de urgencia en el rellano. No le hace gracia que le sucedan cosas que podrían resultarle apropiadas a un novelista para contarlas en una novela. No quisiera ser *escrito* por nadie. ¿No será que han querido darle una sorpresa y simplemente es el equipaje de Celia? No, seguro que no. Si ella ha dicho que se quedaba en Barcelona es que se ha quedado. Además, esa maleta no la ha visto en su vida en casa. La coge y, como si fuera algo que apestara y sin querer darle muchas más vueltas al asunto, la saca al pasillo. No es suya, qué horror.

Después, baja a recepción con la idea de decirles que

ha encontrado una maleta en su habitación y que la ha dejado en el corredor del cuarto piso —el quinto en realidad, si uno atiende a la extraña numeración—, pero cuando está ya en el hall se acuerda de que no sabe palabra de inglés, y termina pasando de largo y no diciendo absolutamente nada. En el breve recorrido entre el vestíbulo y el Chrysler, se olvida del incidente. En otro tiempo, habría sido lo primero que les habría contado a sus amigos. Encontré una maleta roja en mi cuarto, les habría dicho inmediatamente. Y habría querido contarles la historia, como si tuviera el don de un buen cuentista.

Hora: Cerca de las dos de la tarde.
Día: Domingo 15 de junio.
Lugar: El puerto de Howth, en el extremo norte de la bahía de Dublín. A un kilómetro de aquí se encuentra el Ireland's Eye, un santuario rocoso de aves marinas sobre las ruinas de un monasterio.
Personajes: Los cuatro viajeros del Chrysler.
Acción: Aparcan en las afueras del pueblo, al pie de los acantilados por los que Nietzky, conocedor del lugar, ha sugerido caminar un rato. Marchan por un sendero entre las rocas y, una vez superado cierto vértigo —luces azules y grises en el puerto de pescadores, y en lo alto, en el cielo, nubes muy voladeras sobre el mar de Irlanda—, Riba puede ver por fin Dublín. No había visto aún la ciudad, a pesar de que ya lleva unas horas en la isla.

Aunque sea a tanta distancia, por fin ve algo de Dublín, lo ve desde lo alto de estos acantilados que se adentran en el mar. Grupos de aves reposan sobre las aguas. La tristeza fascinante del lugar parece acentuarse con la visión de esas escuadras de pájaros sonámbulos, en pleno día, y es como si el vacío se anudara con la honda tristeza, y ésta de vez en cuando cobrara voz con el chillido de alguna gaviota. Un paisaje espléndido, potenciado por su estado anímico de entusiasmo al sentirse en tierra extraña.

Evoca Riba, tímidamente emocionado, un poema de Wallace Stevens, *Los acantilados irlandeses de Moher*:

Van a los acantilados de Moher, que surgen de la bruma,
sobre lo real,
que surgen del lugar y el tiempo presentes, sobre
la verde hierba húmeda.
Esto no es un paisaje, lleno de sonambulaciones
de poesía
y mar. Esto es mi padre o, quizá,
es como él era,
semejante, alguno de la raza de los padres: tierra
y mar y aire.

Ahí está Dublín, algo difuminada en el centro de su bahía. Pasa una muchacha con una radio portátil en la que suena *This boy*, de The Beatles. Y con la canción le llega una repentina nostalgia del tiempo en el que también él estuvo cerca de la «raza de los padres». Ya no es joven y no sabe si podrá soportar tanta belleza. Vuelve a mirar el mar. Da unos pasos sobre las rocas y siente inmediatamente que debe quedarse quieto, porque si sigue caminando es probable que acabe dando tumbos, cegado por las lágrimas. Es una emoción secreta. Difícil de comunicar. Porque, ¿cómo decir la verdad y contarles a sus amigos que se ha enamorado del mar de Irlanda?

Ahora éste es mi país, piensa.

Está tan absorto en todo esto que tiene que ser espabilado por Ricardo, que le lanza el humo de su Pall Mall en la cara.

—¿En qué andamos? —le dice su amigo.

Mira a Ricardo. Camisa floreada y motivos polinesios. Lo encuentra ridículo. Lo imagina vestido de esa guisa en casa de los Auster.

Antes, cuando bebía, Riba no distinguía entre emociones fuertes y débiles, tampoco entre amigos y enemigos. Pero la lucidez de los últimos tiempos le ha ido devolviendo lentamente la capacidad de aburrirse, aunque también la de emocionarse. Y el mar de Irlanda —sobre el que imagina ahora que se cierne una gran masa de cúmulos grises de borde plateado— le parece la más soberbia encarnación de la belleza, la máxima expresión de aquello que desapareció de su vida durante tanto tiempo y que ahora, nunca es tarde, encuentra abruptamente, como si estuviera en mitad de una gran tormenta y con la emoción del que se siente en pleno descenso en la vida, pero frente a la belleza inconfundible, gris de borde plateado, de un mar que ya no habrá de olvidar nunca mientras tenga memoria.

Se acuerda de unas palabras de Leopardi que le han acompañado desde hace años. Decía el poeta que la vista del cielo es quizá menos agradable que la de la tierra y de los campos, porque es menos variada, y también menos semejante a nosotros, no nos es tan propia, pertenece menos a lo nuestro... Y, sin embargo, si la vista de ese mar de Irlanda ha conmovido a Riba es precisamente porque no la siente como propia, no pertenece para nada a su mundo, incluso es extraña a él; es tan diferente a su universo que le ha removido las entrañas dejándolo vivamente emocionado, preso del mar ajeno.

Temas: Todos banales. El hambre desmesurada, por

ejemplo, que se ha apoderado del grupo y que ha hecho que empiecen a buscar desesperadamente algún lugar para almorzar.

Riba piensa en el tema de su propia hambre —un hambre aparte, separada de la del resto del grupo— y se acuerda de cuando en la editorial leía manuscritos de novelas y observaba que en muchas de ellas, casi como si fuera una norma fija, ciertos temas intrascendentes se presentaban en la superficie de la historia creyendo que tenían derecho también a cierto rango. Y también se acuerda de que, cuanto más avanzaba en la lectura en profundidad de esas historias, más perceptible se le hacía que el centro de las mismas se iba desplazando de un tema importante a otro, impidiendo que hubiera un centro estable por mucho tiempo. Y no sólo eso, sino que en la superficie de las narraciones sólo iban quedando las sombras de algunas apariencias, es decir, los restos de los temas precisamente menos trascendentes: la necesidad histérica de encontrar un restaurante, por ejemplo, como ocurre precisamente ahora en estos momentos, cuando siente que tiene un hambre de ataque ya casi de nervios, y más aún con lo agotado que está después de haber caminado tanto.

En un momento en que el centro de la vida de Riba ha pasado a ser el mar de Irlanda, se da la circunstancia —creo yo, modestamente— de que para la narración, suponiendo que alguien quisiera contar lo que está pasando precisamente ahora —ahora, que en realidad, en estos precisos instantes, no pasa nada—, el tema se confundiría con la acción, y la acción y el tema pasarían a ser una sola cosa, que se podría, además, resumir bien fácilmente y que no daría para grandes reflexiones, salvo que uno quisiera extenderse acerca de la proverbial hambre humana desde el principio de los tiempos.

Acción y tema: La necesidad de encontrar, cuanto antes, un restaurante.

Mientras buscan una casa de comidas frente al mar, Riba se pregunta si sus amigos no se habrán conjurado para que no pise nunca las calles de Dublín. Porque, por lo que sea, desde que él llegó no hacen más que dar vueltas alrededor de la ciudad, sin entrar en ella. Aunque no puede quejarse, porque han sido en definitiva esas vueltas las que han propiciado su encuentro con la inolvidable belleza helada y triste de esta costa. Pero eso no quita que le siga pareciendo extraño que aún no haya puesto los pies en Dublín.

—Luego ya iremos a la ciudad —le dice Nietzky como si leyera su pensamiento.

Nietzky ha empezado a darle un cierto miedo. Es curioso cómo las percepciones sobre los demás cambian tan fácilmente de un día para otro. Ahora le parece que Nietzky tiene un punto siniestro. Habla y actúa diferente de lo que cabría esperar de alguien que imaginó que podía estar cerca de su *angelo custode*. Es grosero a veces, y hasta resulta curioso observar cómo antes no le parecía que lo fuera. Pero quizá Nietzky no merezca ser tan mal mirado. Tal vez a Riba la decepción le viene de comprobar lo que, por evidente, podría haber visto mucho antes: Nietzky no tiene nada de ángel custodio, es simplemente un joven egoísta, con ciertos tintes demoníacos. Si no lo hubiera idealizado, habría ido todo mejor. No sólo el joven Nietzky no puede ser un pariente cercano de su duende, sino que tampoco puede ser en modo alguno el padre complementario que había imaginado que podía encontrar en él. Porque Nietzky no tiene absolutamente nada de paternal. Pensar que podría tener un padre doble fue, por parte de Riba, un gran error. Al menos, el viaje habrá servido para darse cuenta de eso, para comprender que su amigo de Nueva York no es un padre protector ni un ángel de ninguna clase y en cambio es ligeramente vanidoso. Lo es, por ejemplo, cuando habla de lo que harán mañana, y es ya un vanidoso insoportable cuando informa cansinamente de sus conocimientos sobre Bloom y Joyce y trata a los demás como si fueran unos pobres ignorantes en el tema general del *Bloomsday*. Y es un vanidoso patético cuando canta, con un inglés perfecto, *The Lass of Aughrim*, la canción popular irlandesa que se escucha al final de *Los muertos* de John Huston. La canta muy bien, pero sin alma, y destroza una melodía que en la película emocionaba.

—¿Quién decide cuándo iremos a Dublín? —se rebela Riba.

—Pues quien tome el mando, y por ahora, que yo sepa, no lo tienes tú —dice Nietzky, que maltrata de repente a Riba, como si hubiera leído perfectamente los últimos y malévolos pensamientos de éste acerca de él.

En el restaurante Globe de Howth donde almuerzan, encuentran a un insoportable camarero español, de Zamora, que luce una chaqueta azul impecable y habla un inglés tan perfecto que en un primer momento nadie descubre que no es de Howth y ni tan siquiera que no es irlandés. Cuando lo averiguan, Riba decide vengarse a su manera.

—¿Qué tenía Zamora para que te fueras tan velozmente de allí? —le pregunta, inaugurando así una variante de la curiosa pregunta sobre Toro y Benavente que le hicieran el otro día en un oficina bancaria de Barcelona.

El camarero niega que haya salido por piernas de Zamora. Habla en un lenguaje coloquial admirable, porque suena todo el rato contundentemente verdadero. Se nota que todo su ser está fundido con la vida, con la auténtica vida, aunque el único problema que tiene —que es el mismo que precisamente le impide que pueda tenerle la menor envidia— es que ese lenguaje tan desinhibido no le ayuda a dejar de ser camarero, sino todo lo contrario. Tal vez es camarero porque ha dominado desde niño ese lenguaje tan genuino y tan español, un lenguaje que se ha hecho en él tan pero tan verdadero que hace imposible ya cualquier clase de cambio. En otras palabras, vive prisionero de su casticismo, completamente poseído por su lenguaje de camarero español, por su terrible habla tradicional y desacomplejada, que parece que tenga que ser la única normal, la única eternamente auténtica de aquí a cien mil leguas a la redonda.

Le preguntan al camarero por las elecciones europeas del jueves pasado y éste quiere hacerse pasar por el hombre más informado del mundo y acaba volviéndose literalmente insoportable. Porque su crédito, a medida que habla, va perdiendo enteros. De hecho, lo ha perdido desde el momento mismo en que comenzó a hablar. Parece el protagonista de una historia en la que un hombre de elegante y cuidada chaqueta azul conservara esa prenda hasta el final de la historia, pero los bolsillos se le fueran quedando cada vez más desfondados.

Habla y habla de las elecciones del jueves, pero apenas le escuchan. Hoy domingo, aquí en Dublín, está aún caliente el cadáver del malogrado Sí al Tratado de Lisboa —los irlandeses rechazaron el jueves pasado ese tratado— y pueden aún verse los carteles y otros restos de la intensa y confusa batalla electoral de la semana que hoy se cierra.

—Irlanda es así —dice Nietzky con un cierto desprecio.

¿Cómo? Riba siente que debería matarlo. Y es que ya piensa como el más fanático de todos los enamorados del mar de Irlanda.

—¿Y a qué habéis venido aquí? —pregunta el racial camarero español.

—A un funeral —dice Riba.

Y todos, menos Nietzky, creen que es una ocurrencia y le ríen la broma. El camarero se retira confuso, lleva un horrendo lápiz en la oreja.

El lápiz de la literatura latina, piensa Riba.

Hora: Las cinco de la tarde, inmediatamente después de salir del restaurante Globe, de Howth.

Acción: Regresan al Chrysler y dan un largo rodeo, marchan por la carretera de circunvalación y se dirigen al otro extremo de la bahía y, tras eludir de nuevo la entrada en Dublín, van hasta el pub Finnegans, en el centro de Dalkey, población tranquila, de calles estrechas, donde transcurre, principalmente en Vico Road, el segundo capítulo de *Ulysses* y donde, como sabemos por el gran Flann O'Brien, se suceden encuentros que parecen accidentales, y donde las tiendas simulan estar cerradas, pero están abiertas.

Ricardo, con su aparatosa gabardina en la mano —se confirma que no necesitaba llevarla—, opina que el pueblo es muy elegante. Javier dice haber estado muchas veces en él y que es el sitio más encantador del mundo. El joven Nietzky no cree en lo que dice Javier y no comparte la opinión de Ricardo.

—Créeme —le dice Javier—, en un bar de este pueblo, ya después de muerto, trabajó Joyce de camarero. A los clientes que le reconocían les confesaba que *Ulysses* era un coñazo y una broma de mal gusto.

Ricardo busca inútilmente alguna tienda abierta de entre las que simulan estar cerradas, un pequeño comercio donde poder comprar —se le están acabando— pilas para su máquina de fotos.

Realizan una primera inspección ocular del pub de nombre joyceano que está pensado —así lo acordaron hace ya días por correo electrónico— sea mañana el escenario del acto fundacional de la Orden del Finnegans. Lo eligió Nietzky, que afirma venir a este pub cada año.

¿Se sorprendería o sufriría un colapso si le digo que la Teoría de las Moléculas se ha puesto en marcha en el distrito de Dalkey? (Flann O'Brien, *Crónica de Dalkey*).

Cámbiese Teoría de las Moléculas por Orden del Finnegans y todo encajará mucho mejor. El pub está abarrotado, seguramente porque dan en la televisión un partido de la Eurocopa, pero también porque en Irlanda suelen estar siempre llenos los pubs. Javier y Ricardo piden cervezas, Nietzky un whisky con hielo.

Un tierno y ridículo té con leche es la petición avergonzada del abstemio Riba. Como las crueles bromas acerca de su triste bebida duran un buen rato, trata de ahuyentarlas preguntándoles si saben que un personaje en *La muerte y la brújula* de Borges se llama Black Finnegan y regenta un pub llamado Liverpool House.

—Estamos entonces también en un pub borgiano —dice Javier.

—Y la Orden también podría serlo un poco, no todo va a ser Joyce —sugiere Ricardo.

—Bastaría con incorporar el fragmento borgiano a modo de leyenda en el escudo de la Orden. Con eso creo que sería suficiente —dice Riba.

—¿Tenemos escudo? —pregunta Nietzky.

Riba propone la leyenda que podría ir insertada en el escudo: «Black Finnegan, antiguo criminal irlandés, abrumado y casi anulado por la decencia...»

Ambiente del pub Finnegans: Gran ajetreo de jarras y escandaloso ruido. Una rubia muy operada y un señor de opaca barba gris, con la mandíbula caída, temblándole al hablar. Una selección de fútbol extranjera, que marca un gol y provoca una expresión de júbilo casi interminable entre la clientela. Se descubre que la selección polaca tiene una multitud de seguidores irlandeses. Humo denso, aunque sobre el papel nadie fuma. Es como si ese humo surgiera de un arraigado pasado que no se ha movido ni un centímetro del pub. *Meshuggah*, que diría Joyce, o mal de la chimenea. Largo silencio en la mesa de los futuros caballeros de la orden.

—Acerca de los funerales por la era Gutenberg no se me ocurre nada —irrumpe Nietzky de pronto.

Javier y Ricardo creen que está retomando la broma que ha hecho antes Riba. Pero con unas largas explicaciones que les da van descubriendo poco a poco que sus palabras van totalmente en serio. Se trataría de celebrar mañana un réquiem por una de las cumbres de la época dorada de la imprenta, *Ulysses*, y por la época misma. Un réquiem, sobre todo, por el fin de una era. No les había dicho nada hasta ahora porque se le había olvidado.

—¿Olvidado? —pregunta incrédulo Javier.

Acción: Riba dice que puede parecer una tontería el réquiem, pero no lo es en absoluto. Porque si se analiza con calma, se verá que tiene un sentido religioso, no deja de ser una oración por el fin de una época. Ellos, los miembros de la Orden del Finnegans pueden ser los poetas de esa plegaria fúnebre. Sería bueno oficiar ese funeral. A fin de cuentas, si no celebran ellos esa ceremonia, no tardarán en celebrarla otros.

Hora: Treinta minutos después.

Acción: Han hablado y discutido sin parar. Nietzky lleva cuatro whiskys seguidos. Javier, en el ínterin, se ha convertido en hincha de la selección nacional polaca y asegura, con su tono categórico característico, que es la mejor selección del mundo. Ricardo no le da descanso alguno a un exagerado rictus de indignación. ¿De qué se lamenta? Del réquiem, sobre todo.

—¿Pero qué mal hay en organizarle un sentido funeral a la era Gutenberg, un réquiem a modo de gran metáfora por el fin de la era de la imprenta y de paso por el ya casi olvidado cierre de mi editorial? —dice Riba con ironía tan amortiguada que ni se nota.

—¿No nos habrás hecho venir hasta Dublín para poder convertirte en una metáfora? —dice Ricardo.

—¿Y qué mal hay en que nuestro Riba quiera ser alegoría, testigo de su tiempo, notario de un cambio de épocas? —interviene Nietzky, que está ya como una cuba.

—Pero ¿hemos venido hasta aquí para que nuestro

querido amigo se convierta en testigo de su tiempo? Es lo último que me esperaba oír —dice Ricardo.

—Bueno, y también para sentirme vivo —protesta Riba con inesperada y verdadera amargura— y para tener algún viaje que contarles a mis padres cuando vaya a verles los miércoles, y para sentir que me abro a los demás y dejo de ser un *hikikomori*. Que tengáis compasión de mí. Es todo lo que os pido.

Le miran como si hubieran oído hablar a un extraterrestre.

—¿Compasión? —pregunta Javier, casi al borde de la risa.

—Yo sólo quiero que el funeral sea una obra de arte —dice Riba.

—¿Una obra de arte? ¡Ah, eso es nuevo! —interviene Nietzky.

—Y también que comprendáis que jubilarse es jodido, que me sobra el tiempo y a veces pienso que no me queda nada por hacer, y por eso me gustaría que fuerais más compasivos conmigo y comprendierais que trato de organizar cosas para escapar del tedio.

Su voz suena tan quebrada que les deja paralizados a todos por un momento.

—¿No os dais cuenta? —prosigue Riba—. No me queda nada por hacer, salvo...

Baja la cabeza. Todos le miran, como pidiéndole un esfuerzo, como rogándole que, por favor, complete la frase y diga algo que les ayude a ahorrarse tener que seguir sintiendo tanto bochorno y apuro por él. Todos desean que termine pronto el trance.

Baja aún más la cabeza, parece que quiera hundirla en el suelo.

—Salvo...

—¿Salvo qué, Riba? ¿Salvo qué? Por Dios, explícate. ¿Qué te queda por hacer?

Le gustaría decirlo, pero no lo hará: salvo reencontrar al genio, a la *primera persona* que hubo en él y que se esfumó tan pronto.

Pero no lo dirá, no.

Por motivos de salud, lleva más de dos años acostándose temprano. Y, como él mismo dice, si alguna vez rompe ese horario y acude a alguna cena —la última fue la velada en casa de los Auster—, todo se complica mucho. Por todo eso, a las diez de la noche, habiéndose comido un escuálido sándwich, sus amigos le dejan en la puerta del Morgans Hotel. Se va a descansar sin haber visto Dublín. No pasa nada, pero cree que podría haberla ya visto, que sus amigos habrían podido tener el detalle de entrar en la ciudad en algún momento. Pero en fin, esperará a mañana. Ellos sí verán Dublín esta noche, porque han quedado con Walter para devolverle el coche, y luego darán una vuelta por bares y tal vez por discotecas. Le dicen a Riba que esperan verle fresco y sano mañana por la mañana, a la hora del desayuno. Si no puede dormir —le comentan en tono jocoso— la televisión irlandesa siempre es muy amena. Y no te pules el minibar, le recomienda Ricardo con innecesaria crueldad.

Una pregunta de última hora. Riba quiere saber quién es Walter. Le parece que de alguna forma es un misterio no aclarado. Tienen coche y lo ha prestado Walter, pero no acaba de entender por qué tienen coche y quién es Walter.

Sus amigos se comportan a veces no como amigos sino sólo como escritores o antiguos autores y entonces son como todos los demás: unos cerdos. Nadie está dispuesto a darle una explicación sobre el tal Walter. Es como si a partir de una hora, sabiendo que él ya no está para la noche, sus amigos y ex autores dejaran de contarlo entre los vivos.

Entra cabizbajo en el hotel, algo molesto con ellos. Cuando pasa por delante del pub de John Cox Wilde, que a estas horas está en plena efervescencia, actúa como si ni hubiera visto el animado local. Está ante un peligro, porque seguramente el destino le tiene reservado emborracharse allí esa noche. Por tanto, ni lo mira. Pero acaba cediendo y echando un vistazo al pub, no puede contener su curiosidad. Entra y resiste, como puede, los embates del deseo insistente de tomar una copa, a pesar de que piensa que una sola no le haría daño y podría ayudarle a dormir bien esta noche. Pero resiste, porque sabe que no acabaría siendo una sola copa y su voluntad se doblegaría fácilmente. Por eso es mejor ni comenzar, ni probar una gota. Cero de alcohol.

Se comporta casi como un héroe de la resistencia antietílica. Cierra los puños y piensa en cómo dará la media vuelta y subirá a su habitación. Le divierte imaginar que si alguien le viera aquí dentro, creería que ha vuelto al alcohol. Finalmente, sale del bar.

Camino del ascensor, se cruza con un joven de traje negro que parece reconocerle. Por un momento, el tipo vacila y está a punto de pararse a hablar con él. También Riba titubea. Pero no le conoce de nada, sería grotesco que ahora se parara a hablar con ese extraño. Finalmente, el joven tose y mira hacia otro lado y acelera el paso.

En el ascensor, le deprime tanto la música ambiental que por un momento tiene la impresión de que la propia música, por muy moderna que sea, sólo le trae recuerdos de ruinas: intenta recordar detalles de seres amados, de lugares, casas, rostros, y aparecen sólo ruinas y más ruinas. Su vida está en declive, tiene que reconocerlo. Pero el mundo también, y eso le ofrece no poco consuelo. Debe intentar una conexión, como sea, con el entusiasmo. Y en cualquier caso no cesar en su exploración de lo *extranjero*. Dublín es una primera gran escala en su lucha contra lo familiar, contra la endogamia de cuatro conceptos y paisajes que se repiten demasiado y que ya le vienen estrechos. El país natal, el país mortal. Siente que está por fin logrando huir verdaderamente de él. Tendría, además, que decidirse ya de una vez por todas a iniciar esa larga carrera hacia el entusiasmo, aunque sólo fuera por honrar a su abuelo Jacobo, tan partidario de la euforia...

Un roce espectral en el hombro. Cierto frío en el cogote. Pero no hay nadie en el ascensor. Se mira en el espejo y se encoge de hombros, como si buscara ahora divertirse solo. ¿Y ese aire glacial? Se abren las puertas automáticas, sale al largo corredor, avanza lentamente por el solitario pasillo. En el tiempo que dura la más breve ráfaga de luz que pueda darse en este mundo, se cruza con su tío David, hermano de su madre y muerto hace más de veinte años. No piensa alarmarse, pero es la primera vez que ve al espectro de un familiar fuera de su ámbito habitual. En cualquier caso, la aparición ha sido tan extremadamente fugaz que si ha visto realmente lo que ha visto puede que tenga que comenzar a admitir ya que instantáneas de este estilo son una especie de ojos o nódulos de conexión entre el pasado y el presente. ¿O no ha oído hablar de focos interconectados de espacio-tiempo cuya topología quizá nunca entendamos, pero entre los cuales pueden viajar los denominados vivos y los denominados muertos y de ese modo encontrarse?

Hora: La una y media de la madrugada.

Día: *Bloomsday.*

Estilo: Sonámbulo.

Lugar: Dublín, Morgans Hotel. Habitación 527.

Acción: Riba, despertando bruscamente, en pleno sueño, cuando alguien, con su tarjeta digital, intenta entrar en el cuarto. Medio dormido aún, se acuerda de la maleta roja abandonada en la habitación esta mañana. Se levanta con el temor a que la tarjeta digital del intruso acabe funcionando. Al no poder entrar, la persona que está al otro lado da tres golpes nerviosos en la puerta. Se oyen unas palabras confusas. La voz de un hombre joven. Da un cierto miedo. El viejo pánico a que entren en mitad de la noche en tu casa o en tu cuarto de hotel.

—¿Quién es? —pregunta Riba, entre dormido y temeroso.

—New York —dice la voz del hombre joven.

¿Puede ser que realmente haya dicho New York? No le ha oído del todo bien, pero eso le ha parecido escuchar. New York. El desconcierto y también cierta conciencia cómica le hacen regresar a la cama, como si retroceder al interior del cuarto pudiera protegerlo de algo. Trata de pensar que todo lo ha soñado. Pero está despierto y, aunque todavía bastante dormido y torpe por el orfidal y medio que tomó hace un rato, es consciente de que no puede ser todo más real. Le sucede aquello que tanto temía que le pasara algún día. Alguien está intentando entrar en su cuarto en mitad de la noche.

Dos nuevos golpes en la puerta.

—La maleta la tienen en recepción —dice a quien pueda estar ahí. Y para decir esto casi grita del miedo, como si temiera que quien está intentando entrar en el cuarto sólo buscara matarle.

Sigue un largo silencio. Riba permanece inmóvil, casi sin respirar.

Unos pasos en el corredor, y después en la escalera. El joven se aleja.

Amanece muy pronto en Dublín, algo que no tenía nada previsto. A las cinco y siete, ya se perciben las primerísimas luces del día en la habitación, y entreabre los ojos. En la televisión, que se ha quedado encendida, ve la imagen muda de un sendero ecuestre bordeado de matorrales deshojados. No hay nadie en el camino, hasta que de pronto aparece un séquito funerario, conducido por un caballero muy circunspecto. Riba comprende que está ante una película de Drácula. Nuevo susto para este día, piensa todavía adormilado. Recuerda de golpe los sucesos desazonantes de la madrugada. Después de la aparición del intruso, se hundió sin demasiados problemas en el sueño y, por suerte, el hombre no reapareció. Seguramente era el dueño de la maleta roja. Y es más que probable que no dijera que se llamaba New York, sino que dijera otra cosa parecida y él no llegara a entenderle bien. Nadie se llama New York.

Quizá tendría que haberle abierto la puerta y haber salido de dudas. Mira de nuevo qué hora es. Son poco más de las cinco y diez de la mañana, un momento pésimo para iniciar según qué actividades. De entrada, es demasiado pronto para bajar a desayunar. ¿Habrán vuelto ya sus amigos de la juerga nocturna? Sería horrible salir al corredor y encontrárselos por ahí borrachos, incapaces casi de reconocerle. O, al contrario, encontrárselos excesivamente contentos de verle y, encima, tropezar con el enigmático Walter y que éste le abrace con entusiasmo. Es pronto para según qué cosas. Deberá incluso esperar para llamar a sus padres a Barcelona y felicitarles por el aniversario de su boda. Porque hoy —acaba de acordarse— es el 61 aniversario de esa boda.

Aun así, trata de animarse y recuerda una frase de R. W. Emerson: «Acordaos de esto: cada día es el mejor del año.» El de hoy tiene que serlo, piensa. Después de todo, ha estado esperándolo durante semanas. Luego, se acuerda de su abuelo Jacobo: «¡Nada importante se hizo sin entusiasmo!» Qué gran frase, piensa una vez más. Es evidente que trata de animarse como sea. No quiere que le falte euforia en este *Bloomsday*. Pero habrá que esperar. Ya está acostumbrado a ello. Le gustaría sentir aquel entusiasmo que trataba siempre de comunicarle su abuelo, pero a esta hora de la mañana —aunque sea la del día mejor del año— todo resulta un poco difícil. Le parece que incluso pensar resulta algo complicado. Está tan dormido que sólo logra pensar en que no consigue pensar mucho todavía. Inesperadamente, se acuerda de un día en que, al salir del cine, le preguntó a una joven acomodadora —que le recordó vagamente a Catherine Deneuve— de qué trataba la película. Y mientras la acomodadora le contestaba diciéndole que se trataba de la historia de un amor incombustible, él sintió que fugazmente se enamoraba de ella. Siempre le han gustado las mujeres que se parecían a Catherine Deneuve, y hasta diría que su vida ha quedado marcada por esta circunstancia.

Está claro que su mente ya está empezando a desperezarse. La prueba es que ahora le domina un cierto entusiasmo. Pero se da cuenta de que la euforia debe aprender a convivir con el incómodo recuerdo del incidente de la madrugada, que casi ve ahora como un sueño, o como el inicio de un buen relato, aunque no va a contarlo después a sus amigos como si fuera un cuento o él fuera un escritor. Es posible que el desconocido fuera alguien que creía que la habitación 527 seguía siendo suya. Tal vez era un joven que vivía en este cuarto con su amante y esta mañana salió de la habitación muy pronto y la mujer, cansada de él y no sabiendo, además, cuándo volvería, decidió romper relaciones, pagó la habitación y le dejó la maleta ahí, para que, cuando regresara, entendiera el muy imbécil que había sido abandonado a su desdichada suerte.

¿Qué habría ocurrido si hace unas horas hubiera abierto la puerta? Ese joven esperaba encontrarse con su amante. Tal vez el gran susto se lo habría dado el propio desconocido. Y lo que está claro es que, de haberle abierto la puerta, se habría puesto en marcha una historia. Ahí, piensa Riba, un narrador habría encontrado sin duda el comienzo de un buen relato... Cabecea ligeramente. Parece que se ha despertado demasiado pronto y que va a volver a dormirse. Pero enseguida se recupera del falso regreso del sueño.

Poco después, cuando precisamente más despejado está, cae en un sopor de palabras y preguntas sin excesivo sentido. Piensa, por ejemplo, en el color de Irlanda y se pregunta si algún día ese color predominante, el verde, se irá. ¿Qué significa esa pregunta? ¿No es una pregunta idiota? Mira hacia el televisor y ve cómo Drácula, tras escudriñar el sol oteando el horizonte, lanza una maldición al cielo. Por el movimiento de los labios cree entender lo que ha podido decir, pero no le parece demasiado creíble. Le parece que el vampiro ha dicho:

—Inquieto como culo de niño.

Qué raro, piensa, podría haber dicho, al menos «como el culo de un niño», pero ha tenido que comerse los artículos. ¿Hablará así el joven que vino a buscar la maleta roja y que dijo llamarse New York? Su mente vuelve a estar ahora algo confusa. Y qué extraño todo, piensa. Se tapa con la sábana, como si empezara a volver a tener miedo. De poder elegir su destino, se convertiría en un durmiente eterno. Si llamaran ahora a la puerta, creería que es el genio que ha buscado toda su vida.

Se acuerda de un día en el que Celia, con desmesurada atención, leía en casa la etiqueta de una botella de agua mineral, haciéndola girar lenta e ininterrumpidamente. Y se pone a hacer algo parecido en su habitación. Toma una botella de cristalina agua irlandesa y repite aquellos gestos de Celia en otros días.

Soledad. Celia allá en Barcelona. Los amigos, probablemente durmiendo la resaca. Sus padres en el día de su 61 aniversario de bodas, pero a tan temprana hora del día que ni siquiera puede llamarles.

Solo, enormemente solo. Aunque, bien mirado, a cada momento que pasa, más desaparece la impresión de soledad. Porque no cesa ese extraño rumor de fondo, la sensación de notar la presencia casi palpable de alguien a su lado, rondándole. Maldita sea, piensa, acabaré acostumbrándome a esa compañía. Trata de incorporar más humor al momento, pero no sabe muy bien cómo hacerlo. Le parece que, de tener que ser alguien, ese fantasma sólo puede ser el creador de sus días, o el duende —el perdido genio— de su infancia. O alguien que le utiliza como conejillo de Indias para sus experimentos. O el mismísimo tío David, aunque no lo cree. O el autor magistral que siempre buscó y nunca encontró. O nadie. En cualquiera de los casos, tiene que ser alguien que, como diría Joyce, se ha desvanecido hasta ser impalpable, por muerte, por ausencia, por cambio de costumbres. Sea quien sea, le parece que, salvando las insalvables distancias, ese alguien o nadie tiene que ser como la famosa realidad, a la que puede uno aproximarse más y más, pero nunca acercarse lo suficiente, porque la realidad sabe escabullirse perfectamente detrás de una sucesión infinita de pasos, de niveles de percepción, de falsos sondeos. A la larga, la realidad resulta inextinguible, inalcanzable. Se puede saber más y más sobre ella, pero nunca todo. Y aun así es recomendable probar a saber algo más, porque a veces en ciertas investigaciones se producen sorpresas.

El desayuno lo sirven en una sala adosada al lobby, un recinto blanquinegro ultramoderno, un espacio latoso y letalmente *fashion*. Jamás había visto un lugar para desayunar tan mortecino y oscuro: parece Dublín de noche, pero muy de noche y antes de que lo construyeran, cuando también ese lugar era uno de los más oscuros de la tierra. Porque, de entrada, no se ve nada. Y cuando finalmente te acostumbras a la oscuridad, comienzas a vislumbrar a una serie de ejecutivos ásperos, que desayunan solos, con el gesto severo y adusto, el maletín en el suelo. No ve a su alrededor más que hoscos clientes de traje rígido. Son los *morgans*, piensa. No se relacionan entre ellos, pero aun así cabría esperar que se adivinara en sus expresiones un cierto entusiasmo por las cosas de este mundo. Pero los *morgans* parecen vivir en un entusiasmo de migraña, mórbido, huraño. Para estar a su altura, pide un café en su mismo tono reservado y arisco. Algunos le dedican una mirada absolutamente indiferente y parecen arrugar el ceño.

Se entretiene imaginando que uno de los *morgans* desayuna vísceras cocinadas, al modo de Bloom al comienzo del *Ulysses*. Le reconforta pensar que, cuando termine el desayuno, ya será una hora más apropiada para llamar a sus padres. Uno de los *morgans* le está mirando con una fijación que le incomoda. Le hace recordar a un huraño parecido que encontró en el Roverini, de Madison Avenue, en su segundo viaje a Nueva York. Al igual que aquél, este tipo le resulta extrañamente familiar; es como si le conociera de hace mucho y lo supiera todo sobre él, y al mismo tiempo el hombre, que tiene todo el aspecto de ser italiano, fuera en realidad un auténtico y completo desconocido; es más, como si fuera la persona que menos conoce de todos los millones de desconocidos que hay en el mundo.

Puede que le esté vigilando. O que sea el tal Walter. O un amigo reclutado esta noche por Nietzky, que pronto se le acercará para presentarse y decirle algo así como que él era el primero en comprar todos los libros que publicaba su editorial. De modo que usted es la famosa *primera persona*, le diría entonces Riba si ese tipo se acercara para decirle algo por el estilo. Pero el supuesto italiano no se acerca y permanece inmóvil, simplemente mirándole fijo, hasta que se cansa y prefiere hundir su mirada en el *The Irish Times* que dan al entrar en la sala de desayunos. Se pregunta Riba qué pasaría si ahora fuera hasta él y le dijera que a veces cree reconocer en los desconocidos al genio perdido de su infancia. El otro pensaría que es un loco o alguien que quiere ligar con él. No entendería jamás el matiz espiritual, la maniobra que sólo trataría de asemejarse a la que podría, por ejemplo, intentar un viejo niño de un patio de Barcelona queriendo reconciliarse con su genio infantil, con aquella *primera persona* que conoció tan fugazmente y que se separó tan pronto de él. Pero no están los adustos *morgans* para sutilidades de ningún estilo.

Otro de ellos, el que está sentado en la mesa de al lado y se halla enzarzado en unos papeles con muchas cifras y ecuaciones aritméticas, mira ahora a Riba con absurdo recelo, como si creyera que le quiere copiar sus anotaciones comerciales. Ya sólo le faltaba esto a Riba, que alguien pensara que tiene nostalgia del mundo de los negocios o que necesita copiar las exitosas fórmulas de los otros.

Vuelve a mirar al supuesto italiano de antes y confirma que la mirada fija de hace unos segundos pasó a mejor vida. Esto le permite observarle mejor. Desde luego le recuerda mucho al joven *morgan* que viera en el Roverini de Nueva York. Pero pronto ve que no es el mismo tipo, ni mucho menos. Éste, si cabe, parece más huraño todavía.

Qué lástima que no pueda contarles a sus padres que está ahora recordándoles con tanto cariño en el día de su aniversario de bodas, y que lo está haciendo sentado frente a un huraño irlandés y al lado de otro, que es casi como un niño porque teme que le copien los deberes. Pero Riba sabe que, cuando hable con sus padres, se limitará a felicitarles por el aniversario de boda y nada les dirá acerca de estos *morgans*. Bastante problema tiene con ellos desde que acabara tan mal su visita del último miércoles.

Para no hundirse en el remordimiento vuelve a concentrarse en el mundo de los huraños inéditos. Piensa en todos los que ha conocido a lo largo de su vida. El primero fue un vendedor de seguros de entierros, un amigo de su abuelo que solía visitarlos todos los veranos para renovar las interminables pólizas. Era extraordinariamente huraño, como si creyera que tenía que serlo para estar en relación directa con su oficio. Y lo peor: una persona de la que no podía saberse nunca lo que pensaba.

«En lo que el hombre piensa se convierte», recuerda que le decía su abuelo. Pero ¿era su abuelo quien decía esto? ¿Tantas cosas llegó a decir su abuelo, el hombre menos huraño que ha conocido en la vida? Siente que está peor que Spider, quizá porque ha dormido poco. Y, cuando vuelve a mirar hacia donde está el joven *morgan* de la mirada fija y el gesto adusto, ve que el desconocido no sólo ya no está, sino que se ha esfumado y no queda de su presencia ni el menor rastro. Es como si nunca hubiera estado ahí.

Trata de recordar que tiene que vivir el día con pleno entusiasmo, pero le cuesta convencerse de que vaya a ser eso posible. ¿Adónde ha ido ese *morgan*? Le disgustaba profundamente, pero no le había dado permiso para desaparecer de esa forma. Se siente incluso más molesto que cuando de niño le abandonó el genio de la infancia. Y absurdamente vengativo con ese *morgan* que se ha ido.

Ese joven —piensa— tan lleno de vida y al mismo

tiempo liviano como un espectro. Últimamente, mucha gente tiene la costumbre de esfumarse a los pocos segundos de haber aparecido.

Y le viene a la memoria una compañera de juegos de los veranos de su infancia, en Tossa de Mar. El tiempo vuela como una flecha, decía la niña, y la mosca de la fruta también vuela.

A la espera de que se despierten los trasnochadores y ya de nuevo en su cuarto, se refugia en el libro con el que ha viajado hasta aquí y se adentra en la biografía de Beckett, escrita por James Knowlson. La publicó y no la leyó en su momento, y le ha parecido que el viaje a Dublín ha propiciado ese momento. Llegó la hora de leer ese libro que editara hace cinco años y con el que, por cierto, perdió tanto dinero. Sabe que podría hacer otras cosas. Por ejemplo, ir a la sala de ejecutivos que hay en la primera planta y pasar allí el rato consultando sus e-mails. Pero quiere hacerse fuerte en su decisión de terapia viajera y alejamiento de internet y de los ordenadores. Ha venido a Dublín con este libro sobre Beckett porque siempre pensó que un día le llegaría el momento oportuno para leerlo, pero también porque, poco antes de salir de Barcelona, le llamó la atención que quien fuera gran amigo de Joyce —se dice que también secretario, pero eso es falso—, hubiera nacido en Foxrock, en el condado de Dublín un 13 de abril de 1906, veintiséis meses después del día en que transcurre *Ulysses*. Precisamente, los veintiséis meses que han pasado desde que sufriera su colapso físico. Veintiséis meses, además, fue el tiempo exacto que duró el noviazgo de sus padres.

Lee ahora el fragmento en el que Knowlson comenta cómo el joven Beckett huyó de Irlanda y sobre todo escapó de May, su madre, pero no lo pasó mucho mejor en Londres. Estuvo allí todo el tiempo deprimido y sin trabajo. Se postuló sin suerte para conservador adjunto en la National Gallery. Padeció toda clase de males físicos en forma de quistes y eccemas. Pronto vio que se vería obligado a volver al hogar dublinés. Lo peor fue que volvió, y su madre, convencida de que se comportaba de forma extraña y tenía problemas psíquicos, le torturó haciéndole regresar a Londres y pagándole dos años de psicoterapia intensiva en esa ciudad, lo que le llevó a acabar detestando para siempre la vieja capital del imperio y al imperio mismo. Nunca fue un buen irlandés, pero actuó como si lo fuera a la hora de despreciar a Inglaterra. Viajó después por Alemania, donde aprendió —dice Knowlson— a callar en otro idioma, absorto ante cuadros flamencos.

Con todo, hubo después un regreso posterior a Dublín y a la vida con su madre. Incomodidad en la casa natal de Cooldrinagh, en el pueblo de Foxrock. Largos paseos al atardecer por Three Rock y Two Rock regresando a casa siempre por Glencullen, generalmente acompañado por los dos *kerry-blue-terriers* de su madre. Días de niebla y estupor, de indecisiones. Largas caminatas por la bella costa del condado: faros, viento, puertos. Largos paseos por esa zona que es uno de los lugares más bellos de la tierra. Y una sola convicción en aquellos días de grandes indecisiones: detestará Londres ya para siempre. Y una pregunta que acecha al ya no tan joven Beckett: ¿Y si marchara a Francia y huyera de la belleza de los faros y de los muelles últimos de los puertos del fin del mundo de la noble, querida, tierna, asquerosa tierra natal?

Dos días después, dice Beckett adiós a Dublín de una vez por todas y se dirige a París, que no tardará en convertirse en el destino de su vida. Allí vive un día una escena que él llamaría ya para siempre *revelación* y que una vez resumió así: «Molloy y los demás vinieron a mí el día en que tomé conciencia de mi estupidez. Sólo entonces empecé a escribir lo que sentía.» Cuando su biógrafo Knowlson le pidió que fuera menos críptico sobre el asunto, Beckett no tuvo inconveniente en explicarlo mejor:

> Me di cuenta de que Joyce había ido todo lo lejos posible en la dirección de conocer más, de controlar el material propio. Siempre estaba añadiendo; basta ver sus pruebas de imprenta. Yo comprendí que mi camino estaba en la *pobreza*, en la falta de conocimiento y en la sustracción, en restar más que en añadir.

Con aquella *revelación* de Beckett, la historia de la era Gutenberg y de la literatura en general había empezado a parecerse a un organismo vivo que, habiendo llegado a la cumbre de su vitalidad con Joyce, conocía ahora con el heredero directo y esencial, Beckett, la irrupción de un sentido más extremado que nunca del juego, pero también el comienzo del duro descenso en la forma física, el envejecimiento, la bajada hacia el muelle opuesto al del esplendor de Joyce, la caída libre en dirección al puerto de las aguas turbias de la miseria, allí donde en los últimos tiempos, y desde hace ya muchos años, pasea una vieja prostituta con una ajada gabardina irrisoria en la punta de un muelle barrido por la tempestad y el viento.

Leer le devuelve al sueño, quizá porque se ha despertado demasiado pronto. Pero no atribuye su repentino bajón a esta circunstancia, sino a que se haya puesto a leer en la otra cama, en la que no ha usado esta noche para dormir. Se acuerda de Amy Hempel, que decía en uno de sus cuentos que al final había descubierto un truco para coger el sueño: «Duermo en la cama de mi marido. De esa manera, la cama vacía que miro es la mía.»

Mira su cama vacía y se pone en la piel de quien podría estar observándole desde el sitio donde está él ahora. A ese espía las sábanas deshechas de al lado le conducirían al tedio primero y luego directamente a quedarse dormido. Imagina que se introduce plenamente en la piel de ese espía y que éste acaba durmiéndose y que la pesadilla recurrente de la jaula le alcanza también a él, sólo que en esta ocasión Dios está fuera de la jaula y es un tipo desgreñado que está todo el rato alisándose maquinalmente el pelo. Imagina que bajo la mirada del desgreñado, le dice al ausente, al que esta noche ha dormido en la cama ahora vacía:

—Nunca fue un problema, pero ahora empieza a serlo, y me inquieta. Trato de comunicarme, pero no hay forma de lograrlo. No hay distancia más grande que el espacio entre dos mentes. Tanto si sospechas que soy aquella *primera persona* que hubo en ti y que se esfumó tan pronto, como si piensas que soy el creador de tus días, o el sublimado genio escurridizo de tu infancia, o simplemente la sombra que proyecta tu pena de editor, lo más desesperante de todo es que pienses que soy feliz. Si supieras.

Nadie tan alejado del suicidio como Beckett. Se sabe que cuando visitó la tumba de Heinrich von Kleist sintió un profundo malestar y la más escasa admiración por el gesto suicida último de aquel artista romántico. Beckett, que amaba el mundo de las palabras y amaba el juego, llevó una vida de novelas cada vez más cortas, más ínfimas, obras cada vez más despojadas, más descarnadas. Siempre rumbo a peor. «Nombrar, no, nada es nombrable, decir no, nada es decible, entonces qué, no sé, no tenía que haber comenzado.» Un terco camino hacia el silencio. «Así rumbo a lo menos aún. Mientras todavía tenue. Lo tenue sin atenuar. O atenuado a más tenue todavía. Hasta lo tenue tenuísimo. Lo minimísimo en lo tenue tenuísimo.»

Cambió de lengua para empobrecer su expresión. Y al final sus textos cada vez aparecían más depurados. Delirio lúcido de la miseria. Viviendo siempre en lo obstruido, lo precario, lo inerte, lo deforme, lo incierto, lo aterido, lo aterrador, lo inhóspito, lo desnudo, lo enfermizo, lo vacilante, lo desguarnecido, lo exiliado, lo inconsolable, lo lúdico. Beckett flaquísimo y fumando en el cuarto de Tiers-Temps, un geriátrico de París. Los bolsillos llenos de bizcochos para las palomas. Retirado, como un anciano cualquiera sin familia, a una residencia de ancianos. Pensando en el mar de Irlanda. A la espera de la oscuridad definitiva. «Mucho mejor, al final de todo, que las penas se pierdan y regrese el silencio. A fin de cuentas, es como has estado siempre. Solo.»

Tan lejos de Nueva York.

—Quisiera nacer —oye que dicen en el cuarto de al lado.

Interrumpe la lectura de la biografía. Podría ser cierto que ha oído esto si no fuera porque no hay nadie en el cuarto contiguo. No se ha oído un solo ruido ahí desde que llegó. No ha oído que nadie entrara. Además, la frase ha sido dicha en español. Es su imaginación. Tampoco es grave. Seguirá trabajando con ella, con la imaginación. Inventa un nombre cualquiera y lo pronuncia antes de retarlo a entrar.

—Si estás ahí, da tres golpes.

Entra el fantasma. Quizá sólo ha entrado su obsesión por sentirse más próximo a la primera persona, a ese buen hombre inicial que quedó oculto por culpa de su catálogo.

Ya se sabe que un fantasma pertenece a nuestra memoria, casi nunca llega de tierras lejanas o del espacio exterior. Es nuestro inquilino.

—¿Y la maleta roja?

—Nunca viajo —dice el fantasma—. Siempre estoy tratando de nacer. Y de aprender inglés, que buena falta me hace.

Hora: Las once de la mañana.

Día: *Bloomsday*.

Lugar: Meeting House Square, una plaza que surgió del lugar donde hace un siglo se concentraba gran parte de la comunidad cuáquera de Dublín.

Personajes: Riba, Nietzky, Ricardo, Javier, Amalia Iglesias, Julia Piera, Walter y Bev Dew.

Estilo: Teatral y festivo.

Acción: Tradicional lectura pública de *Ulysses* en el escenario del teatro que construyeron en un rincón de la plaza. Público sentado, que llena las sillas de la Meeting House. Público también en la terraza de un café. Transeúntes ocasionales y gente de pie conversando, muy animadamente algunos. Gusto muy elocuente por el disfraz.

Riba se encuentra con Julia Piera, poeta española que vive hace dos años en Dublín y es también amiga de Javier y de Ricardo y que de inmediato les ofrece incorporarse a la lista de los que han pedido turno para leer un fragmento del libro en el pequeño escenario. Andan ya por el final del quinto capítulo, de modo que lo más probable es que, por una casual y curiosa casualidad, les correspondan lecturas del sexto. Nietzky y Ricardo dan sus nombres y el comité de la Meeting House les cita para la lectura alrededor de las doce y media.

Riba observa con agitada curiosidad a todos los que van disfrazados de Leopold Bloom, de Molly Bloom, de Stephen Dedalus. Está alcanzando pequeños grados de felicidad insospechada. Todo, absolutamente todo le parece nuevo, y la vida también. Le parece que la sensación es semejante a haber viajado al otro mundo. Un aire de irrealidad maravilloso. Un estar en otra parte.

Va registrando todo en un *commonplace book* que se ha comprado en la librería de la cercana Filmoteca y que ha decidido inaugurar con una lista de lo que le vaya llamando la atención esta mañana.

Relación literal de lo que hasta ahora ha ido anotando:

Un hombre disfrazado de «paisaje interior de un cráneo».

Una maravillosa gorda que se cree Molly Bloom.

El escritor israelí David Grossman, que se ha inscrito en la lista de los que leerán un fragmento de *Ulysses*.

Bev Dew, la joven hija del embajador de Sudáfrica, con un ancho sombrero floreado y un vestido hasta los tobillos. Muy guapa. Cara fragante. Cara de manzana. Va acompañada de su lacónico y extraño hermano Walter, amigo de Nietzky desde el colegio y oscuro dueño del Chrysler.

La poeta Amalia Iglesias, que saluda a Javier, que fue su vecino en Madrid hace años.

¡Un portugués disfrazado de David Hockney!

«Hay que dedicarse de lleno a los funerales», dice Nietzky. Seguramente ya ha bebido otra vez.

Una anónima figura huesuda. Por utilizar una descripción de estilo beckettiano: Frente altiva nariz oídos hoyos blancos boca hilo blanco como cosido invisible acabado.

De nuevo, Julia Piera. Sensualidad, belleza, vivacidad.

Algunos fantasmas más que evidentes, uno incluso con sábana blanca. De nuevo, mi sombra cómica en un escaparate.

Una especie de ogro finlandés con panamá de paja y bastón de puño de plata.

Un tipo con gabardina y un parecido bastante asombroso a Beckett de joven.

Un jesuita llamado Cobble, amigo de Nietzky, que se detiene en seco de pronto y se pone a hablar en voz sospechosamente muy baja con Amalia Iglesias.

Marchan con notable retraso en la lectura, como si quisieran desde su atalaya irlandesa poner en solfa la puntualidad británica. Van tan atrasados que Nietzky no sale a la palestra hasta las 13:10. Lee en un inglés ridículo, muy académico y cadencioso. La hermana de su amigo Walter parece, sin embargo, hasta emocionada escuchándole. Riba siente inesperados celos, y luego se queda inquieto por esta reacción. Belleza extrema, juventud. Le gusta Bev, no puede negar la excitación, el deseo sexual repentino. Le gusta sobre todo su voz. En medio de esa especie de euforia en la que él vive, en medio de sus grados de felicidad insospechada, cree entender que Bev le recuerda a una de aquellas muchachas que tenían un bello y brillante timbre de voz en las novelas de Scott Fitzgerald: aquel timbre en el que podía oírse un tintineo de monedas y la bella cascada de oro de todos los cuentos de hadas. Sí, Bev le gusta, entre otras cosas por el erotismo de su voz y también porque en cierta manera su *glamour* le acerca a Nueva York. O simplemente le gusta y eso es todo.

Entretanto, en lo alto del escenario, la lectura de la novela de Joyce continúa. Simon Dedalus, Martin Cunningham y John Power ya van sentados en el coche fúnebre y el sexto capítulo avanza al mismo trote que los caballos van hacia el cementerio de Prospect.

—¿Por dónde nos lleva? —preguntó el señor Power a través de ambas ventanillas.

—Irishtown —dijo Martin Cunningham—. Ringsend. Brunswick Street.

El señor Dedalus asintió, mirando hacia afuera.

—Es una buena costumbre antigua —dijo—. Me alegro de ver que no se ha extinguido.

Todos observaron durante un rato por las ventanillas las gorras y sombreros levantados por los transeúntes. Respeto. El coche se desvió de las vías del tranvía a un camino más liso, después de Watery Lane.

—En realidad, es un réquiem por mi oficio y sobre todo por mí, que estoy acabado —le comenta Riba a Javier mientras dirige una mirada ansiosa hacia Bev, como queriendo indicarle a su amigo que dice todo esto porque ella le recuerda que ya es viejo y es mortal y que a fin de cuentas tiene ya casi sesenta años y conquistarla no será la tarea que en otros tiempos podía resultarle más fácil.

Están de pie en un extremo de la plaza, junto a la primera fila del cada vez más numeroso público sentado.

—No, si ya no tienes que convencerme de nada —dice Javier—. Y más cuando ya hemos llegado al sexto capítulo y me siento impregnado de tu idea del réquiem. Hasta he pensado en escribir la historia de alguien que se dedica a celebrar funerales por todo el mundo, funerales en forma de obras de arte. ¿Qué te parece? Es alguien que trata de ir aprendiendo a despedirse de todo. No le basta con despedirse de Joyce y de la era de la imprenta y empieza a convertirse en un coleccionista de funerales.

—Podría llevar grabado en su sombrero este lema: «Hay que dedicarse de lleno a los funerales.» Es lo que ha dicho Nietzky hace un rato.

No puede Javier oír bien el final de estas palabras porque irrumpe una voz innecesariamente atronadora en el escenario.

—Pero qué espanto. No creo que haga falta tanto grito para la visita al terrible Hades —comenta Javier.

Sale el sol y lo cierto es que nadie lo esperaba, aunque todo el mundo lo ha registrado de inmediato con alegría. Riba vuelve sobre su *commonplace book* y anota que en la terraza del café, a causa de la reciente aparición del sol, la gente está ahora sentada boquiabierta, «como si ya estuviera en su casa y fuera de noche y mirara la televisión».

Ha salido el sol, pero ahí arriba la lectura prosigue en un escenario cada vez más sombrío: «Una gota de lluvia le escupió el sombrero. Se echó atrás y vio un instante de chaparrón esparcir puntos en las losas grises.»

Por esas mismas losas grises se acercan ligeramente enigmáticos, Bev y Walter Dew. Parece que el hijo del embajador de Sudáfrica va a decir algo, pero al final hace honor a su recalcitrante sequedad —Nietzky ya les ha advertido que su amigo preside una elitista Sociedad de Lacónicos de Dublín— y no suele abrir mucho la boca.

Bev sonríe y quiere saber, con su casi perfecto español, cómo se las arreglarán hoy sin el Chrysler para moverse a lo largo del *wonderful Bloomsday*. Ni siquiera ella y su hermano tienen el Chrysler, porque se lo ha quedado su padre. Ya no hay duda de que en el timbre de voz de la hermana del lacónico se esconde un verdadero hechizo. Es una voz sensorial, que tiene luz, vida, calor y hasta sudor. Es una voz que tiene esplendor y brillo, aunque a veces *ese* brillo contraste con la opaca inteligencia de la muchacha.

—Trenes y taxis —contesta Javier—, no hay problema. Ya hemos venido hoy hasta aquí en taxi. Y si no vamos andando, no hay problema.

Riba ni se mueve, está petrificado mirando a Bev, esperando quizá a que ella vuelva a hablar.

—¿No es así? —le pregunta Javier—. Vaya, nuestro querido señor editor ha ingresado en el círculo de los lacónicos.

—Ah, sí —reacciona Riba—. Hay taxis por todas partes. Basta levantar la mano en la carretera que pasa por delante del hotel, por ejemplo, y ya se detiene enseguida uno.

Cuando acaba de decir esto, tiene la impresión, casi la certeza, de haber hablado demasiado. Y recuerda que en una época llegó a sentir verdadero pánico de convertirse en un charlatán.

A cierta distancia de donde se encuentra Riba, está

Ricardo, algo circunspecto, con su clásico Pall Mall en la mano y hablando con Nietzky:

—¿Me oyes? Para mí lo peor es que Riba me haya estado imaginando todo este tiempo como un artista de estirpe romántica. Es una verdadera chaladura. No puedo llegar a entender por qué no ha podido imaginarme como una persona normal, padre de familia, oficinista, atareado marido que va al supermercado los fines de semana y por las noches baja la basura a la portería. Es decir, como lo que soy, ni más ni menos.

—No sabía que eras tan normal —dice Nietzky.

En el escenario prosigue, implacable, la lectura de la novela:

> Caballos blancos con penachos blancos en la frente doblaron la esquina de la Rotunda, al galope. Un pequeño ataúd pasó como un destello. Con prisa por enterrar. Un coche fúnebre. Soltero. Negro para los casados. Pío para los solteros. Pardo para las monjas.
> —Triste —dijo Martin Cunningham—. Un niño.

Estado del cielo: muy vivo, cada vez más soleado.

Acción: En su esquina, Riba piensa en el niño que fue. Momento extraño. Imagina el ataúd que habría tenido de haber muerto a una temprana edad. Y también imagina la sombra de su *genius* —el ángel custodio perdido a edad tan temprana— acompañando en silencio al ataúd. Luego regresa la voz de la compañera de juegos de la infancia. El tiempo vuela como una flecha y la mosca de la fruta también vuela.

No lejos de allí, Ricardo y Nietzky prosiguen con su ahora ya larga conversación.

—¿Qué será la esquina de la Rotunda? —pregunta Ricardo.

—¿Rotunda Corner? La esquina de la Muerte. Al menos suena a eso, ¿no?

—Pero también a la gótica Rotunda, que es esa letra de imprenta inventada no sé en qué siglo, la que hoy conocemos por letra redonda. Pero es cierto, lo normal sería que la Rotunda fuera la Muerte. A propósito de lo normal. ¿Tú no sabías que yo lo era?

Breve silencio.

—¿El qué? ¿Normal? Pues no —otro breve silencio—. Te situaba en el arte y éste, que yo sepa, nunca lo es. Más bien es laberíntico, fantásticamente engañoso y complejo, amigo. Mira a Walter, por ejemplo.

—¿Es artista Walter?

—Lo es a su manera, y ni siquiera es normal cuando baja su basura a la portería.

En otro punto de la plaza, Bev se acaba de fijar en el cuaderno de Riba.

—¿Qué anotas ahí? —pregunta.

Riba piensa que si le ha tuteado tal vez es porque no le ve tan mayor y tan decrépito. Se anima de pronto, se anima mucho, inmensamente. Ya sólo por algo así vale la pena haber dado el salto irlandés. La pregunta de la muchacha le ofrece una oportunidad para lucirse y, puesto que ya ha dado el deseado salto inglés tan anhelado, entiende que hasta puede reconciliarse ahora con su pasado francés —ya va teniendo algunas ganas— y convertirse en un eco del parisino Perec, su ídolo de siempre y un magnífico experto en interrogar a lo cotidiano, lo habitual.

—Oh, nada —contesta—. Tomo nota de lo que parece no tener importancia, lo que no es espectacular, lo que ocurre cada día y vuelve cada día, lo trivial, lo cotidiano, lo evidente, lo común, lo ordinario, el ruido de fondo, lo habitual, lo que pasa cuando no pasa nada...

—¿Cómo has dicho? ¿Que el *Bloomsday* no te parece espectacular? Pero ¡eso es horrible, *baby*, es horrible que no te parezca espectacular!

¿Ha dicho *baby*? No es lo más importante, pero el timbre de voz ya no ha sonado ni mucho menos tan maravilloso como antes, eso también es verdad. Y aunque todo es mejorable, lo que ya no tiene remedio es la mala primera impresión que sin duda ha podido causarle a la muchacha. Ha creído ingenuamente que en la hija del embajador de Sudáfrica la inteligencia estaba a la altura de su belleza y lo único que ha conseguido ha sido quedar como un necio y como alguien incapaz de valorar la espectacularidad del día de Bloom. Cielo santo, eso ya no tiene solución. Y de nada sirve ahora pensar que ese *baby* que ha utilizado ella ha sido vulgar y además sobraba, ni tampoco sirve pensar ahora que la muchacha parece o es completamente idiota. Aunque ella sea o parezca lo que sea, ha sido él quien no ha estado a la altura y la cosa ya no tiene remedio. Y tampoco lo tiene ya su edad, y lo que es peor: su flagrante decrepitud. Será mejor dar unos pasos y alejarse, ayudar a que vuele la famosa mosca de la fruta.

Cuando Amalia, tras su lenta y zigzagueante caminata por la plaza, llega donde se encuentran Nietzky y Ricardo, éstos se enteran finalmente por ella de que la Rotunda no es la Muerte, ni una letra de imprenta, ni puede asociarse de algún modo —cuadraría todo entonces demasiado bien— con la muerte de la era de la imprenta.

No. Es sencillamente la antigua Casa de Maternidad de Dublín, la primera que hubo en Europa.

Nacimiento y Muerte. Y la risa de Amalia.

Simultáneamente, Bev ha vuelto a la carga sobre Riba. Le mira, se ríe. ¿Qué querrá ahora? ¿Insistirá en lo espectacular? Es muy guapa. A pesar de la última decepción, lo daría todo por volver a oír su timbre de voz. Está embobalicado, lo reconoce, pero le hace sentirse en América. ¿Volverá a llamarle *baby*?

—Mi autor favorito es Ragú Candor —dice Bev con una voz plenamente recuperada, igual de sensual que antes aunque ahora tiene acento francés—. ¿Y el tuyo?

Riba, enormemente desconcertado, entiende que en cualquier caso está ante una segunda oportunidad y se queda pensando minuciosamente la respuesta. Al final, opta por no cometer errores y decantarse también por el tal Candor, al que no conoce de nada. Qué coincidencia, dice Riba, también es mi favorito. Bev le mira sorprendida y le pide que lo repita. Ragú es mi favorito, dice Riba, me gusta su contención estilística y su tratamiento del silencio. Te creía más inteligente, dice Bev, Ragú Candor es para tontas como yo y tú también pareces tonto.

Ella le ha ganado la partida. Y Riba, además, ha vuelto a equivocarse y lo peor es que —descartada ya definitivamente la idea de llevarse bien con Bev— siente que ha envejecido diez años más. Está ya negado para seducir a las jovencitas. Ha hecho el ridículo, está acabado. Sin el alcohol carece de la gracia que al menos antes le hacía ser más osado y divertido. Se le ensombrece la cara, que va adquiriendo un lento aspecto fúnebre.

Ahí arriba, en el escenario —como si fuera una historia paralela—, continúa la lectura de la novela y el cortejo funerario sigue su lenta marcha en plena mañana de sol: «La esquina de Dunphy. Coches de duelo en fila ahogando su dolor. Una pausa junto al camino. Buena situación para un bar. Espero que nos detengamos aquí a la vuelta para beber a su salud. Una ronda de consuelo. Elixir de vida.»

La Rotunda siempre fue una buena excusa para darse a la bebida.

Hora: Las cuatro menos cuarto.

Día: *Bloomsday*.

Lugar: Torre Martello, en el pueblo de Sandycove, torre circular en las afueras de la ciudad de Dublín, lugar donde comienza *Ulysses*: «Imponente, el gordo Buck Mulligan avanzó desde la salida de la escalera (...) Avanzó con solemnidad y subió a la redonda plataforma de tiro...»

Personajes: Riba, Nietzky, Javier y Ricardo.

Acción: Han subido por la estrecha escalera de caracol hasta la redonda plataforma de tiro, y allí contemplan ahora en silencio el mar de Irlanda. El día sigue siendo tranquilo y el cielo es de un blanco sorprendentemente uniforme. La marea está alta, y la superficie del mar, tensa y bruñida como una seda ondeante, parece más elevada que la tierra. Riba queda hipnotizado por momentos. Extraño mar de un azul intenso, peligroso como el amor. Imagina que el mar en realidad sólo es un resplandor dorado pálido que se extiende hasta el horizonte imposible.

Como el tiempo apremia, porque han quedado a las seis de la tarde con los Dew y con Amalia y Julia Piera en las puertas del cementerio de Glasnevin, Nietzky decide fundar la Orden de Caballeros aquí mismo, en lo alto de esta torre. Considera, además, que el escenario es más noble. Por el pub Finnegans ya pasaron ayer y, además, volverán a pasar hoy cuando vayan a Dalkey a coger el tren de regreso. Pero pasarán por el pub ya con el tiempo demasiado justo para detenerse a fundar la Orden allí.

Están solos en la plataforma, pero Riba tiene la sensación de que el viento trae palabras rotas y que, además hay más de un fantasma oculto en la escalera de caracol. Javier, odiador de *Ulysses*, simula que es Buck Mulligan y que se está afeitando la barbilla. Nietzky lee los reglamentos que redactó ayer: «La Orden del Finnegans tiene como único propósito la veneración de la novela *Ulysses* de James Joyce. Los miembros de esta sociedad se obligan a honrar la obra y acudir al *Bloomsday* todos los años y, a la hora que sea posible, marchar hasta Torre Martello, en Sandycove, y allí sentirse de una raza ya antigua que empezó como el mar, sin nombre ni horizonte, y que hoy corre ya peligro de extinguirse...»

Con unas ciertas prisas y tras la investidura simbólica de los caballeros, se decide que cada año podrá ser admitido un miembro nuevo, «siempre y cuando las tres cuartas partes de los caballeros de la Orden estén de acuerdo». Y luego, ya sin tiempo que perder, van a buscar el tren de vuelta, van hasta Dalkey caminando durante media hora por la carretera y desde allí, sin detenerse en el Finnegans, regresan en tren a Dublín, vuelven cantando una canción sobre Milly, la hija de quince años de los Bloom que dejó Dublín para estudiar fotografía y que aparece sólo de refilón en *Ulysses*.

Ay, Milly Bloom.
Tú eres mi dulce amor.

Yo te prefiero a ti sin un florín
que a Katey Keogh,
con burro y con jardín.

Hora: Después de las cinco.

Personaje: Riba.

Tema: La vejez de Riba.

Acción: Sucede íntegramente en la imaginación de Riba, en el tren en el que regresan de Dalkey a Dublín. Con la canción *Ay, Milly Bloom* de fondo, imagina que ese fantasma que le acecha y que toma nota de todo lo que ocurre en el tren, y del que casi oye la respiración, es un joven principiante en el mundo de las letras; alguien que lleva semanas adentrándose en una aventura que le vuelve loco y que, además, no sabe que a la larga le acabará dejando sepultado debajo de los libros que compondrán su obra: una obra que le impedirá tarde o temprano —en historia paralela a lo que le ha sucedido a él como editor, que hoy en día ve oculta su verdadera personalidad por culpa de su catálogo— saber quién es, o quién pudo ser.

Imagina que el joven principiante le ha elegido a él como personaje y cobayo de sus experimentos, como personaje de una novela en torno a la vida real sin estridencias, aunque algo desesperada, de un pobre viejo editor retirado. Imagina que ese joven le observa de cerca, le estudia como si fuera un conejillo de Indias. Se trataría para el principiante de averiguar si vale la pena haberse desvivido por la buena literatura a lo largo de cuarenta años, y para ello va contando la vida cotidiana, sin demasiados sobresaltos, del personaje observado. Al tiempo que estudia si vale la pena tanta pasión literaria, va contando cómo su editor retirado busca todavía lo nuevo, lo vivificador, lo *extranjero*. Se acerca al personaje todo lo que puede —a veces se acerca incluso en su sentido más físico— y narra los problemas que el hombre tiene con el budismo de su mujer al tiempo que comenta sus movimientos —un funeral en Dublín, por ejemplo— para llenar el tiempo vacío.

Imagina que el principiante se está proponiendo en la novela desmontar cierto tipo de procedimientos convencionales, pero no buscando transformar a la literatura en una zona misteriosa, sino tratando de que al editor literario también pueda vérsele como un héroe de nuestro tiempo, como un individuo que es testigo de la desaparición de los editores de raza y reflexiona en el duro contexto de una sociedad que avanza a pasos agigantados hacia la estupidez y el fin del mundo.

Imagina que de pronto se acerca tanto a ese principiante que acaba sentándose encima de él y tapándole la vista, asfixiándole de tal modo que el pobre jovencito se queda viendo sólo una gran mancha confusa, en realidad un fragmento de la chaqueta oscura del editor *escrito*.

Aprovechándose de tan oportuna mancha que paraliza pasajeramente los resortes narrativos del principiante, logra Riba colocarse en todos los sentidos en el sitio de éste, y apoderarse plenamente de su modo de ver las cosas. Descubre entonces, no sin sorpresa, que comparte con él absolutamente todo. Para empezar, una idéntica tendencia a contar y a interpretar —con las deformaciones propias de un lector muy literario— aquellos sucesos cotidianos que atañen a su vida.

El tren se adentra luego en un túnel y al final se queda sin nada de imaginación. Imaginación cero. Oscuridad total. Llega un poco de claridad cuando salen del túnel y vuelve a ver la luz del atardecer. Cree que ya ha pasado todo. Y de pronto, nota un roce espectral en la espalda. Se queda por momentos inmóvil en su asiento, y acaba poco a poco comprendiendo que el principiante sigue ahí, al acecho.

Hora: Quince minutos después.

Estilo: Tan teatral como en la Meeting House y tal vez más fúnebre que festivo, aunque en cualquier momento se pueden girar las tornas.

Lugar: Cementerio católico de Glasnevin. Un millón de personas enterradas. Lo fundó Daniel O'Connell. Sobrecogedor a esta hora del atardecer. Muchos monumentos patrióticos, adornados con símbolos nacionales o personalizados con parafernalia deportiva y juguetes viejos. Curiosas torres en los muros, que se utilizaban para detectar a los ladrones de cuerpos que trabajaban para los cirujanos de finales del xix.

Personajes: Riba, Javier, Nietzky, Ricardo, Amalia Iglesias, Julia Piera, Bev y Walter Dew.

Acción: Frente a la puerta del lugar, Riba se emociona al ver las verjas de hierro. Son las mismas que nombra Joyce en el sexto capítulo. ¿Son verjas o una línea de *Ulysses*? Con semejante dilema, la mirada de Riba se extravía largo rato y, tras un fuerte viaje mental, acaba regresando a la puerta del cementerio. «Las altas verjas de Prospect pasaron ondulando ante sus miradas. Chopos oscuros, raras formas blancas. Formas cada vez más frecuentes, blancos bultos apiñados entre los árboles, blancas formas y fragmentos pasando en silencio uno tras otro, manteniendo vanos gestos en el aire.»

«Los mismos chopos», susurra Amalia. Cruzan el

umbral de la entrada principal y caminan los siete por el aterrador cementerio, que parece salido directamente de la película de Drácula que Riba vio esta madrugada. Sólo falta aquí una niebla artificial y el cadáver de Paddy Dignam levantándose de la tumba. Riba sigue recordando: «Entierros por todo el mundo, en todas partes, cada minuto. Les echan abajo a paletadas por carretadas a gran velocidad. Millares por hora. Demasiados en el mundo.» Estragos de la muerte, estragos de la Rotunda.

Arenga inesperada e inspirada de Ricardo cuando ya se han adentrado unos metros en el cementerio y dice haber tenido una súbita revelación y haberlo comprendido todo de golpe. Ahora ve lo pertinente que es el funeral por la era Gutenberg, pues no hay que perder de vista que los juegos de palabras encantaban a Joyce.

—Y no sé si os habéis dado cuenta de que *Bloomsday* —dice— suena como *Doomsday*, día del Juicio final. Y no otra cosa es la larga jornada en la que transcurre *Ulysses*.

A fin de cuentas, dice Ricardo, el libro de Joyce es una especie de síntesis universal, resumen del tiempo; libro pensado para que unos gestos anecdóticos revistan la solidez de una epopeya, de una odisea en el sentido más literal de la palabra. Por eso, quien tuvo la idea del réquiem tuvo la idea más grande de todas.

Van caminando lentamente por el sendero principal de Glasnevin y llegan hasta un bellísimo árbol de lilas, que Ricardo fotografía después de explicar a todos, con innecesaria solemnidad, que está casi seguro de que aparece en *Ulysses* hacia el final de la escena del cementerio. Para Nietzky el color del árbol es el mismo de la Rotunda, entendida ésta como Muerte, y habla —sin que se le entienda mucho— de la belleza de las lilas de la Rotunda, como si entre las lilas y la casa de la Maternidad de Dublín tuviera que haber una relación lógica y de estricto y puro sentido común. Riba llega a la conclusión de que el joven Nietzky habla por hablar y, además, de nuevo ha bebido mucho.

Ajeno a su condición de ángel caído, Nietzky reflexiona en voz alta en torno a la desigual longitud de la vida de los hombres comparada con la de los árboles y las lilas. Bostezos de Julia Piera, que acaba siguiendo con la mirada a una madre y una niña enlutadas que están junto a una tumba, la niña con la cara manchada de suciedad y lágrimas. La madre con mirada de pez, cara lívida y sin sangre. Madre e hija, una pareja horrible, como entresacada de un drama de otro siglo, como salidas de una película de época sobre la vida en la Rotunda.

Y Ricardo, ajeno completamente a esto, haciendo chistes de dudoso humor negro. Minutos después, en medio de una discusión en voz demasiado alta acerca de la belleza tétrica del lugar y del ya manoseado árbol de lilas, Bev requiere la atención de todos para que observen cómo los graznidos de los cuervos se mezclan con sus gritos de visitantes discutidores.

Hay cuervos, pero nadie ha oído sus graznidos. Un breve silencio. Una pausa. El viento. «Verás mi fantasma después de la muerte.» Ricardo encuentra grabada esa frase, entresacada de *Ulysses,* en una lápida al borde de uno de los senderos laterales, en la tumba de la familia Murray. Otra fotografía por hacer, está claro. «Qué maravillosos los Murray», dice alguien. Más retratos de grupo. Todos apretados ahora en torno a la tumba de la familia joyceana. Un obrero del cementerio maneja la cámara de

Ricardo como si fuera un gran artista de la fotografía y les da órdenes para que posen con más estilo. Cuando termina la sesión, alguien se da cuenta de que llevan un buen rato ya de paseo y aún no han entrado en la capilla que está al fondo del cementerio y que es el lugar donde se celebró el breve y triste funeral por el borrachín Dignam. Ése parece el lugar idóneo para las palabras fúnebres por la era Gutenberg y en realidad por todo, por el mundo en general.

Javier pregunta cómo lograr que el réquiem sea una obra de arte. Se quedan todos pensativos. El lacónico Walter toma entonces la palabra. Se ofrece para el rezo. Será una pieza corta, dice, muy artística gracias precisamente a su brevedad y profundidad. Todo el mundo mira a Walter, todos le miran incrédulos y siguen andando por el camino que conduce a la capilla. Las palabras de un lacónico siempre pueden tener un lado artístico, piensa Riba. «Es una oración para escritores», dice Walter, con aire innecesariamente compungido. Y cuenta que fue compuesta por Samuel Johnson, el día en que firmó un contrato que le exigía escribir el primer diccionario completo del idioma inglés.

Y luego repite lo que acaba de decir, pero ahora en inglés, por mucho que no sea en absoluto necesario. Walter tiene un muy elevado sentido del humor involuntario. Sorprende, por otra parte, que antes incluso de entonar la oración fúnebre haya hablado ya tanto, e incluso haya dicho unas cuantas palabras de más. Qué derroche, piensa Riba. Se produce una nueva y larga pausa. La vista de todos se desliza hacia un banco, el último que hay a mano izquierda poco antes de entrar en la capilla. Allí acaban ahora de sentarse dos hombres con aspecto de vagabundos, dos tipos de una palidez notable. «Dos fiambres que han salido a tomar el fresco», dice Ricardo, como si su camisa floreada y polinesia le hiciera sentirse más vivo que nadie. Risas.

Un ligero viento del atardecer mueve el árbol de lilas. En realidad, Johnson rezaba por sí mismo, aclara Walter. Y lo dice con una naturalidad tal que parece que Johnson sea uno más de ellos. Nadie en el grupo había oído hablar antes de esa oración. En cualquier caso les parece a todos una buena idea utilizar un rezo de Johnson para entonar un canto fúnebre. A fin de cuentas, el doctor Johnson es la única persona del mundo que ha dedicado un ensayo realmente brillante al tema de los epitafios, y él mismo durante una época se especializó en ellos, los escribía en verso y los cedía a las mejores tumbas de Londres. Así que el doctor Johnson parece un personaje idóneo para este epitafio a la era Gutenberg, dice Walter.

Es celebrado por todos que sea la oración para escritores de Johnson la que sirva de epitafio para la era de la imprenta. Celebrado por todos, menos por Riba, que a última hora descubre que, por mucho que se esfuerce, no puede identificarse en modo alguno con los escritores, a los que en realidad les guarda un cierto rencor, porque ellos son en el fondo los involuntarios culpables de esa pena que a veces, de forma recurrente, reaparece en medio de su pesadilla de la jaula con Dios. En el fondo, Riba teme que esa oración por los escritores le persiga y le produzca remordimiento por lo que dejó de hacer por ellos, siempre taladrado su cerebro por su pena de editor, por esa hidra íntima que le corroe.

Vuelve el viento a mover el árbol de lilas.

Además, piensa Riba, se están tomando demasiado en serio esta ceremonia. No se dan cuenta de que lo apocalíptico es de ahora, pero ya estaba en la noche de los tiempos y seguirá estando cuando nos hayamos ido. Lo apocalíptico es un señor o un sentimiento muy informal, que no merece tanto respeto. Lo importante no es que se vaya a pique la brillante era de la imprenta. Lo verdaderamente grave es que me voy a pique yo.

—Por sí mismo —continúa diciendo Walter—, Johnson rezaba por sí mismo.

Y Nietzky entonces dice que hay plegarias para marineros, para reyes, para hombres ilustres, pero no sabía que pudiera existir una oración para escritores.

—¿Y para editores? —pregunta Javier.

Riba se acuerda de un sueño en el que vio a Shakespeare estudiando *Hamlet* para representar el papel del fantasma.

—Johnson rezaba por sí mismo —insiste Walter.

Entran en la pequeña capilla y Riba recuerda la obesa rata gris que en el libro de Joyce trota cerca de una tumba cercana a la de Paddy Dignam. Se acuerda de su amiga Antonia Derén, a la que le publicó hace años una antología sobre las diversas apariciones de ratas en las más ilustres novelas contemporáneas.

«Una de estas ratas acabaría pronto con cualquiera. Dejan los huesos limpios sin importar de quién se trate. Carne corriente para ellas. Un cadáver es carne echada a perder», piensa Bloom en el funeral.

Walter espera a que se haga el más profundo silencio y entonces, cuando ve que hay las condiciones adecuadas para su rezo, pronuncia con voz solemne y temblorosa la oración: «Oh, Dios, que me has apoyado hasta ahora, que me has permitido proceder en este trabajo, y en toda la tarea de mi estado presente; que cuando rinda cuentas, en el último día, del talento que se me asignó, reciba el perdón, por la gracia de Dios. Amén.»

Nadie, salvo Riba, acaba de comprender lo que sucede cuando Walter rompe a continuación en llanto desconsolado. En principio, él no es escritor y no debería, por tanto, afectarle demasiado ese problema ligado a la cuestión del talento literario y el trabajo. Pero es que, aunque lo fuera, tampoco sería tan lógico que se entregara a ese llanto. Después de todo, ningún escritor se ha dejado ganar por lágrima alguna. Pero Riba sabe que precisamente ahí está la pista para la solución del enigma. No hay escritores que lloren por ellos o por los demás escritores. Sólo alguien como Walter que lo ve todo desde fuera y que tiene una inteligencia y sensibilidad especial puede ver lo mucho que uno tendría que llorar siempre que viera a un escritor.

Riba se ríe del funeral, pero desea ponerse a la altura de las circunstancias y ser tan sincero y auténtico como Walter. Y, de entre las opciones que baraja y los papeles que lleva en el bolsillo, piensa en leer, a modo de oración fúnebre, el texto de una carta de Flaubert que refleja la irrefrenable seducción que sintió siempre éste por la figura de San Policarpo, obispo de Esmirna y mártir, a quien se atribuye la expresión «¡Dios mío! ¡En qué siglo —o en qué mundo— me habéis hecho nacer!».

Para leer mejor esa carta, primero trata de emocionarse tanto como Walter. Aquí mismo, piensa, estuvo un día el ataúd de Dignam que tantas veces imaginé cuando leía *Ulysses*. Aquí estuvo un día ese ataúd en esta capilla, y no parece que aquí hayan cambiado mucho las cosas desde la época de Joyce. Parece todo conservado idéntico en el tiempo, idéntico que en el libro. El catafalco, a la entrada del coro, está igual. Y el coro es el mismo, sin duda. Había cuatro altos cirios amarillos en las esquinas, y los del duelo se arrodillaron acá y allá, en estos reclinatorios. Bloom se quedó de pie atrás, junto a la pila y, cuando todos se habían arrodillado, dejó caer cuidadosamente el periódico que llevaba en el bolsillo y dobló la rodilla derecha sobre él. Aquí mismo. Aquí acomodó suavemente el sombrero negro en la rodilla izquierda y, sujetándolo por el ala, se inclinó piadosamente, hace ya más de un siglo. Pero todo está igual. ¿No es emocionante?

Luego da un paso al frente, va hasta el centro del altar y desde allí se dispone a entonar su canto fúnebre en forma de carta de Flaubert a su amiga Louise Colet. Pero en ese momento se acerca al grupo un vendedor ambulante, con su carrito de bollos y fruta. Algo nervioso por esa aparición, Nietzky interviene con electricidad neurótica y, sin que nadie le haya dado entrada ni permiso, se pone a leer, muy veloz y en voz alta, el fragmento de *Ulysses* en el que el cura bendice el alma de Dignam. Lee con cierto apresuramiento y torpeza y añadiendo muchas palabras de su propia cosecha y termina así: «El año entero, ese cura ha rezado lo mismo para todos y sacudido el agua para todos. Encima de Dignam ahora. Y encima de toda una época que hoy muere con él. Nunca, jamás, nada. Nunca más Gutenberg. Buen viaje hacia la nada.»

Pausa. El viento.

Y luego con voz sacerdotal y cantarina:

—*In paradisum*.

Todos repiten su letanía con fastidio y abruptamente, quizá porque se sienten algo más que escépticos, pues tienen la impresión de que Nietzky no ha podido ser más falso y burlón en su sentimiento de despedida de una época. «Algunos», dice Walter, «no hemos nacido para lo superficial». De nuevo, su humor involuntario. Risas sofocadas. ¿Qué habrá querido decir? Tal vez se le entiende demasiado. Nietzky ha estado horrible. Y desde luego superficial.

Riba se dispone ya a entonar por fin su oración fúnebre cuando entra, de forma inesperada una joven pareja. Dublineses, probablemente. El hombre es alto y con barba, la mujer lleva una larga melena rubia peinada hacia atrás con descuido. La mujer se santigua, hablan entre los dos en voz baja, se diría que se están preguntando qué clase de reunión es la que se celebra ahí en la capilla. Riba se acerca a escuchar qué dicen y descubre que son franceses y hablan del precio de unos muebles. Breve desconcierto. Se oye el ruido de un carretón para transportar piedras. Ahora todos miran a Riba sin duda para que cierre el acto que ya habría cerrado si no hubieran aparecido el vendedor de bollos, la pareja de franceses y Nietzky con su electricidad neurótica. Ricardo también quiere añadirse a los rezos y, ante tantas indecisiones, se adelanta a Riba: «Me parece que no son necesarias más palabras. Funeralizado Gutenberg, hemos entrado en otras épocas. Habrá que enterrarlas también. Ir quemando etapas, ir haciendo más funerales. Hasta llegar al día del Juicio Final. Y entonces celebrar un funeral por ese día también. Luego perderse en la inmensidad del universo, oír el movimiento eterno de las estrellas. Y organizar unas exequias por las estrellas. Y luego ya no sé.»

Los franceses cuchichean en voz más alta ahora. ¿Todavía hablan de muebles? Riba decide pasarle la carta de Flaubert a Julia Piera, que toma la palabra para leer, con algunas variantes de su cosecha propia, esta especie de ensayo de canto fúnebre: «Todo esto me da náuseas. En nuestros días, la literatura se parece a una gran empresa de urinarios. ¡A esto es a lo que huele la gente, más que a nada! Siempre estoy tentado de exclamar, como San Policarpo: "¡Ah, Dios mío! ¡En qué siglo me habéis hecho nacer!", y de huir, tapándome los oídos, como hacía ese hombre santo cuando se encontraba ante una proposición indecorosa. En fin. Llegará un tiempo en que todo el mundo se habrá convertido en un hombre de negocios y un imbécil (para entonces, gracias a Dios, ya habré muerto). Peor lo pasarán nuestros sobrinos. Las generaciones futuras serán de una tremenda estupidez y grosería.»

Riba, como antiguo hombre de negocios, ha preferido que esta carta la leyera Julia. No habría podido soportar las sonrisitas de sus amigos en el momento de hablar de hombres de negocios. Se oye el crujido de un guijarro. Una rata gris y obesa, piensa Riba. Se oye también el grito lejano de una gaviota. El vendedor de bollos parece irse definitivamente. Riba espera a que acabe el trajín, y luego dando dos pasos al frente, más solemne que el gordo Mulligan al comienzo de *Ulysses*, lee su particular réquiem por la gran vieja puta de la literatura y recita «Dublinesca»:

> *Por callejuelas de estuco*
> *donde la luz es de peltre*
> *y en las tiendas la bruma obliga*
> *a encender las luces sobre*
> *rosarios y guías hípicas,*
> *está pasando un funeral.*
>
> *La carroza va delante,*
> *pero detrás la acompaña*

a pie una tropa de mujeres
con anchos sombreros floreados,
vestidos hasta los tobillos
y manguitos de carnero.

Hay un aire de amistad
Como si rindieran honra
a una que era muy querida;
algunas se alzan las faldas
diestramente y dan saltitos
(dos palmas marcan el tiempo);

y también de gran tristeza.
Mientras siguen su camino
Se oye una voz que canta
para Kitty, o Katy, como
si el nombre hubiese albergado
todo el amor, toda la belleza.

Minutos después del canto fúnebre por la honrada vieja puta de la literatura, antes de dejar Glasnevin, se quedan mirando en la última tapia del cementerio un letrero que prohíbe a los coches que van a salir de ahí que circulen a más de veinte por hora. Hay risas a propósito del letrero, tal vez risas que intentan desplazar ciertas tensiones acumuladas en los últimos minutos. La pareja de dublineses dialoga con el vendedor ambulante. Más allá, siguen sentados en su banco los dos vagabundos de aspecto cadavérico. Se oye el grito, a lo lejos, de una gaviota que parece imitar a un cuervo. ¿O es un cuervo?

«Alejarse de aquí», dice Javier muy tajante. Todo el mundo parece estar de acuerdo. Regresan a la canción de Milly Bloom, que ahora cantan todos con alegría, como si acabaran de liberarse de una gran pesadilla. Sí, basta ya de este sitio.

Caminan más deprisa y parecen recién llegados de una excursión campestre. Atrás van quedando las verjas de *Ulysses*. Y aquel fragmento:

«Las verjas relucían delante: aún abiertas. De vuelta al mundo otra vez. Basta de este sitio.»

En la puerta misma del cementerio, está el viejísimo pub Kavanagh's, también conocido por *The Gravediggers*, Los Enterradores. Ese pub no aparece nombrado en el capítulo joyceano, y sin embargo ya estaba ahí en 1904, junto a las verjas. Es un sórdido local en el que, según parece, a altas horas de la noche el ambiente resulta escalofriante, algo de lo que nadie aquí duda ni lo más mínimo, pues ya en estos mismos instantes, a la luz del atardecer y aunque sólo sea a primera vista y desde fuera, se percibe que hasta la misma carcasa del bar ahora retumba y tiembla, como si fuera a explotar.

Acción: Después de todos los avatares del día, entran todos en Los Enterradores con vocación de ir de alguna forma hasta el fondo. Entran con gran sed.

La Rotunda siempre fue buena excusa para darse a la bebida.

Los clientes de Los Enterradores han convertido el pub literalmente en un pandemónium. A estas horas, *The Gravediggers* es literalmente la capital del Infierno, la ciudad de Satán y sus acólitos, la ciudad construida por los ángeles caídos. Nada más opuesto a este lugar que un Panteón como el de París, por ejemplo. Aquella sobriedad, aquella elegancia. Ha vuelto Riba a pensar en Francia, o en lo francés. Lo entiende como una pasajera nostalgia de los tiempos de admiración por París. Aquel panteón, aquellos serenos espacios donde se puede intentar reunir a todos los dioses.

El poeta Milton permitió que se pudiera imaginar a la capital del infierno, Pandemónium, como un lugar muy pequeño. Los demonios tenían que miniaturizarse para poder entrar allí. Aquí, en este bar de Dublín, todos los clientes parecen haber reducido su tamaño para poder convivir con los demás monstruos en un espacio tan reducido. El ruido favorito de la desenfrenada clientela es una cadena de chácharas en *staccato*, como las risas de las hienas o los gritos de los babuinos, que se hacen más lentos a medida que adquieren un tono más agudo.

Son todos muy ateos, dice graciosa y absurdamente el barman en un español que asegura haber aprendido en Barcelona. Nadie entiende muy bien a qué viene eso. Cada noche el barullo es más ensordecedor, aclara el barman sin aclarar nada. Se desconoce cuál puede ser exactamente la relación entre los ruidos y el ateísmo, pero no parece el mejor momento para aclararlo. La atronadora fiesta continúa. Riba, que ahora sí oye los graznidos que antes decía escuchar Bev, imagina que los clientes y demás enterradores son como cuervos que cada atardecer aletean sobre el tejado del pub, y luego penetran por los lugares más inverosímiles del infernal y mínimo bar y gruñen y se amenazan mutuamente y cantan canciones obscenas sobre Milly Bloom y otras damas inventadas de Dublín, ya todas muertas. Y mientras tanto retumba y tiembla la carcasa y la atmósfera es alcohólica hasta extremos delirantes.

The Gravediggers se erige en la más grave tentación de beber que ha tenido Riba desde que saliera de su crisis de salud. Tal vez, quién sabe, el nombre secreto del pub sea Coxwold. Riba está aterrado ante la sola posibilidad de una recaída alcohólica y no pierde de vista la amenaza que por sí mismo constituye el infernal lugar. Quizá sea aquí donde podría cumplirse la visión profética, emocionante y aterradora de su sueño, esa visión que se hallaba dentro del mismo sueño que le ha llevado hasta Dublín y hasta esta gruta de cuervos que vibra con el mismo aire de terrible fin de fiesta que tenía la cantina El Farolito en aquella novela de Lowry que tanto ha admirado siempre.

Aquí todo el mundo parece venir del cementerio, está pensando, y en ese momento le suena el móvil. Llamada de Barcelona. Es Celia para decirle que han llamado desde la calle Aribau y que sus padres están indignados porque aún no les ha felicitado el 61 aniversario. Horror, piensa Riba. Había olvidado, por completo, la fecha. Tal vez Dublín le ha liberado demasiado de la suave tiranía de sus padres.

—¿Dónde estás ahora? —quiere saber Celia.

—En Los Enterradores. Un pub de las afueras.

Quizá no debería haberlo dicho. Las copas, pero también el nombre del pub, le crean problemas.

—No, Celia, no he bebido ni una copa. No llores.

—No lloro. ¿De dónde sacas que lloro?

Hay demasiado alboroto en el bar. Sale fuera para poder hablar. La bruma se está apoderando de toda esta zona del pub y las altas verjas. Habla con Celia en larga conversación y vuelve a equivocarse, porque al describir el bar le dice que se parece a ese lugar que hay después de la muerte, un mundo llamado infierno. «No me gusta tu visión del otro mundo», le dice ella en un tono peligrosamente budista. Trata inmediatamente de echar tierra sobre el asunto, pero Celia quiere saber si es seguro que no ha bebido. Y él tiene que emplear unos cuantos minutos para tranquilizarla. Cuando finalmente logra apaciguar sus ánimos, cuelga y se queda perdido en la atmósfera de bruma que rodea la puerta de Los Enterradores. Se queda allí pensando en la premonición del Coxwold. Aquella escena de llanto desamparado con Celia a las puertas del bar la soñó en su momento con tal intensidad que es hoy todavía uno de los recuerdos —aunque sea sólo recuerdo de un sueño— más impresionantes de su vida. Tal vez vino aquí a Dublín para ir al encuentro del mar, pero también al encuentro de ese recuerdo no vivido, para ir al encuentro de ese instante que, al igual que sucede en el interior del sueño neoyorquino, esconde dentro de sí mismo algo de lo que algunos llaman *el momento de la sensación verdadera*. Porque en aquel llanto parece estar contenido, en su más absoluta plenitud, el nudo central de su existencia, todo su secreto universo de gran amor por Celia y de alegría infinita de estar vivo y también la tragedia de haber estado, hace dos años, a punto de perderlo todo.

Quizá debería estar Celia aquí ahora y que unos buenos tragos les hubieran dejado a los dos llorando emocionados, derrumbados y abrazados en el suelo, a la entrada de este pub infernal: caídos, pero juntos para siempre en su amor y en su llanto esencial y viviendo, con el permiso de Buda, una experiencia de intensidad y gran epifanía, un momento pleno en el centro del mundo.

Es tan fuerte el ruido en el interior del *Gravediggers* que ahora está hablando con Walter valiéndose sólo de signos. No hay quien pueda entenderlo, ni siquiera Walter, experto en lenguaje mudo. Pero él en cambio sí sabe muy bien lo que está diciendo. Le está contando que toda vida es un proceso de demolición, pero los golpes que llevan a cabo la parte dramática de la tarea —los grandes golpes repentinos que vienen, o parecen venir, de fuera—, los que uno recuerda y le hacen culpar a las cosas, y de los que, en momentos de debilidad, habla a los amigos, no hacen patentes sus efectos de inmediato. Son una clase de golpes que en realidad vienen de dentro, son golpes que invadieron sigilosamente tu interior desde el momento mismo en que decidiste trabajar de editor y buscar autores y principalmente a un genio. Son una clase de golpes que son parientes de un dolor seco y mudo que uno en realidad no nota hasta que es ya demasiado tarde para hacer algo con respecto a ellos, hasta que uno se da cuenta de modo definitivo de que en cierto sentido ya no volverá a ser quien fue y que los golpes fueron certeros.

Aunque no toma una sola copa, quizá porque en cualquier caso ha retornado, después de veintiséis meses, a un ambiente de atmósfera plenamente alcohólica, recuerda que el error máximo, encadenado a su afición a la bebida, fue siempre su necesidad de mostrar a los otros, sin paliativos, la parte más abyecta de su ser y que para ello se esforzaba en decir a cada momento la verdad de lo que pensaba, doliera o no al que podía escucharla. Dando por supuesto que su parte encantadora era siempre visible, se esforzaba en que se viera la parte abyecta. Y se esforzaba en esto llevado por una necesidad, por un lado, de escapar a todo protocolo social (que le ponía enfermo) y, por otro, por un deseo de alinearse con el movimiento surrealista más puro y original, aquel que sostenía que cualquier idea que pasara por la cabeza debía ser inmediatamente exteriorizada y hacerlo constituía una obligación moral, porque así se ponía al descubierto lo más íntimo de la personalidad de cada uno. Naturalmente, esa pulsación digamos que agresiva le trajo multitud de problemas, le arruinó contratos y amistades, hizo polvo su imagen pública. Ahora, desde que no bebe y se ha pasado al lado contrario y muestra sólo, de forma incluso abrumadora, la parte más atractiva de su ser, tiene la sensación de que ha perdido el suicida pero genial campo abierto de las experiencias de antes y se ha quedado en un estado de una serenidad bochornosa y de una educación y pulcritud que dan asco. Es como si ahora sólo fuera un elegante impostor que hurta a los demás la verdadera imagen conmovedora de su mente. Claro que la pereza que le da tomar unas copas y regresar inútilmente a lo abyecto no puede ser más inmensa. Prefiere con creces sentir que, de un tiempo a esta parte, la sobriedad le está ayudando tanto a recobrar su trágica conciencia como a buscar su centro, su álgebra y su clave, que diría Borges, y su espejo.

Una hora más tarde, imaginación y memoria transportan a Riba hasta la linde de un bosque de la Costa Brava arrasado en una noche huracanada de finales de los sesenta. Hallándose en esa confusa linde, se oscureció el cielo y se levantó un viento que, por encima de la superficie de tierra abrasada, sopló el polvo formando, primero remolinos, y luego inesperadas telas de araña que fueron componiendo un tenaz y obsesivo poema geométrico en su mente. Recuerda que aquel día aún era muy joven y todavía no había editado ni un libro ni sabía qué haría en la vida. Le habría sorprendido mucho saber que cuarenta años después desearía volver a estar en la situación de aquel día, es decir, desearía volver a estar frente al bosque arrasado por la noche huracanada y sin haber hecho nada todavía en la vida.

Apaciguado el huracán surgido de su memoria, regresa Riba a la noche dublinesa, que ahora, comparada con su recuerdo, le parece una noche templada. Está en la puerta del pub, ha salido a tomar el fresco.

Ahora éste es mi país, vuelve a pensar.

Al abrirse la puerta del local, llega a sus oídos *Walk on the wild side*, la canción que siempre le evoca Nueva York. Sus amigos están ya saliendo del pub y parece que trasladan su jarana a la calle. Pronto notan todos que ha bajado la temperatura y que será cuestión de buscar taxis y regresar al centro. La niebla oculta ya las verjas del cementerio, del que aún salen visitantes.

La mirada de Riba revolotea entre los *presentes* y se detiene en un grupo que no es del pub sino del camposanto. Cerca de esa gente, como surgiendo de la nada, aparece un tipo alto y desgarbado, solitario. No va con nadie. ¿De dónde diablos ha salido? Es el mismo tipo que vio esta mañana en la Meeting House. Se parece a Samuel Beckett cuando era joven. Gafas redondas de concha. Cara huesuda y enjuta. Ojos de águila, de pájaro que vuela alto, que lo ve todo, incluso de noche. Se cubre con una desastrada gabardina beige y mira a Riba con atención intensa, como si estuviera sintiendo que vuela su espíritu, y también como si no quisiera contagiar cierta oscura infelicidad que se desprende de su cara de pájaro.

No se le ve dichoso, pero Riba prefiere pensar que el joven acaba de conocer la emoción que puede vivir cualquier mortal con pretensiones literarias cuando comprueba que el ejercicio de su arte le ha hecho sentir el aletazo de la genialidad. ¿Acaso no podría ser que el arte de ese joven consistiera en la íntima humildad de aprender a observar para luego tratar de narrar y descifrar? De ser esto cierto, no habría más misterio. Pero Riba duda de que las cosas sean así y por eso le pregunta, temeroso, a Ricardo si tiene idea de quién puede ser el larguirucho del *mackintosh*. Amalia detiene un taxi. Walter otea el nebuloso horizonte en busca de un segundo vehículo. Discuten educadamente Bev y Nietzky para ver quién se sube al vehículo que ha parado Amalia. Finalmente Nietzky pierde la batalla y se queda observando la salida del primer taxi con la misma resignación del que mira cómo un enterrador ayuda a poner las cuerdas a un ataúd para bajarlo a la fosa. Walter, que es quien mejor parece haber captado el rostro mortuorio de Nietzky, continúa buscando el segundo taxi.

Riba sigue con la mirada al desconocido del impermeable y al poco rato lo ve adentrarse lentamente en la niebla y poco después borrarse, desaparecer en ella. No vuelve a verle. ¿Qué habrá sido del tipo que se ha tragado la bruma? Drácula también desaparecía así. Es más, también Drácula tenía la facultad de convertirse en niebla. ¿Sólo ha sido él quien lo ha visto? Vuelve a preguntarle a Ricardo si ha registrado la presencia de un joven con un impermeable que también estaba esa mañana en la Meeting House. «¿Qué enigma autoenmarañado, aprehendiéndolo voluntariamente, no comprendió Bloom (mientras se desvestía y reunía sus ropas)?» Qué facilidad, por cierto, para volatilizarse, cual Drácula en la niebla. En este mismo camposanto, en otros días, Bloom llegó a ver a su creador.

Si tengo un autor, es posible que tenga ese rostro, piensa.

—No, si ya se sabe —dice Ricardo—. Siempre aparece alguien que no te esperas para nada.

JULIO

La luna brilla, no teniendo otra alternativa, sobre lo nada nuevo.

Llueve. Es medianoche. La sensación de que cuanto más rato lleve sentado en su mecedora, más irá tomando el balancín la forma de su cuerpo. Grandísima resaca. Temor desaforado a que los riñones estallen y muera aquí, ahora mismo. Sudor frío. Miedo a que, mañana a primera hora, Celia lo abandone. Miedo al miedo. Sudor aún más frío. Las doce en punto en el reloj de la angustia.

Día: Medianoche del domingo 20 de julio.

Lugar: Un quinto piso en un inmueble de la zona norte de Dublín.

Atmósfera: De insatisfacción. Se odia a sí mismo por su error de ayer, pero también por haber sido tan torpe y no haber sabido encontrar a un escritor capaz realmente de soñar a pesar del mundo; de estructurar el mundo *de manera diferente*. Un gran escritor anarquista y arquitecto al mismo tiempo. Le habría dado igual que estuviera muerto. Un tipo genial de verdad, uno solo habría sido suficiente. Alguien capaz de socavar y reconstruir el paisaje banal de la realidad. Alguien. Vivo o muerto... Sudor aún más frío.

Estado físico: Glacial. Un gran dolor de cabeza. Una sensación de para qué.

Detalles: Una maleta y una bolsa de viaje en el recibidor —no en el rellano, porque aquí los vecinos no son de fiar—, indican que Celia, que ahora duerme, está muy enojada por lo de ayer y también por lo de hoy; ha querido darle una última oportunidad esta tarde cuando ha vuelto de su larga reunión budista, pero él se ha mostrado tan comatoso y estúpido que ha sido entonces cuando seguramente Celia ha decidido largarse mañana.

Acción: Mental, sin paliativos. Por una evidente deformación profesional —lectura de demasiados manuscritos y, encima, de ninguna obra maestra— lee los hechos de su vida cada vez más literariamente. Riba está ahora en su mecedora y, después de haber dormido la resaca a lo largo de todo el día y de haberse bebido hace un rato dos *bloody marys* tratando de superarla, está intentando reconstruir lo que sucedió en la terrorífica noche de ayer. Lo hace con pánico tanto a acordarse demasiado bien de lo que ocurrió como a morirse nada más recordarlo. El remordimiento por haber vuelto a la bebida le hace plantearse si no será mejor darle esquinazo al desagradable, aunque también emotivo recuerdo de los sucesos de anoche y refugiarse en la lectura del libro que tiene más a mano y que es un viejo ejemplar de las lecciones de literatura que impartió Vladimir Nabokov en Cornell. Espera que, leyendo esas sabias lecciones, acabará volviendo a coger el sueño, que ahora no tiene, porque ha dormido todo el día. No quiere caer en la hipnosis peligrosa del ordenador, sentarse frente a él y que Celia despierte y le encuentre de nuevo en plan *hikikomori*, que es lo que, con razón o sin ella, ya menos soporta de él.

Después de veintiséis meses de abstinencia, se había olvidado por completo de lo mal que llega uno a pasarlo cuando tiene resaca. Qué espanto. Ahora parece que va remitiendo ligeramente el dolor de cabeza. Pero un incontrolado zumbido y el remordimiento lo están taladrando. El zumbido —probable pariente muy próximo de su antiguo *mal de autor*— es desconcertante, porque le trae absurda y obsesivamente el recuerdo de la lista de los regalos de su boda con Celia, hace ya tantos años: aquel miserable y desalentador surtido de lámparas, jarrones y vajillas. Es extraño todo. Si no hace algo, irá tomando el balancín la forma de su cuerpo.

Más detalles: La mecedora es de teca sin barnizar, garantizada contra grietas, putrefacciones y crujidos nocturnos. El cielo que vislumbra entre las cortinas es extrañamente anaranjado, con tintes violetas. La lluvia empieza a ser más violenta y ahora azota en los cristales. Desde que llegó a esta casa, le obsesiona la reproducción de *Stairway*, un pequeño cuadro de Edward Hopper que el dueño de la vivienda colocó junto a la ventana. Es una pintura en la que el espectador mira escaleras abajo hacia una puerta que se abre a una oscura, impenetrable masa de árboles o montañas. Siente que todo aquello a lo que la geometría de la casa le dispone le es finalmente denegado. La puerta abierta no es un cándido pasaje entre el interior y el exterior, sino una invitación paradójicamente preparada para que se quede donde está.

—Sal —dice la casa.

—¿Adónde? —pregunta el paisaje exterior.

Esta sensación, una vez más, le está desquiciando, descentrando, poniéndole muy nervioso. Decide pedirle una discreta ayuda al libro de Nabokov que tiene al lado. Y luego, por unos instantes, vuelve a fijarse en la gran luna y en todo lo que puede encontrarse uno ahí afuera. La resaca, la abundante lluvia, *Stairway* y ese cielo tan atroz le tienen atado a una pavorosa angustia. Pero también directamente al juego. Por un momento, angustia y juego se enlazan perfectamente, como tantas veces en su vida. Tiene frío en los pies y eso podría estar relacionado tanto con la resaca como con el juego y la angustia y la escalera que parece descender hacia el interior de su propio cerebro.

—Sal —dice la casa.

Tapa los dramáticos pies con una manta a cuadros, una manta bastante ridícula, y juega a escribir mentalmente una frase, la escribe en su cabeza —tiene esa sensación rara y lujuriosa de escribirla en su cerebro— cinco veces seguidas:

Es medianoche y la lluvia azota en los cristales.

Es medianoche y la lluvia...

Después, inicia otros juegos.

El siguiente es aún más simple. Consiste en pasar revista a todos los autores que publicó y estudiar por qué no hubo ni uno solo que entregara alguna vez a sus lectores una verdadera, una auténtica obra maestra. Examinar también por qué ninguno de ellos, a pesar de que pudo apreciar algunas exhibiciones de talento casi sobrenatural, fue anarquista y al mismo tiempo arquitecto.

Aquí hace una pausa y recuerda que en una de las cartas que de vez en cuando, desde el Chateau Hotel de Tongariro, le escribe Gauger, éste atribuía la ausencia de genialidad de todos los escritores que publicaron al profundo desaliento que recorre nuestra época, a la ausencia de Dios y, en definitiva —decía—, a la muerte del autor, «aquello que ya anunciaran en su momento Deleuze y Barthes».

Nota al margen: La correspondencia con ese hotel de Tongariro inquieta muy especialmente desde hace tiempo a Riba, que no comprende por qué su antiguo secretario le sigue escribiendo, salvo que sea para mantener las apariencias y para que así no recaigan aún más sobre él las sospechas de que sustrajo una notable suma de dinero del fondo de la editorial.

Otros detalles: De este juego de pasar revista a los autores y estudiar por qué ni uno entregó jamás una auténtica obra maestra, se deriva otro aún más perverso, que consiste en hacerse la dolorosa pregunta de si el autor genial tan buscado no ha sido siempre en realidad él mismo, y también si no se hizo editor para tener que buscar exclusivamente ese talento máximo en los otros y así poder olvidarse del dramático caso de su personalidad, tan negada para la escritura, y ya no digamos para la genialidad. Es muy posible que se convirtiera en editor para escurrir el bulto y poder volcar la decepción en los demás y no exclusivamente en sí mismo.

Inmediatamente siente que tiene que contradecirse y recordar que también se hizo editor porque ha sido siempre un apasionado lector. Descubrió la literatura leyendo a Marcel Schwob, Raymond Queneau, Stendhal y Gustave Flaubert. Se convirtió en editor después de un largo periodo de tiempo —un periodo *negro* lo considera hoy— en el que traicionó a sus primeros amores literarios y se puso sólo a leer novelas en las que los protagonistas ganaran más de cien mil dólares anuales.

Un comentario: Se sabe que cuando alguien ve brillar el oro incluso en los libros, está dando un salto cualitativo en su vocación de editor. Y algo de eso podría aplicarse a Riba, sólo que previamente él fue un lector de buenas novelas y, además, un lector entregado, de modo que no entró en el negocio únicamente para ganar mucho dinero, es decir, para lo que vulgarmente se llama *forrarse.* ¡Ah, forrarse! Qué expresión más extraña. ¿Tendrá su equivalente en inglés? De hecho, se dio cuenta muy pronto de que se arruinaría y aun así no quiso dejarlo, y el milagro fue que resistiera más de treinta años en la profesión.

Mantuvo siempre buenas relaciones con editores literarios del extranjero, a los que solía ver en la feria de Frankfurt y con los que intercambiaba información y libros. Con los editores de su país, en cambio, no ha congeniado nunca demasiado. Le han parecido siempre fatuos y menos conocedores de la literatura de lo que aparentan: más *superstars* y egocéntricos que aquellos de sus autores a los que les cargan el sambenito de serególatras hasta extremos delirantes. Curiosamente, sus amigos en España han sido más bien escritores, y la gran mayoría más jóvenes que él.

En el fondo, aun no habiendo tropezado nunca con un verdadero gran genio, siempre respetó a la gran mayoría de sus autores, sobre todo a aquellos que entendían la literatura como una fuerza en línea directa con el subconsciente. A Riba siempre le ha parecido que los libros que uno ama apasionadamente producen la sensación, cuando los abres por primera vez, de que siempre estuvieron ahí: aparecen en ellos lugares en los que no has estado, cosas que uno antes nunca ha visto ni oído, pero el acople de la memoria personal con esos lugares o cosas es tan rotundo que de algún modo acabas pensando que has estado allí.

Hoy da ya por hecho que Dublín y el mar de Irlanda estaban desde siempre en su paisaje cerebral, formaban parte de su pasado. Si algún día, ahora que se ha retirado, va a vivir a Nueva York, le gustaría empezar una nueva vida y sentirse un hijo o nieto de irlandés que emigró a esa ciudad. Le gustaría que le llamaran Brendan, por ejemplo, y que el recuerdo de la labor que él llevó a cabo como editor se olvidara fácilmente en su tierra natal, se olvidara con la habitual nocturnidad y alevosía de la que saben hacer gala sus mezquinos e indolentes paisanos.

¿Podría, de así desearlo, volver a la noche que bailó hasta el amanecer aquel foxtrot, volver al día de su boda, volver a ser el brillante y despiadado editor que, en la cumbre de su éxito —no duró mucho— hacía declaraciones corrosivas y mostraba el camino ideal de la literatura? ¿O va a quedarse ya para siempre mirando, como un idiota, el flujo de la luz eléctrica y pensando en si se toma un tercer *bloody mary* y así logra independizarse de la mecedora? ¿O va a quedarse ya para siempre sin capacidad siquiera para andar con normalidad por la casa? Nuevo zumbido. Vuelve el desalentador y realmente obsesivo ajuar, la lista aquella de la boda: lámparas, jarrones y vajillas de antaño. Un ajuar de autor, piensa.

La lluvia es cada vez más fuerte y es ya muy persistente para ser veraniega. Desde ayer, el aguacero viene interrumpiendo el habitual buen tiempo de esta época en Irlanda. Hacía semanas que no llovía en Dublín. Está en la segunda semana de unas vacaciones de veinte días con Celia en un apartamento al norte de la ciudad, en la zona que se encuentra al otro lado del Royal Canal, no muy lejos del cementerio de Glasnevin, al que lleva días queriendo regresar, tal vez para ver si vuelve a vislumbrar al fantasma que en aquella tarde del 16 de junio se desvaneció ante sus propios ojos frente al pub Los Enterradores; aquel fantasma, pariente de Drácula, que disponía de grandes recursos para convertirse en niebla.

En los primeros días aquí en la isla, Celia y él se instalaron en la calle Strand de la población costera de Skerries, un lugar agradable con gran variedad de mar y costa y un puerto alargado y curvo lleno de tiendas y pubs. Pero Celia se sintió demasiado desconectada de su *contacto budista* en Dublín —tiene desde que llegó largas reuniones todas las tardes con una sociedad o club religioso— y fueron a parar a la bella población de Bray, cerca de Dalkey, donde también se encontraron incómodos y finalmente han acabado en este apartamento de un inmueble cercano al Royal Canal.

Lo que tiene ahora a Riba entretenido es evitar que le vuelva el recuerdo demasiado detallado de lo que ayer pasó, pues teme recordar los horrores de ayer. Así que vuelve a mirar hacia el libro de lecciones de Nabokov, como si éste pudiera ser su tabla de salvación. Y decide finalmente entrar de lleno, al azar, en el comentario nabokoviano de un capítulo —el primero de la segunda parte— del siempre difícil *Ulysses* de Joyce:

> Segunda Parte, Capítulo I
> *Estilo*: El Joyce lógico y lúcido.
> *Hora*: Las ocho de la mañana, sincronizada con la mañana de Stephen.
> *Lugar:* Calle Eccles 7, donde viven los Bloom, al noroeste de la ciudad.
> *Personajes*: Bloom, su mujer, personajes secundarios, el salchichero Dlugacz, que es de origen húngaro como Bloom, y la criada de la familia Woods, que vive en el portal contiguo, en Eccles 8...
> *Acción:* Bloom está abajo en la cocina, prepara el desayuno con su mujer, y habla encantadoramente con la gata...

Riba acaba cerrando el libro de lecciones, porque el tema de *Ulysses* le suena ya a anticuado, como si el resultado del funeral del 16 de junio en Dublín hubiera sido tan efectivo que realmente hubiera clausurado toda una época y ahora sólo viviera a ras de suelo o a ras de mecedora, como si fuera un vagabundo beckettiano, y también como si ya se resignara a lo inevitable y prefiriera quedar a merced de la memoria de su trágico regreso de anoche al alcohol.

Por fortuna, esta lluvia de hoy no es el diluvio terrible de Londres, no es el mismo temporal apocalíptico de cuando estuvo allí con sus padres, hace quince días, aquella lluvia salvaje. No volverá jamás a esa ciudad. En el fondo, el viaje fue una concesión a sus ancianos padres en un intento de limpiar su culpa por no haber estado en Barcelona con ellos en su 61 aniversario. Y también un modo de ahorrarse, aunque fuera sólo por una vez, el odioso trance de tener que contarles la visita a una ciudad extranjera.

—Así que has estado en Londres.

Le daba mucha pereza, al regresar, tener que contestarle esa pregunta a su madre y tener que ponerse a contar cosas de aquella ciudad, de modo que decidió llevárselos a los dos, padre y madre, a Londres.

Fue complicado —piensa ahora casi inmóvil en su mecedora— ese viaje a Londres, porque sus padres llevaban años sin moverse de la calle Aribau. Pero si de algo sirvió la excursión fue para confirmar que ellos tienen en todas partes una comunicación fluida con el más allá. En Londres, a veces, se creaban hasta tumultos alrededor de sus padres: aglomeraciones que ellos simulaban ignorar, quizá porque desde tiempo ya inmemorial supieron siempre llevar con plena naturalidad el peso de tantos antepasados.

Tal vez es que se ha vuelto muy irlandés. Lo cierto es que no se encontró cómodo en Londres. No le gustaron muchas cosas, pero tiene que reconocer que le encantaron, eso sí, los autobuses de dos pisos y tres elegantes y solitarias tumbonas de rayas verdes y blancas que fotografió en Hyde Park. Lamentó que su amiga Dominique no estuviera porque le habría gustado ver en su compañía la *instalación* en la Tate, pero ella había tenido que salir con cierta urgencia hacia Brasil, donde pasa una buena parte del año. Le disgustaron muchas cosas de Londres, pero le divirtieron otras. Lo más curioso llegó cuando vio a sus padres extrañamente atareados en el centro mismo de la calle que retrata Hammershøi en *The British Museum*. Riba no había sabido encontrar esa calle en su anterior viaje, pero de pronto descubrió que sí que existía y se llamaba Montague Street y estaba tan a la vista del paseante que Celia la había localizado en cuanto se aproximaron al Museo Británico con la fotocopia del cuadro que Riba había llevado expresamente a Londres: una fotocopia guardada y bien arrugada en un bolsillo de su pantalón. Allí precisamente, en Montague Street, fue donde se creó el mayor tumulto fantasmal en torno a sus padres, que parecían conocer a todo el mundo y llevar la vida entera viviendo en aquel barrio de la ciudad.

Riba pensó que, si él hubiera sido poeta o novelista, habría explotado la gran mina de oro narrativa que tenía a su disposición en las animadas tertulias fantasmales de sus padres: tertulias que no se reducían, como había pensado siempre, al ámbito cerrado del piso de la calle Aribau, sino también —ahora podía comprobarlo perfectamente— al mundo, a plena luz del día, del bullicio callejero de cualquier suburbio del universo, incluido Londres.

No le gustó esa ciudad, pero paseó con interés, largo rato, por el desabrido y laberíntico East End, el centro de la gris vida de Spider. Y se sintió fascinado por las grandes y algo vetustas estaciones ferroviarias, Waterloo muy especialmente. Se extasió unos momentos, en Bloomsbury, ante el edificio de la enigmática Swedenborg Society y rememoró la extraordinaria revelación que le llegó al pensador sueco, un día de pie en el balcón de la segunda planta de aquella casa: si mal no recordaba, la revelación decía que, cuando un hombre muere, no se da cuenta de que ha muerto, ya que todo lo que le rodea sigue igual, pues se encuentra en su casa, le visitan sus amigos, recorre las calles de su ciudad; no piensa que ha muerto, hasta que empieza a notar que en el otro mundo todo es como en éste, sólo que con unas dimensiones ligeramente más amplias.

Fueron unos buenos momentos los que pasó allí frente a la Swedenborg Society, pero en general no le gustó Londres, aunque no paró de hacer cosas por toda la ciudad. Con paciencia, Celia y sus padres le acompañaron en su caprichoso rastreo por Chelsea de las dos casas en las que viviera en los años treinta el joven Beckett. Una situada en el 48 de Paulton Square, una bellísima plaza cerca de Kings Road. Y la otra en el 34 de Gertrude Street, donde el escritor vivió como realquilado de la familia Frost y salía de allí todos los días para ir a las sesiones de psicoanálisis que pagaba su madre desde Dublín y que poco a poco fueron creando en él una atmósfera propicia para odiar aquella ciudad, aunque no a escritores como Samuel Johnson, sobre el que quería escribir una pieza de teatro. «No sabes cómo detesto

Londres», acabó diciéndole Beckett en una carta a su amigo McGreevy, personaje clave en su vida porque fue quien le puso en contacto con James Joyce. Aquella carta, en la que explicaba con todo detalle lo mucho que detestaba Londres, no fue para el joven Beckett más que el preámbulo de su decisión, al día siguiente, de hacer la maleta y regresar a Dublín, donde le esperaba de nuevo el martirio de la difícil relación con su madre.

Hubo una gran fotografía para el recuerdo en el 34 de Gertrude Street. Gran sonrisa repentinamente juvenil de Riba mirando hacia la cámara con la que le retrató Celia. Momento glorioso. Se sentía feliz y casi hasta orgulloso de haber sabido encontrar con tanta facilidad las dos viviendas del joven Beckett.

—¡Y eso que no sé una palabra de inglés! —repetía feliz, olvidándose del detalle nada menor de que Celia, que hablaba ese idioma sin problemas, se lo había facilitado todo.

Aquella foto en el 34 de Gertrude Street quedó como uno de los momentos clave del viaje y también como uno de los escasos instantes memorables. Porque, por lo demás, Londres le puso de muy mal humor. No le divirtió casi nada lo que vio o creyó ver en la ciudad. Descubrió que seguirían fascinándole, por mucho tiempo, y siempre muy por encima de todo, Nueva York y este bravo mar de Irlanda que tiene ahora tan cerca de su casa y que la lluvia castiga esta noche con un despiadado encono.

Ahora, mientras va muy pero que muy lentamente dejando atrás su resaca, se reafirma en su ya vieja idea de que quien ha visto Nueva York y este agitado mar irlandés tiene forzosamente que mirar con sentimiento de superioridad y estupor a Londres y acabar viéndola como Brendan Behan aquel día en que, al compararla con lugares mucho mejores, la vio como una gran tarta aplastada de suburbios de ladrillo rojo, con una pasa en medio que sería el West End.

Se ha vuelto como esos irlandeses que tanto se divierten lanzando constantes e ingeniosas pullas a los ingleses. Intuye que se olvidará pronto de Londres, pero nunca de la brillante *instalación* de Dominique, que visitó con sus padres y con Celia, en la Tate Modern. Fue una experiencia en los límites de la razón, porque sus padres quisieron ser muy literales y vieron, con el natural asombro, el fin del mundo, lo que les dejó largo rato impresionados y mudos.

Llovía con especial fuerza y crueldad fuera de la *instalación*, al tiempo que dentro de ella unos altavoces se encargaban de reproducir artificialmente el sonido de la lluvia. Y cuando iban ya a marcharse de aquel lugar de amparo para supervivientes de la catástrofe, descansaron un rato en las literas metálicas que acogían, día y noche, a refugiados del diluvio de 2058, ese año en el que sin duda toda la gente que Riba amó, toda sin excepción, estará muerta

Ese año todos sus seres queridos estarán durmiendo ya para siempre, dormirán en el espacio infinito de la dimensión desconocida, convertido ese gran espacio en una representación última de la lluvia azotando en los cristales de las ventanas más altas del universo. No hay duda alguna. En 2058 todos sus seres amados serán como aquellas ventanas altas de las que hablaba el poeta Larkin: ventanas donde cabía el sol y en las que, más allá de ellas, el hondo aire azul descubría que no era de ninguna parte y era interminable.

La alta fantasía es un lugar en el que siempre llueve, aprovechó para recordar allí en Londres, en medio de aquella atmósfera general de gran catástrofe y de diluvio universal. Se veían por todas partes, en la instalación de Dominique, réplicas humanas de Spider y abundantes muestras de fantasmas ambulantes y otros hombres durmientes. Su madre pidió una tila en el bar mirador de la última planta de la Tate, mientras su padre no paraba de mostrarse sorprendido.

—¿Os habéis dado cuenta de lo que hemos visto? ¡Estamos en pleno fin del mundo! —repetía entre alegre y muy compungido mientras contemplaba la gran vista de Londres bajo la espectacular y destructora lluvia.

Entonces, con un gran sentido del humor involuntario, su madre, tras recuperarse con el té que le sirvieron en lugar de la tila, le dijo a su marido con un rictus de súbita preocupación:

—Deja de reírte, Sam, y date cuenta, de una vez por todas, de lo que pasa. En las últimas semanas llueve siempre. No puede ser verdad que llueva tanto. En Barcelona, en Londres, todo el tiempo. Yo creo que hasta en el Más Allá siempre llueve.

Y luego, como si hubiera llegado a la conclusión más importante o quizá tan sólo la más obvia de su vida, añadió:

—Sospecho que estamos muertos.

Hace días que terminó de leer la biografía que sobre Beckett escribió James Knowlson. Nada más acabarla, se dedicó a releer *Murphy*, libro en el que siendo muy joven se adentró con entusiasmo, como si hubiera encontrado la piedra filosofal, aunque a veces también con estupor incontenible. El libro le dejó una huella suficiente como para que, por ejemplo, nunca más haya podido ver una mecedora sin relacionarla con el desolado y desquiciado Murphy. Del libro le fascinaba sobre todo aquella historia central en la que parecía que no pasaba nada, pero en realidad ocurrían muchas cosas, porque en el fondo aquella historia estaba llena de brutales microacontecimientos, del mismo modo que, aunque a veces no nos demos cuenta, también suceden muchas cosas en nuestra aparentemente lánguida vida cotidiana; una vida que parece plana, pero que de pronto se nos aparece cargada de grandes asuntos minúsculos y también de leves malestares graves.

Juega Riba a mover la mecedora de tal forma que la luna se mueva con ella. Es un gesto de profundo desesperado. Como si buscara congraciarse con la luna, ya que no va a conseguir el perdón de Celia. El gesto, en todo caso, es inútil, porque la luna ni se inmuta. Entonces comienza a pensar en los escritores de primeros libros, en los llamados principiantes, y medita acerca de las pocas veces que para su primera novela escogen los jóvenes novelistas que son ambiciosos el material que tienen más a mano; es como si los escritores en ciernes de mayor talento se sintieran empujados a ganar su experiencia del modo más arduo.

Sólo eso explicaría, piensa ahora Riba, que el principiante, ese fantasma que sospecha que le acecha, haya ido a fijarse en alguien como él, a quien no cree que tenga precisamente demasiado a mano. Ya son ganas de complicarse la vida. Porque, ¿cómo lo hará el pobre debutante para narrar desde fuera lo que seguramente apenas conoce?

Riba ha leído en su vida lo suficiente como para saber que cuando tratamos de comprender la vida mental de otro hombre nos damos cuenta muy pronto de cuán incomprensibles, cambiantes y brumosos son los seres que comparten con nosotros el mundo. Es como si la soledad fuera una condición absoluta e insuperable de la existencia.

Qué arduo puede acabar resultándole al principiante hablar de los grandes asuntos minúsculos, o de los leves malestares graves: todas esas cuestiones que en realidad sólo el propio Riba sabría explicar y hasta matizar con gran hondura porque, como es lógico, sólo él verdaderamente las conoce a fondo: en realidad sólo él las conoce.

Nadie más, sólo él, sabe que, por un lado están, es cierto, esos leves malestares graves, con su sonido monótono, parecido al de la lluvia, ocupando el lado más amargo de sus días. Y por el otro, los grandes asuntos minúsculos: su paseo privado, por ejemplo, a lo largo del puente que enlaza el mundo casi excesivo de Joyce con el más lacónico de Beckett y que a fin de cuentas es el trayecto principal —tan brillante como depresivo— de la gran literatura de las últimas décadas: el que va de la riqueza de un irlandés a la deliberada penuria del otro; de Gutenberg a *google*; de la existencia de lo sagrado (Joyce) a la era sombría de la desaparición de Dios (Beckett).

Según como se mire, piensa Riba, su propia vida cotidiana de las últimas semanas va pareciendo un reflejo de esa historia de esplendor y decadencia y de súbito quiebro y descenso hacia el muelle opuesto al del esplendor de un tiempo literario ya insuperable. Es como si su biografía de las últimas semanas corriera paralela a la historia de estos últimos años de la literatura: una historia que conoció los grandes años de la existencia de

Dios, y después su asesinato y muerte. Es como si, después de la atalaya del divino Joyce, hubiera la literatura descubierto, con Beckett, que el único camino que quedaba era una senda criminal, es decir, la muerte de lo sagrado y quedarse a vivir a ras de suelo o mecedora.

Y también como si, al igual que en aquella canción de Coldplay, después de haber gobernado el mundo y haberse sentido en las alturas, ahora sólo supiera dedicarse la literatura a barrer las calles que un día fueron suyas.

Qué difícil y qué complicado todo para el pobre principiante, piensa. No le envidia nada al joven autor tener que hacerse cargo de todo este embrollo. Es medianoche y la lluvia continúa azotando en los cristales, y la luna sigue a su aire. La resaca va disminuyendo, pero no demasiado. Lo peor es que siguen habiendo puntos oscuros en su memoria de anoche. Y Celia, que podría ayudarle, duerme, y seguramente tiene decidido marcharse mañana.

Algo en todo caso es completamente seguro que sucedió ayer: parte de la premonición del sueño de Dublín se cumplió y él volvió trágicamente a la bebida y Celia acabó abrazándole a altas horas de la madrugada, a la salida del McPherson, el pub de la esquina. Los dos cayeron y rodaron por el suelo, bajo la lluvia, conmovidos y aterrados al mismo tiempo por la desdicha que había caído inopinadamente sobre ellos. Pero también sorprendidos; sobre todo él, que volvió a conocer la misma emoción fuerte que había conocido en el hospital cuando tuvo aquel sueño premonitorio.

Nada más recordar la escena final de la tragedia de ayer, trata de que la mecedora quede por un momento más inmóvil que todo lo demás que la rodea. Es como si quisiera detener el tiempo y buscara volver atrás para intentar rectificar y hasta tratar de impedir lo que anoche sucedió. Con esos intentos de detenerlo todo, se va creando un silencio profundo, e incluso parece que la luz haya descendido en potencia y sea más bien ahora de un color muy semejante al del plomo. Es raro, porque hasta ahora se oían ruidos de los vecinos. Inmovilidad del mundo por unas décimas de segundo. Centelleo fulgurante de algunas escenas de anoche en el pub. Espanto. Consternación. Cuantas más cosas va recordando, más aumenta la sensación de angustia y también la constatación de una imposibilidad: no puede volver atrás sin caer en una gran atrición, ese sentimiento que siempre le ha horrorizado. ¿Significa algo esa imposibilidad, ese silencio, esa atrición, ese dolor, esa inmovilidad que, por otra parte, apenas han llegado a ser del todo? Afuera, el cielo nocturno continúa extrañamente anaranjado. No puede Riba sentirse más a ras de suelo. Qué grandes eran los fastos de Joyce. Sólo la mecedora le da la oportunidad de estar más alto que el suelo. Se acuerda de pronto de *Fin de partida*, de Beckett: «¿Significar? ¡Significar nosotros! ¡Ésta sí que es buena!»

¿Así que puede que tampoco signifique nada lo que le ocurrió con la doctora Bruc en Barcelona antes de viajar por segunda vez a Dublín? Después de haberle informado del resultado de la analítica, la doctora le propuso que se presentara como voluntario en un estudio de investigación clínica, cuyo objetivo principal sería investigar «el papel del paricalcitol en la prevención de la morbilidad cardiovascular» en pacientes con enfermedad renal crónica como él.

—Diría —le interrumpió Riba—, que me está usted preguntando en realidad si quiero ser su conejillo de Indias.

Ella sonrió, evitó contestarle directamente y se limitó a explicarle que el paricalcitol era una forma metabólica activa de la vitamina D, que se utiliza para la prevención y tratamiento del hiperparatiroidismo secundario asociado con una enfermedad renal crónica. Se trataría de colaborar en un estudio, dirigido desde un laboratorio de Massachusetts, acerca de la clase de cambios de la expresión genética que se producen cuando ciertos pacientes son tratados con paricalcitol.

Riba insistió y le volvió a preguntar por qué había pensado en él como cobaya y le explicó, a modo de revelación amistosa de un secreto, que hacía semanas que se sentía observado, no sabía por quién. Era, le dijo, como si se hubiera convertido en el conejillo de Indias de alguien y por eso, de golpe, su propuesta médica había venido a encender aún más todas sus alarmas. No sabía cómo decirlo, pero le parecía que de la noche a la mañana la gente pensaba en él para toda clase de experimentos.

—¿No creerás que te ven como un ratón? —dijo la doctora.

—¿Un ratón?

La doctora se dio cuenta de lo susceptible que estaba, pero aun así le puso delante una hoja informativa y un contrato o *Consentimiento avisado para la investigación farmacogenética asociada (ADN&ARN)* para que lo estudiara en casa o en su viaje a Dublín, por si se decidía a la vuelta a ofrecerse voluntario para ayudar a los avances de la ciencia.

Ahora en la medianoche, en esta casa de Dublín, vuelve a mirar los papeles que su amiga doctora le dio en Barcelona. Los relee con tanta atención y angustia que la *Hoja informativa* acaba produciéndole un pánico metafísico y brutal, tal vez porque le conecta con esa realidad de la que a veces parece olvidarse, pero que está al fondo de todo: sus riñones padecen una enfermedad crónica y, aunque de momento la situación clínica es estable, pueden ir apareciendo los problemas cardiovasculares con el paso de los días. En definitiva: que la muerte se perfila en el horizonte, en ese horizonte que empieza y acaba en su mecedora.

Pero tal vez, se dice ahora Riba, el mayor problema de todos no sea tanto estar a las puertas de la muerte, o estar muerto sin saberlo —tal como intuyó su madre en Londres viendo que la lluvia no se separaba de ellos—, sino la turbadora sensación de no haber todavía realmente nacido.

«Nacer, ésta es ahora mi idea», confesaba Malone, un personaje de Beckett. Y más adelante: «Nazco en la muerte, si me atrevo a contarlo.»

La idea, ahora que lo recuerda, también estaba en Artaud: esa sensación de un cuerpo *poseído* que lucha trabajosamente por rescatar el *cuerpo propio*.

Pero, ¿y si ya fue ayer precisamente cuando, a la salida del McPherson, nació en la muerte? En el sueño premonitorio de Dublín que tuvo en el hospital cuando estaba grave, la sensación de nacer en la muerte fue nítida y se encontraba en pleno centro de la escena en la que Celia y él —que a su vez parecían estar en el centro del mundo— se abrazaban bajo la lluvia, a la salida de un misterioso pub.

Y ayer, en la vida real, volvió a sentir algo parecido. Dentro de la desgracia, había una emoción enigmática en la escena del abrazo. Una emoción que surgía de nacer en la muerte o de sentirse vivo por primera vez en la vida. Porque fue aquél, a pesar de la tragedia brutal, un gran momento. Un momento, por fin, en el centro del mundo. Como si a las ciudades de Dublín y Nueva York las uniera una misma corriente, y ésta no fuera otra que la corriente misma de la vida, circulando por un corredor imaginario, cuyas distintas estaciones o paradas habrían sido decoradas siempre con la misma réplica de una estatua que sería el homenaje a un gesto, a un tipo de salto secreto, a un movimiento casi clandestino pero existente, perfectamente real y cierto: el salto inglés.

Teme que sus movimientos y ruidos en la cocina despierten a Celia, pero oye cómo arrastran unas sillas en el piso de arriba —donde siempre acaban de cenar muy tarde— y comprende que antes la despertarán los vecinos que él. Decide no tomar el café y luego inicia una protesta muda y autista contra los ruidosos vecinos de arriba y orina en el fregadero con una sensación maravillosa de eternidad.

Alguien llama al interfono.

Debido a la hora, le sorprende el sonido tan seco pero estridente del timbre. Se dirige al recibidor y allí descuelga, temeroso, el auricular del interfono y pregunta quién es. Larga pausa. Y, de pronto, alguien que dice:

—Malachy Moore *est mort*.

Queda petrificado. Moore y *mort* suenan parecido, aunque pertenezcan a dos lenguas distintas. Piensa en una trivialidad como ésta así para no dejarse apresar plenamente por el miedo.

Ahora recuerda. Es terrible y pesa en su alma. Estuvo mucho rato ayer en el McPherson hablando de Malachy Moore.

—¿Quién está ahí? —pregunta por el interfono.

Nadie contesta.

Se asoma a la terraza y, al igual que ayer, no hay nadie abajo en la calle. Precisamente el gran embrollo de anoche empezó también de esta forma. Alguien llamó a esta misma hora al interfono. Se asomó y no había nadie. La historia se repite.

Quien acaba de decir que Malachy Moore ha muerto puede que sea la misma persona que ayer, en español y con acento catalán, llamó y explicó que estaban haciendo una encuesta nocturna y deseaba hacerle sólo una pregunta y, sin darle tiempo para reaccionar, le dijo:

—Sólo queríamos saber si usted sabe por qué Marcel Duchamp volvió del mar.

Pero no, no parece la misma persona de ayer. Tal vez es sólo una coincidencia que las dos llamadas se hayan producido con veinticuatro horas de diferencia. La persona de hoy ha hablado en francés, sin el menor acento catalán, y podría tratarse tanto de Verdier como de Fournier, uno de sus dos flamantes amigos de ayer en el bar. En cuanto a la llamada de interfono de ayer tuvo que ser perpetrada por un experto en *La excepción de mis padres*, el libro autobiográfico de su amigo Ricardo. Porque esa pregunta sobre Duchamp se encuentra camuflada en las páginas de ese libro.

Quien llamó ayer no puede ser el mismo que ha llamado hoy, hace un momento. El hombre del interfono de anoche era un lector de *La excepción de mis padres* y sólo podía ser ese amigo catalán de Walter que habían conocido dos días antes y al que le habían dado la dirección de la casa. El de ayer no podía ser nadie más, salvo que fuera —algo ciertamente improbable— el propio Walter con acento catalán. Lo raro fue que anoche, aunque sólo hubiera sido para reírse de su guiño, quien llamó no pasó luego a hacerse visible. A estas horas, sigue Riba sin saber por qué ese amigo de Walter, que se molestó en perpetrar la broma de medianoche, se borró a continuación de la escena. Y menos aún comprende por qué hoy quien ha llamado se ha esfumado también a continuación. En esto sí que se parecen los dos.

Vuelve al interfono y vuelve a exigir a quien esté abajo que se identifique.

Silencio. Al igual que en la medianoche de ayer, sólo hay quietud, quietud incluso bajo la infernal luz de plomo del recibidor que acoge dos tristes sillas y una bombilla que cuelga del techo, así como esa maleta y la bolsa de viaje con las que Celia amenaza marcharse mañana.

En la medianoche de ayer, al no ver a nadie, pensó que el amigo de Walter se había refugiado en el McPherson. De ese malentendido nació precisamente todo. El McPherson es un pub que regenta un marsellés y parte de su clientela es francesa. Celia y él habían estado un par de veces en la terraza de ese local. Siempre de día. Ayer acabó en él, creyendo que encontraría allí al amigo de Walter y le podría preguntar por qué le había gastado aquella broma a medianoche.

Aunque no quiere recordar —teme que le haga daño— con demasiada precisión, va recobrando la memoria de lo que pasó y recuerda de pronto cómo, justo a esta misma hora, después de la pregunta sobre Duchamp y tras ver que no había nadie abajo en la calle, le entró una gran zozobra y optó por ir a controlar cómo seguía Celia y así de algún modo sentirse apoyado por su compañía. La había dejado durmiendo y no sabía si la habría despertado el interfono, o bien seguía envuelta en su beatífica expresión de los últimos tiempos. La necesitaba para superar el desconcierto provocado por la llamada sobre el mar y sobre Marcel Duchamp. Así que fue al dormitorio y se llevó allí una cierta sorpresa. Se acuerda ahora muy bien, fue un momento angustioso. Le sorprendió la expresión de gran dureza de la cara dormida de Celia, tan rígida y paralizada y más propia de un alma fuera de la vida que de otra cosa. Se quedó literalmente aterrado. Ella dormía, o estaba muerta, o era una muerta aparente, o quizá estaba petrificada. Aunque todo indicaba que necesitaba a gritos volver a nacer, prefirió pensar que Celia estaba cerca de un espíritu divino, de algún dios suyo. Después de todo, pensó, la religión no sirve para nada, pero el sueño en cambio es muy religioso, siempre será más religioso que todas las religiones, quizá porque cuando se duerme se está más cerca de Dios...

Se quedó un rato allí en el dormitorio, oyendo todavía el eco de la pregunta sobre Marcel Duchamp y preguntándose si no había llegado la hora de superar el miedo y decidirse a enfilar —era una vieja metáfora suya, de uso estrictamente privado— la avenida metafísica de todos los muertos. En esa avenida general, pensó Riba, siempre me ha parecido que un solo difunto no es nada ni nadie y todo se relativiza y entonces es más fácil percibir que hay más de una cruz corva y más de una losa con espinas yermas a lo largo de este mundo tan ancho y tan grande, donde la lluvia cae siempre lenta sobre el universo de los muertos...

¡Ay! Se dio cuenta de que, aparte de cierta voluntad de ser absurdamente poético, no controlaba muy bien lo que pasaba por su mente, y se detuvo. El mundo ancho y grande, el universo de los muertos... Como si fuera una secuela lógica de lo intrincado que era todo lo que acababa de pensar y también como una consecuencia más que probable de su funeral en Dublín del mes pasado y de su fin del mundo en Londres y de las palabras enigmáticas en el interfono, Riba acabó evocando la escena de *Los muertos* de John Huston en la que el marido contemplaba en la escalera de la casa dublinesa a su mujer, rígida de golpe, pero inesperadamente hermosa y rejuvenecida —hermosa y joven a causa de la historia que acababa de recordar—, paralizada por la voz que cantaba en lo alto de la escalera aquella triste balada irlandesa, *The Lass of Aughrim*, que le traía siempre la memoria —que la embellecía de súbito— de un pretendiente que murió de frío y lluvia y de amor por ella.

Y no pudo evitarlo. Una vez más, ayer, esa secuencia de *Los muertos* la relacionó Riba con aquel joven de Cork que, dos años antes de que él la conociera, se enamoró de Celia y luego, por una serie de perversos malentendidos, acabó dejando España y regresando a su país, donde no tardó en matarse en el muelle más extremo del puerto de su ciudad natal.

Cork. Cuatro letras para un nombre fatal. Siempre relacionó esa ciudad con un jarrón de su casa de Barcelona. El jarrón siempre le ha parecido un estorbo sin que se haya decidido a eliminarlo a causa de la fuerte oposición de Celia. A veces, cuando estaba deprimido, le resultaba muy fácil deprimirse todavía más si miraba las fotos antiguas, y la cubertería. Los cuadros heredados de la abuela de Celia. Y ese jarrón. Por Dios, ese jarrón.

Jamás había podido Riba soportar bien esa historia siniestra del joven suicida. Si algún día tenía la ocurrencia de recordarle a Celia al pobre muchacho de Cork, ella reaccionaba siempre sonriendo feliz de golpe, como si aquel recuerdo la pusiera en el fondo contenta y la hiciera rejuvenecer.

Ayer, viéndola allí dormir tan rígida pero tan hermosa y con la duda de si estaba viva o petrificada, no pudo rechazar una perversa tentación del pensamiento y una pulsión de venganza y la imaginó en aquellos días de juventud más cerca de la prostituta del muelle del fin del mundo que de la serena budista de ahora. La imaginó así y luego le dijo mentalmente a su mujer dormida, le dijo con esa extraña suavidad de las palabras que se imaginan pero no se pronuncian:

Celia, amor mío, no puedes ni sospechar la lentitud con la que cae la nieve sobre el universo y sobre todos los vivos y sobre los muertos y sobre el imbécil del joven de Cork.

Eso le dijo mentalmente, aunque ella siguió inmersa en sus sueños indescifrables, iluminada tenuemente por la luz que llegaba del pasillo: el pelo revuelto, la boca entreabierta, la respiración profunda. La lluvia caía con delirante fuerza sobre los cristales. En el baño, un grifo de la bañera no estaba bien cerrado y goteaba, y Riba fue a cerrarlo. La iluminación descendió ligeramente y luego comenzó a temblar la luz, como si llegara el fin del mundo. Aunque la puerta de la casa estaba cerrada, parecía que sólo quedara esperar a que Duchamp volviera del mar, volviera de deshacerse del jarrón.

Será mejor que se haga a la idea de que Malachy Moore ha muerto. Prefiere pensar que las cosas son así a tener que especular con la idea de que los franceses de ayer, Verdier y Fournier, hayan podido gastarle una broma para hacerle regresar esta noche al pub. No sabe muy bien por qué, pero le parece que esa voz que dijo que Malachy Moore había muerto hablaba muy en serio.

Pero nada más darlo por muerto, nota que algo, en un impreciso y vago tono de protesta, ha comenzado suavemente a deshincharse en el ambiente. Es como si estuviera vaciándose el espacio por el que normalmente anda su sombra, y como si esa ausencia hubiera empezado a calentarle el cogote, antes frío, y la espalda. En algún lugar de esta habitación, algo se está desfondando a gran ritmo. A tan gran ritmo que ahora parece que se haya ido ya del todo. Alguien se ha marchado. Quizá por eso ahora, por primera vez en mucho tiempo, le parece que ha dejado de haber alguien ahí al acecho. Ni una sombra, ni rastro del espectro de su autor, ni del principiante que le utiliza como cobaya, ni de Dios, ni del duende de Nueva York, ni del genio que siempre buscó. Siente pánico en medio de esa repentina quietud tan extraordinariamente plana. Y se acuerda del instante llano que siguió al momento en el que Nietzsche anunció que Dios había muerto y entonces todo el mundo pasó a vivir a ras de suelo, miserablemente.

Juraría que ha entrado en una ambigua región de difuntos, una comarca que le deslumbra de tal forma que no puede mirarla fijamente, ya que le ocurre como con el sol, al que no puede mirar por mucho tiempo. Aunque en el fondo, como el sol, la región no es más que una fuerza benigna, una fuente de vida. Se puede nacer en ella, porque se puede nacer en la muerte. Lo intentará. Después de todo, ayer ya le fue posible ese renacimiento. Tratará de poner en pie y mejorar su mustia vida de editor retirado. Pero algo se ha desfondado por completo en el cuarto. Alguien se ha ido. O se ha borrado. Alguien, quizá imprescindible, ya no está. Alguien se ríe a solas en otra parte. Y la lluvia se estrella cada vez con más delirante fuerza sobre los cristales y también sobre el aire vacío y sobre el hondo aire azul y sobre lo que está en ninguna parte y es interminable.

Como tiene tendencia a interpretar los hechos de su mundo de cada día con las deformaciones propias del lector que ha sido durante tanto tiempo, se acuerda ahora de los días de su juventud en los que era habitual discutir en torno al tema de *la muerte del autor* y él se leía todo lo que hacía referencia a esa espinosa cuestión, que día a día cada vez más le preocupaba. Porque si algo deseaba ser en la vida era editor y estaba dando ya los primeros pasos para serlo. Y le parecía muy mala suerte que, justo cuando él se preparaba para encontrar escritores y publicarlos, esa figura del autor fuera cuestionada tan fuertemente que hasta se llegara a decir que iba —si no lo había hecho ya— a desaparecer. Podrían haber esperado un poco más, se lamentaba todos los días el joven Riba en aquella época. Algunos amigos trataban de animarle diciéndole que no se preocupara, porque aquélla era sólo una frágil moda de los franceses y de los *deconstructores* norteamericanos.

—¿Es verdad que el autor ha muerto? —le preguntó un día a Juan Marsé, con el que se cruzaba a veces por el barrio. A Marsé le acompañaban aquella mañana una muchacha alta y morena, con cara inolvidable de manzana, y el poeta Gil de Biedma.

Marsé le lanzó al joven Riba una mirada terrible que aún no ha olvidado.

—Qué gracia, eso es como preguntar si es cierto que debemos morir —oyó que decía la muchacha.

Recuerda que le gustó mucho aquella mujer —tan parecida de cara a Bev Dew, ahora que lo piensa— y también recuerda que incluso se enamoró de golpe de ella, lo mismo precisamente que le pasó no hace mucho con Bev. Se enamoró de su cara, especialmente. De su fresca, fragante cara de manzana. Y también porque pendía de su ceño fruncido, pendía de una sombra impalpable en el rostro, una expresión que le pareció una invocación directa al amor.

—El autor es el fantasma del editor —dijo Gil de Biedma con una media sonrisa.

Y Marsé y la muchacha alta de la cara de manzana rieron mucho, probables cómplices de un guiño para él inalcanzable.

Vuelven, a modo de violentas ráfagas, ciertas escenas de anoche. Y se acuerda de cuando, habiendo bebido ya bastante, estuvo hablando con aquellos dos franceses en la barra del McPherson y en un momento dado, tras haber hablado de la belleza del mar de Irlanda y haber preguntado Riba algo acerca de la decoración de las casas irlandesas y haber hablado de la victoria de España en la Eurocopa, la conversación se deslizó, sin que recuerde bien el motivo, hacia Samuel Beckett.

—Conozco a alguien que tiene forrada de Beckett su casa —dijo Verdier.

¿Una casa forrada de Beckett? No había oído nunca algo así. Habría sido en su momento —en los días en que recibía en la editorial tantos manuscritos— un buen título para una de esas novelas que algunos autores endebles e indecisos le entregaban con títulos aún más flojos y vacilantes.

Los dos franceses, Verdier y Fournier, sabían tanto sobre los atroces y disipados años irlandeses del escritor Beckett que, entre copa y copa de ginebra, acabó llamándoles en algún momento Mercier y Camier, el nombre de dos personajes de Beckett.

Verdier, gran consumidor de Guinness, le fue explicando por qué la clave de la personalidad de Beckett estaba precisamente en los años dublineses. Sentado en su mecedora, Riba no acaba ahora de recordar muchas de las muchísimas cosas que le contó Verdier, pero sí se acuerda perfectamente de que le habló del juego peligroso que el escritor solía practicar ya desde pequeño, cuando trepaba hasta lo más alto de los pinos de su casa natal de Cooldrinagh y se lanzaba al vacío, agarrándose a una rama apenas a tiempo de no estamparse contra el suelo.

Se acuerda Riba a la perfección de esto que le contara Verdier, seguramente porque le impresionó más que otras cosas y tal vez también porque le recordó lo que él suele hacer con la mecedora cuando la alza hacia lo más arriba posible para luego dejarse caer hasta lo más bajo para así poder sentirse a ras de suelo, bien acoplado con las pretensiones calamitosas del mundo después de la muerte del autor y de todo.

Fournier también estuvo muy dicharachero y en cierto momento subrayó, de forma algo repetitiva, que Beckett fue siempre un ejemplo de que un escritor que lo arriesga todo no tiene raíces y no debe tenerlas: ni familia, ni hermanos. Procede de la nada, dijo Fournier. Varias veces dijo eso de que procedía de la nada. Los estragos del alcohol. Riba recuerda ahora de golpe, con precisión, el momento en que les preguntó ayer a Verdier y Fournier si habían visto alguna vez por Dublín a un individuo de aspecto parecido al Beckett joven.

Recuerda que les dijo que del mismo modo que él a ese tipo lo había encontrado a lo largo del último *Bloomsday* dos veces y en dos sitios bien distintos, era muy probable que también ellos hubieran podido tropezarse en más de una ocasión con aquella especie de sosias del Beckett joven.

Verdier y Fournier, casi al unísono, le dijeron que conocían a alguien de ese estilo. En Dublín era relativamente famoso ese doble de Beckett, dijo Fournier. El doble era un muchacho muy andarín que estudiaba en el Trinity College, pero al que se veía en la ciudad por todas partes, por los lugares más insospechados. Le conocía mucha gente, sí. Llamaba la atención precisamente por su parecido con el Beckett joven, y ellos creían que seguramente no había ningún misterio y era el propio Beckett de joven, así de sencillo. Aunque muchos en Dublín le conocían por Godot. Pero su nombre no era ése, claro. Su nombre era Malachy Moore.

—Pero es el propio Beckett, te lo digo yo —concluyó Verdier.

Va completando, siempre con un cierto temor, la esforzada reconstrucción de lo que pudo ocurrir ayer. Debido a que, a medida que decae el poder de la resaca, van apareciendo nuevos fragmentos de su salida nocturna de ayer, llega ahora con precisión el recuerdo terrorífico del instante en el que anoche en su casa, después de la pregunta sobre Duchamp en el interfono, decidió que haría una indagación en el exterior, lejos de su cuarto laberíntico y de aquella soledad aplastante. Y recuerda el momento enloquecido en que, tras dejarle una nota a Celia, se decidió a moverse y llamó al ascensor y a los pocos segundos pisó la calle y le golpeó la lluvia en la cara y se sintió de repente en la cruda soledad de la noche y la intemperie. Caminaba muy despacio para que su frágil paraguas no acabara volando y él volando con el paraguas cuando de golpe percibió el grueso peligro que había a la vuelta de la esquina, junto a la única farola no iluminada.

Se lo temía, pero quizá no imaginaba que pudiera ser un peligro tan de manual de película irlandesa, con lluvia y hasta incluso conatos de niebla. Sintió, por un momento, que si lograba recuperar plenamente el arrojo y valentía de los días de su juventud, recobraría un cierto espíritu de aquellos tiempos en los que no tenía miedo de nada. Se armó mentalmente de valor mientras iba analizando la situación. Por mucho que ahora quisiera, ya no era recomendable que diera media vuelta, porque había sido ya visto. Ante semejante fatalidad, sólo le cabía esperar que pudiera salir buenamente airoso del trance. Pero era evidente que era terrible que estuvieran allí aquellos dos posibles maleantes, aquellos dos tipos espantosos en la esquina haciendo como que estaban allí porque era el mejor lugar en el que podían estar en una noche de lluvia como aquélla. Uno era flaco y rubio, estilo punk muy anticuado, nariz grande y muy arqueada. El otro era negro y gordo y tenía una panza muy abultada y el cabello desaliñado cayendo en greñas rastafaris sobre los hombros.

El rubio de la nariz muy arqueada asustaba especialmente. Ninguno de los dos miraba hacia él a pesar de que no había nadie más en la calle. Riba no sabía qué hacer. Pensó que lo ideal sería ir caminando como si tal cosa, andar hasta rebasarlos, y luego acelerar ligeramente el paso hasta la entrada del pub, que a fin de cuentas estaba tan sólo a cincuenta metros del peligro: pasar a su lado sin tan siquiera mirarlos, como si no le inspiraran ninguna desconfianza ni se planteara que hubieran podido ser ellos los que hubieran dejado el mensaje en el interfono, ni nada.

Aunque, bien pensado, era más que obvio que aquellos dos tipos eran incapaces de citar a Marcel Duchamp en un interfono. A medida que se acercaba a la esquina, Riba fue notando que crecía en él cada vez más un gran pánico, pero siguió adelante, estaba claro que no tenía mejor opción. Se subió el cuello de la gabardina y siguió caminando. Y el mayor problema surgió de él mismo cuando a medida que se aproximaba a la zona controlada por los dos indeseables, comenzó a sentirse más inseguro y viejo que nunca. No podía con su alma, notaba el corazón acelerado y un miedo muy potente en el cuerpo. Tenía que reconocerse a sí mismo que estaba realmente viejo, groseramente muy viejo. Nunca como en aquel momento le habían cuadrado mejor los versos del poema «Dublinesca» porque, por arte y magia de las circunstancias, su breve paseo nocturno hasta el pub le estaba transformando en la vieja puta de la gabardina del fin del mundo, es decir, en la inesperada reencarnación del último destello de la desgraciada literatura y al mismo tiempo en un pobre viejo acabado y muerto de frío que caminaba por callejuelas de estuco, donde la luz era de peltre y por las que pasaba él mismo, el último editor literario de la historia, convertido en su propio funeral viviente.

Pero si lo pensaba bien, en realidad hasta aquella misma sórdida calle dublinesa era maravillosa si la comparaba con la estólida realidad de España y de su terrible paisanaje. Mientras avanzaba hacia los dos probables maleantes, sintió nostalgia de los tiempos en los que la noche no tenía secretos para él y atravesaba las situaciones más difíciles sin ser apenas percibido. Y de pronto, como si el humor pudiera salvarlo de todo, empezó a oír, a modo de eco inesperado, la canción de Milly Bloom, y fue como si el fantasma de la pobre Milly quisiera acudir en su auxilio. Luego fue recordando otras situaciones en las que, como aquélla, al ponerse a pensar en cosas distintas de las que deberían realmente preocuparle, había de pronto relegado a un segundo término el peligro. Por ejemplo, de niño había estado a punto de morir ahogado, porque el mar de la playa de Tossa de Mar se lo llevaba hacia dentro irremediablemente y él, que no sabía nadar, se había quedado agarrado a un colchón neumático y, en lugar de pensar que iba a morir, se había puesto a evocar una escena de *El Jabato*, su cómic favorito, donde el héroe vivía una situación parecida y a última hora era rescatado por el flaco poeta Fideo, un personaje de aquella historieta.

Y cuando llegó a la altura misma de los probables maleantes, estaba tan distraído y tan concentrado en la evocación del flaco poeta Fideo —cuyo nombre le pareció en aquel momento una alusión a la fragilidad de la vida humana— que rebasó a los dos tipos sin llegar ni siquiera a ser consciente de que los dejaba atrás sin más problema. Tampoco ellos parecieron verle, o quizá tan sólo vieron pasar a un espectro, a un muerto, y no quisieron molestarle. El hecho es que de pronto vio que ni los había visto al pasar por su lado y, es más, tenía que hacerse a la idea de que los había sobradamente rebasado. Volver la vista atrás habría podido resultar fatal, de modo que siguió avanzando, pensando ahora en su juventud y en el grandísimo número de insulsas noches enteras que perdió sosteniendo copas de whisky, inclinado para oír las tonterías de los otros. Dispuso de tanto tiempo libre en aquellos días que se le escurrió por entero, estúpidamente hacia la nada.

Segundos después, cual fantasma perdido en la noche, alcanzó la puerta del McPherson, en cuyo interior no había demasiada gente. Del amigo catalán de Walter, ni rastro. Inmediatamente comprendió que se había equivocado al buscarlo allí. Pero ya era demasiado tarde. Los pocos clientes que había en el bar le miraban esperando a ver si entraba o no, de modo que dio dos pasos más y se adentró en el local. Sintió de inmediato que se había sumergido en la región más profunda de un recuerdo sepultado. Fuera como fuese, lo mejor que podía hacer era seguir adelante como si no pasara nada. «Una vez dentro, hasta el cuello», que decía Céline.

En la barra podía verse tan sólo a un hombre de mediana edad al final de la misma, rascándose la entrepierna con aire meditabundo, y a su lado un tipo muy flaco con el aspecto clásico del borrachín, con gorra de tela y botas claveteadas que miraba furibundo una centella de luz dorada al fondo de su vaso de whisky. Había también unas cuantas parejas acarameladas en los bancos de terciopelo, bancos de colores rojo y negro que olían a vagón de ferrocarril. No sabía entonces todavía que los dos tipos de la barra eran franceses y que aquella misma noche acabaría bautizándoles como Mercier y Camier.

Recuerda que entró en el McPherson simulando seguridad en sí mismo y que, antes incluso de preguntarse qué tomaría, se apoyó en la barra y decidió que se concentraría y buscaría que su cerebro iniciara el proceso de concebirse a sí mismo tal como Murphy percibía el suyo. Imaginó entonces su mente como una gran esfera hueca, herméticamente cerrada al universo exterior, lo cual, como diría Beckett, no resultaba un empobrecimiento, ya que no excluía nada que ella misma no contuviera, porque nada existió nunca ni existiría jamás en el universo exterior que no estuviera ya presente como virtualidad o como actualidad, o como virtualidad elevándose a la actualidad, o como actualidad cayendo en la virtualidad, en el universo interior de su mente.

Tras el considerable e inútil esfuerzo mental, se sintió casi derrumbado. Pensó en la reproducción de *Stairway*, el pequeño cuadro de Hopper que había en el apartamento y que le había obsesionado desde el primer día. El propio cuadro le había dicho que no saliera. Era una pintura que invitaba a no salir de la casa. Y sin embargo, él había decidido abrir la puerta y lanzarse a la lluvia, a la calle. Sin embargo, el cuadro, a pesar de que Hopper había pintado en él una puerta abierta al exterior, le había invitado, tan nítida como paradójicamente, a quedarse en casa, a no moverse ni loco. Pero ya era demasiado tarde. Había desafiado al cuadro, había salido.

«Es usted la esencia de la vulgaridad», recordó que le dijo una vez en su propio despacho un autor rechazado.

¿Por qué le había quedado tan grabada aquella frase y reaparecía, además, en los momentos más delicados, aquellos en los que necesitaba una mayor seguridad en sí mismo?

Pidió tímidamente una ginebra con agua. Marcel, el marsellés, el dueño del local, le hizo un comentario en francés para que viera que se acordaba de cuando había estado sentado con Celia en la terraza de su bar. Luego le sirvió la ginebra. Riba se la tomó de un solo trago. La sed acumulada de dos años, pensó. Y ya no pensó nada más con naturalidad a partir de entonces. El alcohol le subió de inmediato a la cabeza. Uno se va de pronto, pensó. Y de repente vuelve. Con ánimo de cambiar. Cabeza hundida. Cabeza en la mano. La cabeza, sede de todo. Quieto en la luna llena el último editor.

Difícil de saber —para el propio Riba— qué era exactamente lo que acababa de pensar. A la larga, dos años de abstemia se pagan. De todos modos, podía entender más o menos por dónde iba la cosa. Quieto en la luna llena el último editor. ¿Acaso no era él mismo el último editor? Se pasaba las noches en su mecedora, frente a la luna, con la galaxia Gutenberg enterrada y creyendo que todas las estrellas eran almas difuntas, antiguos familiares, gente conocida y charlatana. Pero no, no era eso lo que tenía que entender de lo que acababa de pensar. Sólo eran los implacables efectos del alcohol. Pensamientos de bebedor. Cabeza hundida. Cabeza en la mano.

—Otra ginebra —dijo Riba.

¿Era el último editor? Sería lo ideal, pero no. Todos los días veía en los periódicos las fotos de todos esos jóvenes nuevos editores independientes. Le parecían la gran mayoría seres insufribles y mal preparados. Nunca pensó que tendría sustitutos tan idiotas y le costó aceptarlo, un proceso largo y doloroso. Cuatro patanes habían soñado con sustituirle y finalmente lo habían logrado. Y él mismo había terminado por abrirles paso, les había ayudado a medrar al hablar bien de ellos. Le estaba bien empleado por haber sido tan bastardo, por haberse mostrado tan excesivamente elegante y generoso con los falsamente discretos nuevos leones de la edición.

Uno de esos nuevos editores, por ejemplo, se dedicaba a pregonar que vivimos en un periodo de transición hacia una nueva cultura y, queriendo medrar sin esfuerzo, reivindicaba a narradores de prosa en realidad obtusa, que habían encontrado una mina en el «lenguaje nuevo de la revolución digital», tan útil para encubrir su falta de imaginación y talento. Otro joven editor trataba de publicar autores extranjeros con el mismo gusto y estilo que el pobre Riba y en realidad sólo alcanzaba a imitar lo que éste ya había hecho con mucho mayor acierto. Otro quería copiar los ejemplos más vistosos del mundo de la edición española y soñaba con ser una estrella mediática y que sus autores fueran meros peones de su gloria. Y en cualquier caso ninguno de los tres parecía lo suficientemente astuto para aguantar los más de treinta años que él aguantó. Había oído que planeaban en septiembre hacerle un homenaje y que el revolucionario digital, el imitador y el aspirante a *superstar* se hallaban a la cabeza del mismo. Pero Riba sólo pensaba en huir de ellos, porque detrás de aquellos movimientos había intereses ocultos y muy poca admiración verdadera.

Se ventiló de golpe una segunda ginebra, a la que siguieron otras. Al poco rato, sentía que era Spider, o mejor dicho, una flecha en un sótano de telarañas con luz de color acero. Había tan poca gente en el local que era inútil volver a buscar entre la clientela al amigo catalán de Walter. Por otra parte, ninguno de los que estaban allí era sospechoso de haberle llamado al interfono. Y empezó a parecerle obvio que alguien había conseguido envolverle en un pequeño misterio, que quizá le fuera posible aclarar al día siguiente, o nunca. Era en todo caso inútil buscar la resolución del enigma entre las cuatro paredes de aquel local. Y había cometido un error grandísimo al salir de noche. Su mirada volvió a posarse en los dos hombres con gorras irlandesas que había visto al entrar y que estaban bastante cerca de él en la barra. Le pareció oírles hablar en francés y se acercó tímidamente a ellos. En aquellos momentos, uno de ellos decía:

—*Souvent, j'ai supposé que tout...*

Se interrumpió al ver que Riba se acercaba y la frase iniciada quedó en el aire. ¿Suponía que todo qué? Aquella frase quedó convertida en otro misterio, seguramente también ya para siempre.

Cuando minutos después, Riba abordaba majestuosamente su quinta ginebra con agua, ya estaba más que inmerso en una gran charla con los dos franceses. Durante un rato habló de cócteles que había tomado en otros días en los bares de medio mundo y de piscinas color zafiro y de camareros de chaqueta blanca que distribuían ginebra fría en ciertos clubes de Key West. Hasta que en el espejo de la barra empezó a ver baterías multicolores de botellas de bebidas alcohólicas, como si estuviera en un tiovivo. Y de pronto, con el primer whisky —decidió de golpe abandonar la inercia de las ginebras—, hizo a los dos franceses una pregunta acerca de la decoración de las casas irlandesas y acabó provocando, sin saber muy bien cómo, la aparición fulminante de Samuel Beckett en la conversación.

—Conozco a alguien que tiene forrada de Beckett su casa —dijo Verdier.

—¿Forrada? —se extrañó Riba.

Aunque pidió que se le explicara aquello, no hubo modo de que Verdier quisiera hacerlo.

Poco después del tercer whisky, Riba interrumpió algo nervioso a Verdier, justo cuando éste se hallaba en el momento más álgido de sus pronósticos para las carreras del sábado. Verdier se quedó con la cara traspuesta, como si apenas acertara a comprender por qué le habían interrumpido de aquel modo. Aprovechando el desconcierto, Riba preguntó, y parecía que lo preguntara al barrio entero, si habían visto alguna vez por Dublín a un tipo que se parecía mucho al escritor Beckett cuando era joven.

Fue entonces cuando Verdier y Fournier, casi al unísono, le dijeron que conocían a alguien de ese estilo. En Dublín era relativamente famoso ese doble de Beckett, dijo Fournier. Y la conversación entró en una fase muy animada y, en un momento de la misma, Verdier hasta tuvo un bello recuerdo para Forty Foot, un lugar beckettiano que se encuentra en Sandycove, justo enfrente de la Torre Martello y que de hecho aparece en *Ulysses*. Es el paraje con escaleras esculpidas sobre las escolleras desde el que los dublineses, desde tiempo inmemorial, disfrutan zambulléndose en todas las épocas del año. Ahí fue donde el padre de Beckett enseñó a sus hijos, Sam y Frank, a nadar. Antes de que hubieran aprendido, el padre los arrojó al agua con masculina crueldad, y

ambos se mantuvieron a flote y se aficionaron férrea-
mente a la natación. De hecho, cuando regresaba a Irlanda, Becket siempre iba a Forty Foot, aunque adonde
con más frecuencia iba a nadar, su lugar favorito entre
todos los lugares de la tierra natal, era a un maravilloso
brazo de mar que hay bajo la colina de Howth.

—Un lugar verdaderamente beckettiano. Ventoso,
radical, drástico, desértico —dijo Verdier.

—Meta de gaviotas y de rudos marineros, un escenario de fin del mundo —añadió Fournier.

Cuando más animados estaban, entró Celia como un
vendaval en el pub, gritándole a Riba con una rabia escandalosa y que parecía infinita. Durante un rato, Celia
pareció un pozo inacabable de insultos y lamentos.

—Es el final —dijo cuando logró calmarse un poco—, has cometido el error de tu vida. El error, imbécil.

Mientras Verdier y Fournier se retiraban instintiva-
mente hacia la parte del pub más apartada de la barra.
Riba descubrió de pronto que de nuevo le era posible
vivir con intensidad un momento en el centro del mundo: un momento que, a pesar de haber sido ya previsto
en el sueño premonitorio, le llegaba ahora con la misma
fuerza volcánica y energía que él había ya conocido en
ese sueño, en esa visión apocalíptica que en su momento
había funcionado a modo de advertencia de que un día
en Dublín podía encontrarse en el horizonte a una felicidad extraña.

No es que fuera aquel precisamente el escenario
ideal, con Celia que no paraba de gritar y con el bochorno que llevaba en sí misma la situación. Pero se intuía,
dejándose guiar por las pautas del sueño que dos años

antes había tenido en el hospital, que Celia no tardaría en volverse más cariñosa. Y lo que se intuía acabó llegando. Cuando se cansó de gritar, le abrazó. Y pasaron a vivir un momento en el centro del mundo. No en vano aquel abrazo conmovido estaba ya en la premonición del sueño dublinés. Se abrazaron tanto que, al salir del pub, se tambalearon y perdieron el equilibrio y, tal como anunciaba el sueño, cayeron al suelo, donde siguieron abrazados, como si compusieran un solo cuerpo. Fue un abrazo en el centro del mundo. Un abrazo horrible, pero también impresionante, emotivo, serio, triste y ridículo. Fue un abrazo esencial y como salido —nunca mejor dicho— de un sueño. Quedaron luego los dos sentados en la acera sur de aquella calle de la zona norte de Dublín. Lágrimas de situación desconsolada.

—Dios, ¿por qué has vuelto a beber? —dijo Celia.

Momento raro, como si hubiera un signo oculto y portador de algún mensaje detrás de aquel patético llanto de los dos y del hecho sorprendente de que la pregunta de Celia fuera tan idéntica a la del sueño.

Después, con una reacción en parte lógica, se quedó esperando a que Celia siguiera comportándose con la máxima fidelidad a la escena del sueño premonitorio y dijera:

—Mañana podríamos ir a Cork.

Pero eso Celia no llegó a decirlo. En contrapartida, la palabra Cork, la gran ausente, se paseó por la escena, como si estuviera completamente suspendida en el aire, como si estuviera flotando allí para poder reaparecer tal vez más adelante, en una situación aún más pavorosa. En forma de jarrón en su hogar de Barcelona, por ejemplo.

Le pareció a Riba en aquel momento comprender

plenamente que la esencia más pura de aquel extraño sueño que había tenido en el hospital hacía dos años no era otra que la recuperación de la conciencia y la celebración de estar vivo.

Celia no dijo que al día siguiente podrían ir a Cork, pero no por eso dejó aquél de ser un momento extraño, único, un momento en el centro del mundo. Porque de pronto sintió que estaba ligado a su mujer más allá de todo, más allá de la vida y de la muerte. Y ese sentimiento fue tan serio en su verdad más profunda, fue tan intenso y tan íntimo, que sólo pudo relacionarlo con un posible segundo nacimiento.

Ella, no obstante, no participaba demasiado de todas estas sensaciones y sólo estaba indignada por la recaída alcohólica, tan funesta. Aun así, en la escena del abrazo mortal hubo también emoción por parte de Celia y se vio que también ella, aunque con mayores distancias que él, valoraba mucho la imprevista intensidad del momento único en el centro del mundo.

—Cuando los muertos lloran es señal de que empiezan a recuperarse y a recobrar la conciencia de estar vivos —dijo él.

—Cuando los muertos lloran es porque se han muerto de whisky —le respondió Celia, tal vez más realista.

Él tardó en reaccionar.

—Qué pena —dijo— que nos muramos y que nos hagamos viejos y que las cosas buenas se vayan alejando de nosotros tan deprisa.

—Que nos hagamos viejos y nos muramos —le corrigió ella.

Y así se fue apagando el hechizo del momento.

Pero el momento se había dado. Fue, de hecho, un

instante en el centro del mundo. Mientras que en cambio no fue nada central el momento que siguió, aquel en el que ella le mandó una terrible mirada y las vidas de los dos volvieron a una situación vulgar. Ahora ella no le quitaba los ojos de encima, de nuevo con odio. Pero sobre todo con desprecio.

¿Y él qué hacía? ¿Sabía mirarla con desprecio a ella? ¿Sabía decirle que era una papanatas por haberse hecho budista? No, no sabía, ni se atrevía. Aún estaba bajo los efectos, los ecos de la gran emoción vivida. Oía el profundo rumor del mar de Irlanda y unas palabras que le decían que siempre sería mejor saberse despreciado por todos que estar en lo alto. Porque si uno se ha instalado en lo peor, en la cosa más baja y olvidada de la fortuna, siempre podrá tener aún esperanza y no vivirá con miedo. Ahora comprendía por qué había tenido que situarse a ras de suelo para lograr tener una cierta sensación de supervivencia. No importaba haber envejecido y haberse arruinado y estar en las últimas ya en todo, porque a fin de cuentas el drama le había servido para comprender por qué, dentro de la tan conocida nulidad del hombre en general y de la no menos famosa nulidad de su paso por este mundo, existen de todos modos unos cuantos momentos privilegiados que hay que saber capturar. Y aquél había sido uno de ellos. Lo había, además, ya vivido en un sueño de emoción casi inigualable, hacía dos años en un hospital. Aquél era uno de esos instantes preciosos por los que había seguramente luchado, sin saberlo, en los últimos meses.

Abrazado a Celia y muy a pesar de su incómoda situación en el suelo, se dedicó, desde allí mismo y por unos instantes, a imaginar que, al igual que otras veces, erraba solitario por las calles del mundo y se encontraba de pronto en la punta de un muelle barrido por la tempestad, y allí todo recuperaba su lugar: años de dudas, de búsquedas, de preguntas, de fracasos, cobraban de pronto sentido y la visión de lo que era mejor para él se le imponía como una gran evidencia; estaba claro que no tenía que hacer nada, salvo regresar a su mecedora, e iniciar allí una discreta existencia, rumbo a lo peor.

«El cambio que nos destroza —recordó allí mismo que decía Edgar, el hijo del conde de Gloucester en *Rey Lear*— nos llega siempre cuando estamos instalados en lo mejor. Lo peor, en cambio, nos devuelve a la risa. Bienvenido, pues, aire insustancial que ahora abrazo. El miserable a quien has lanzado con tu soplo rumbo a lo peor, no debe nada a tus soplos.»

Ya está instalado en lo peor, pero algo no marcha, porque lo peor no le ha devuelto a la risa. Ha pagado un alto precio por la noche epifánica en el último muelle y sin embargo nada es como esperaba. Porque, sin darse cuenta, ha ido a instalarse en lo peor de lo peor, un estrato inferior al previsto. Y la resaca no cede. Y el pequeño cuadro de Hopper no cambia de aspecto ni a tiros.

Con horror está empezando a ver las primeras consecuencias de haberse instalado en el error. Para empezar, está percibiendo con claridad que tanto Dios como el genio que siempre buscó han muerto. Dicho de otro modo, sin haber dado su consentimiento, se ve a sí mismo ahora instalado en una pocilga deplorable dentro de un mundo repugnante.

Todos se han ido, que decía Henry Vaughan. «Todos se han ido al reino de la luz» es lo que en realidad puede leerse en el primer verso de ese poema inglés del xvii.

Pero desde la pocilga en la que se hace fuerte ahora, rumbo a lo peor, no es precisamente visible ese reino iluminado. Y éste es sin duda uno de los grandes inconvenientes del cuchitril en el que ha terminado por convertirse el apartamento. De modo que el verso de Henry Vaughan se queda en un rancio y miserable «Todos se han ido». Y punto.

Le vuelve la nostalgia del genio perdido o nunca encontrado. Hubo una época en la que, mientras se dedicaba a buscarlo, daba por sentado que un signo evidente de la presencia de ese genio en un escrito, o en una acción escrita en la vida, sería la capacidad de éste de elegir temas muy lejanos a sus propias circunstancias. Hasta no hace mucho, él siempre confió en la presencia de un genio que estaría ocupándose de su vida cotidiana de editor retirado, una vida que precisamente se encontraría muy alejada del mundo de ese principiante. Hasta no hace nada, tenía la impresión de que era esencial para que una novela tuviera genio que, a lo largo de ella, un espíritu superior, más intuitivo y más íntimamente consciente que los mismos personajes de lo que estaba sucediendo, estuviera colocando el conjunto de la historia bajo la mirada de unos futuros lectores, sin participar él mismo en las pasiones, y movido sólo por esa placentera excitación que resulta del enérgico favor de su propio espíritu en el acto de exponer lo que con tanta atención ha ido contemplando.

Será una coincidencia o no, pero lo cierto es que, desde que ha dado a Malachy Moore por muerto, no percibe que siga estando ahí quien tanto le pareció que le acechaba, quien tanto le observaba con un interés maniaco, tal vez profesional. Nostalgia del genio. O del ausente. Nostalgia hasta del debutante. La verdad es que, como más o menos decía Henry Vaughan, todos se han ido. Todos se han borrado, y tal vez por mucho tiempo, quizá para siempre. Se acuerda de los jóvenes que se burlaban de Cavalcanti porque éste nunca había querido ir con ellos de juerga. «Te niegas a ser de nuestro grupo», le decían, «pero, cuando hayas averiguado que Dios no existe, ¿qué vas a hacer?»

Cae la lluvia, como buscando que toda la tierra quede por fin inundada, incluida esta casa al norte de Dublín, esta casa trágica con mecedora y ventanal y cuadro con escalera frente al mar de Irlanda, esta casa pensada para ir rumbo a lo peor y, si se me permite decirlo —perdón por la intromisión, pero es que necesito distanciarme algo y, además, si no lo digo reviento de risa—, tan completamente forrada de Beckett.

Qué hará ahora que ha averiguado que ni Dios ni el gran autor genial existen y que, además, ya nadie le mira y, encima, sólo hay miseria en su lacónico mundo beckettiano a ras de suelo. Mientras escucha la lluvia, vuelve a percibir y a confirmar que no sólo se ha ido desfondando algo en el cuarto, sino que alguien se ha ido ya literalmente. No queda ni la sombra, ni rastro del espectro de su autor, ni del principiante, ni de Dios, ni del duende de Nueva York, ni del genio que siempre buscó. Es sólo intuición, pero le parece evidente que, desde que se siente instalado en lo peor de lo peor, aún va rumbo a algo todavía más bajo. Ya nadie le acecha, nadie le observa, ya ni tan siquiera hay alguien agazapado o invisible tras el hondo aire azul interminable. Nadie anda ahí. Imagina que mete un reloj liso en el interior del bolsillo de su pantalón y que empieza a bajar los escalones de un remoto presbiterio. Pero pronto se pregunta por qué se estará esforzando en imaginar tanto si ya nadie, absolutamente nadie, le ve. Todos se han ido. Aun así, seguirá imaginando. Desolación, soledad, miseria a ras de suelo. Instalado en lo peor de lo peor, el mundo sólo parece ahora una ínfima boñiga de mierda en el espacio más podrido, menos puro, menos fragante. Nostalgia de las caras perfumadas, de las caras de manzana. Estando tan mal las cosas, tal vez lo mejor sería que Malachy Moore no hubiera muerto y siguiera siendo una presencia —una sombra si se quiere—, que al menos fuera en el fondo, aun siendo sólo sombra, una presencia con cierta voluntad animadora.

De Malachy Moore sabe que era andarín y que muchos le llamaban Godot. Que se le veía en Dublín por todas partes, por los lugares más insospechados. Que tenía aquella gran facultad de Drácula de convertirse en niebla. Y poco más sabe, pero no cree que sea tan difícil imaginarlo. Malachy Moore creció de manera irregular, especialmente por su estructura ósea. Todo el mundo quedaba impresionado de inmediato con sus ojos. Aunque era corto de vista, sus ojos eran agudos y expresivos, y centelleaban con la profunda luz de la inteligencia detrás del cristal de las gafas redondas. Sus manos eran frías e inertes y nunca daba un buen apretón con ellas. Cuando recorría las calles, sus piernas parecían un rígido compás. Era un autor absolutamente genial, aunque no había escrito nunca nada. Era el autor que le habría gustado descubrir. Parecía más alto de lo que en realidad era. Y si uno lograba verlo de cerca —antes de que, siguiendo su más conocida costumbre, se perdiera en la niebla—, veía enseguida que no era una persona tan alta, aunque su estatura era superior a la media. La impresión de altura se debía a su delgada contextura, a su gabardina *mackintosh* tan abrochada y a sus pantalones tan angostos. Algo en su aspecto, con la contribución decisiva de la cabeza, recordaba a alguna alta águila —vigilante, inquieta— de los valles. Un pájaro de mucho cuidado.

Aunque aferrado a la mecedora, sigue captando la gradual y casi irresistible llamada del ordenador y al poco rato, sabiendo que el buscador de *google* a veces funciona como un perfecto fichero policial, acaba cediendo a la tentación y va a sentarse frente a la pantalla, cual perfecto *hikikomori*, tratando de indagar en la entrada correspondiente a Malachy Moore si allí conocen a Malachy Moore, el joven del *mackintosh* que vio en Glasnevin y que le hizo pensar que podía estar viendo a su autor.

Se adentra en la voz *Malachy Moore*, pero allí sólo encuentra datos sobre beisbolistas y futbolistas que responden a ese nombre y que no pueden ser nunca el genio de la gabardina que creyó ver hace unas semanas. Prueba a ver si en la sección de *imágenes* aparece casualmente la figura de alguien que recuerde a Beckett de joven, pero no halla nada de este estilo y sí en cambio una fotografía de tres señores, cuyo pie de foto ni siquiera tiene una mínima relación con alguien que se llame Malachy Moore: «*Sean McBride, Minister of External Affairs Irish Republic, Bernard Deeny and Malachy McGrady at the 1950 Aeridheacht.*»

Por seguir haciendo algo antes de que le hagan efecto los dos somníferos que se acaba de tomar de golpe, indaga a continuación en la voz *Malachy*, sin el Moore, y allí encuentra información sobre un honrado varón irlandés, Saint Malachy, personaje del que desconoce todo, pero sobre el que tiene la impresión de haber oído hablar mil veces. Se concentra en este Saint Malachy o san Malaquías de Armagh o de Irlanda, que nació en Maelmhaedhoc O'Morgair en el año de 1094 y fue un arzobispo católico al que se le recuerda desde hace diez siglos por las dos profecías que supuestamente le fueron reveladas al término de una peregrinación a Roma.

Las profecías de san Malaquías le llevan hasta Benedictus, el misterioso Papa actual. Y, al buscar las últimas noticias en *google* sobre él, descubre que Benedictus alias Ratzinger es un Papa que pasa la mayor parte del tiempo en su habitación, leyendo y escribiendo y preparando una encíclica. Viaja mucho menos que su hiperactivo antecesor. Así como del apartamento de Juan Pablo II se decía que parecía una taberna polaca, porque había ahí siempre gente entrando y saliendo, del apartamento papal de Benedictus/Ratzinger se comenta que parece una cámara blindada y también que recuerda a la habitación en la que se encerró durante cuarenta años el poeta Hölderlin. ¿Por qué a esa habitación precisamente? Trata de averiguar, sin éxito, a quién se le ha podido ocurrir relacionar a Ratzinger con el sublime Hölderlin. Y termina por evocar la habitación de Hölderlin en Tubinga, ese cuarto que le prestó el carpintero Zimmer y en el que el poeta vivió cuarenta años. Piensa en *La invención de la soledad*, de Auster, donde se comenta que la locura de Hölderlin era fingida y que el poeta se retiró del mundo en respuesta a la ridícula actitud política que trastornó a Alemania después de la revolución francesa. Según esto, los textos del Hölderlin más enajenado habrían sido escritos en un código secreto y revolucionario y, además, con la alegría íntima de los confinados.

«Confinarse en una habitación no significa que uno se haya quedado ciego, y estar loco no es lo mismo que quedarse mudo. Lo más probable es que fuera aquella habitación la que devolvió a Hölderlin a la vida, la que le restituyó la vida que le quedaba», recuerda que escribió Paul Auster.

Piensa en cómo le vería alguien que pudiera observarle desde el exterior de la casa. Alguien como Malachy Moore, por ejemplo, que ya ha muerto. Nunca nadie pudo aportar pruebas de que los difuntos no puedan vernos. Gran descarga de un trueno. De nuevo, se siente despierto del todo. Una lástima, ahora que le estaba entrando ya un sueño reparador, un sueño que transcurría entero en la escalera de Hopper.

Sus bostezos, mezclados con el miedo, son un imaginario bólido lento que a veces toma, con repentina velocidad, curvas imaginativas. En una de ellas, al volante de ese bólido extraño, acaba de descubrir que su personalidad tiene puntos en común con la de Simón del Desierto, aquel estilita que se pasaba la vida encima de una columna en una película de Buñuel. Sólo que si Simón se mantuvo en penitencia de pie sobre una columna de ocho metros, él ha estado haciendo lo mismo a lo largo de los últimos tiempos, pero en su caso, con un toque más moderno: sentado ante un ordenador y teniendo la sensación de que cuanto más está frente a la pantalla, más la computadora, de una forma muy kafkiana, se va imprimiendo en su cuerpo.

Percibe de pronto —nadie se salva de los antojos del bólido— que un mutilado y un enano con sus cabras lo rodean. Se le aparece el diablo vestido de mujer y trata de tentarlo. De pronto, el femenino demonio, como en un calco de lo que ocurría en *Simón del desierto*, se lo lleva de viaje —más que raudo— a un cabaret de Nueva York, y él se siente feliz de haber llegado tan velozmente a esa ciudad y, además, de haberse liberado de golpe de la galaxia Gutenberg y de la galaxia digital, de las dos al mismo tiempo. Es como si se hubiera aproximado al mundo que está más allá de ellas y que no puede ser otro que el del cataclismo final. Después de todo, como decía John Cheever: «No estamos nunca en nuestra época, estamos siempre más allá.»

Se oye en el cabaret la voz de Frank Sinatra a mil revoluciones por minuto y una canción con una letra, según se mire, terrible. *The best is yet to come*. Lo mejor está por llegar.

—Anda, bebe —le dice la descarada mujer, que es mujer y diabla al mismo tiempo—. Y reconoce que te ha sentado bien el salto inglés.

Todo el cabaret tiene insomnio. Afuera, diluvia. Aunque Nueva York es lo más espectacular que ha visto en su vida, preferiría estar en Dublín. Nueva York es lo más parecido que hay a un día de fiesta y Dublín en cambio tiene algo de día laborable. Se acuerda de aquellos versos de Gil de Biedma que marcaron su juventud: «Pero después de todo, no sabemos / si las cosas no son mejor así, / escasas a propósito... Quizá, / quizá tienen razón los días laborables.»

—Anda, bebe. Es el fin del mundo.

Bailarines negros prueban danzas imposibles.

Es muy grande Nueva York, pero quizá sí, quizá sea

verdad que tienen razón los días laborables. Y Dublín. Quizá tiene razón Dublín.

Ha admirado siempre a los escritores que cada día emprenden un viaje hacia lo desconocido y sin embargo están todo el tiempo sentados en un cuarto. Vuelve a pensar en las habitaciones para solitarios. En la del pensador Pascal, de entrada, quizá porque era la primera de las que citaba Auster en ese capítulo de *La invención de la soledad* en el que se ocupaba de las estancias, cuadradas, rectangulares o circulares, en las que se refugian algunos. Pascal fue el que ideó aquel pensamiento memorable que dice que todas las desgracias nos llegan porque somos incapaces de quedarnos quietos en un cuarto. Precisamente, lo que ayer le pasó en el McPherson es la viva prueba de esto, la clara demostración de que es mejor una mecedora que la intemperie y la lluvia.

Auster citaba otras muchas habitaciones. La de Amherst, por ejemplo, en la que Emily Dickinson escribió toda su obra. La de Arlés de Van Gogh. La isla desierta de Robinson Crusoe. Las habitaciones con luz natural de Vermeer...

En realidad donde Auster dijo Vermeer, por ejemplo, podría también perfectamente haber dicho Hammershøi, aquel pintor danés de los retratos obsesivos de estancias desiertas. O haber citado a Xavier de Maistre, aquel hombre que viajaba *alrededor de su cuarto*. O a Virginia Woolf, con su exigencia de una habitación propia. O a los *hikikomori* que en Japón se encierran en casa de sus padres durante periodos de tiempo muy prolongados. O a Murphy, el personaje que no se movía de la mecedora de su cuarto londinense... Los somníferos parecen haber vuelto a hacerle efecto y a adormilarle y ahora siente que se está metiendo en la piel de Malachy Moore cuando sabía deslizarse a través de la niebla y no tardaba en ver toda clase de cosas en la más profunda oscuridad... Pero ¿ha muerto realmente Malachy Moore? En *google* no saben nada. Es inútil buscar más en *google*... Quiere creer que todo ha sido una broma que le han gastado Verdier y Fournier, que le cogieron ayer cariño. Puede imaginar la escena. Verdier diciendo: «Vamos a contarle al rey del whisky que su Malachy Moore ha sido asesinado en la medianoche...» Imagina cosas así, hasta que finalmente se duerme. Sueña que en *google* no saben nada.

Nunca pensó que asistiría a otro funeral en el cementerio de Glasnevin, y menos aún tan pronto. Un monaguillo, llevando un cubo de latón con algo que nadie acierta a adivinar qué puede ser, está saliendo por una puerta. El sacerdote, con un blusón blanco, ha salido tras él arreglándose la estola con una mano y llevando en equilibrio con la otra un librito contra su panza de sapo. Se detienen los dos junto al ataúd de Malachy Moore.

Si me creía perseguido por un autor, piensa Riba, ahora es bien posible que lo tenga ahí a cuatro metros, en ese catafalco. Y poco después se pregunta si sería capaz de comentarle a alguien que está pensando algo así. ¿Lo tomarían por demente? Seguramente no serviría de nada explicar que no está loco y que lo único que sucede es que a veces intuye, registra más de la cuenta, capta realidades que nadie más detecta. Pero seguramente de nada serviría explicar todo esto, y menos aún decir que ha sido abandonado por su mujer y que, debido a esto, anda tan desquiciado. Es el penúltimo martes de julio y hace tan sólo unas horas que dejó de llover. Es extraño. Tantos días —y hasta meses— lloviendo tanto. Resulta ahora hasta rara esta desaparición de las nubes, este tiempo tan calmo.

Ayer, tal como se temía, Celia lo dejó. Fue inútil que estuviera ya despierto cuando ella despertó, porque no consiguió impedir que se marchara. Recurrió a todo y fue imposible detener su marcha.

—No puedes irte, Celia.

—No voy a quedarme.

—¿Adónde irás?

—Me espera mi gente.

—Lamento haber sido tan idiota. Y bueno, ¿quién es tu gente?

—Aún apestas a alcohol. Pero no es el único problema.

—¿Cuál es el problema?

—Que no me quieres.

—Sí te quiero, Celia.

—No. Me odias. No ves las cosas horribles que haces ni cómo me miras. Y ése tampoco es el único problema. Eres un borracho repugnante. Incapaz de moverte de la mecedora. Crees que vives en una pocilga. Dejas la ropa siempre tirada por ahí y tengo que recogértela. Todo sucio. Pero ¿quién te has pensado que soy?

Siguió una larga lista de reproches en la que Celia, entre otras cosas, le acusó de eterno comportamiento estúpido y de alimentar telarañas en su cerebro y de no haber asimilado bien que había envejecido y de llevar muy mal la pérdida de su editorial y del poder que ésta antes le daba. Y finalmente volvió a acusarle de haber caído de nuevo en la bebida, tan sólo porque ya no sabía qué hacer con su vida.

—Vives sin un dios y te falta el sentido. Te has convertido en un pobre hombre —le dijo a modo de sentencia final.

En ese momento, Riba no pudo evitar recordar cuando el día anterior, nada más dar por muerto a Malachy Moore, algo se había desfondado a gran ritmo en su habitación y él había pasado a instalarse en lo peor de lo peor. Ahora seguía en ese lugar, en el más bajo de todos. Sólo le salvaba ser habitante de la misma paradoja que unía a tantos pobres hombres como él: esa sensación de estar atrapados en un lugar que sólo podría cobrar realmente sentido si fuera posible viajar de verdad.

Para Celia todo el conflicto no podía provenir para nada de ella, no podía haber sido indirectamente causado por su cambio de religión, porque ese cambio lo veía como completamente normal, soportable, nada problemático. Todo el conflicto tenía que venir de otro lado, seguramente de la vida sin sentido que llevaba él y también de la más directa consecuencia de esto: su lamentable tendencia en los últimos tiempos a la gran melancolía. Claro que tampoco la vida que llevaban antes era tan ideal, por mucho que él fuera entonces, con la inestimable ayuda del alcohol, más sociable. A ella, en cualquier caso, hacía tiempo ya que la literatura no le decía nada, no le cambiaba su visión del mundo ni le hacía ver las cosas de una forma distinta, y más bien le deprimía profundamente tanta palabrería sin ningún autor que estuviera cerca de Dios ni de nada. Andrew Breen, Houellebecq, Arto Paasilinna, Hobbs Derek, Martin Amis. Se sentía alejada de todos aquellos nombres, que para ella habían pasado a engrosar tan sólo una lista —el catálogo de Riba—, una lista perdida ya en el tiempo: antiguos invitados que un día fueron a cenar a su casa; gente que no creía en nada y que bebía hasta el amanecer y a la que costaba mucho luego sacar a la calle.

Casi ya desde el primer momento en que Celia, a la que esperaba abajo un taxi, alcanzó el rellano de la escalera y metió la maleta y la bolsa en el ascensor, Riba comenzó a pensar en cómo lo haría para recuperarla. Estuvo todo el día de ayer llamándola al teléfono móvil, pero siempre sin el menor resultado. Y la angustia de esta ausencia fue superando poco a poco, de largo, a cualquier otra angustia sobre cualquier otra ausencia. Ayer, cuando Celia dio el gran portazo budista —porque aún a estas horas a Riba el portazo le sigue pareciendo budista—, se quedó temblando de miedo en la casa, temiéndolo todo, incluidas las indeseadas emociones que pudieran llegarle del enigmático interfono. Y lamentó no haber tomado nunca nota de la dirección del lugar de Dublín donde tenía ella sus reuniones budistas. Sin Celia, le entró tal miedo absoluto al mundo que estuvo más horas que nunca inmóvil en la mecedora, mirando con atención la reproducción del pequeño cuadro de Hopper.

—Sal —le decía la casa.

Y él iba quedándose en la mecedora, entre aterrado y complaciente y hasta simulando que el cuadro de la escalera le había atrapado de verdad.

Pero al caer la tarde, como si hubiera recordado de pronto que, cuando oscurece, todos necesitamos a alguien, recobró fuerzas y comenzó a moverse por la casa, casi frenéticamente, hasta que aquella imprevista agitación terminó por trasladarle a la calle misma, donde confiaba en un golpe de suerte y en poder encontrarse con Celia, quizá todavía ella dando vueltas en círculo arrastrando su maleta por el centro de Dublín, camino de cualquier sociedad de protectores de budistas.

Pero quien comenzó a dar vueltas, vagamente perdido por la ciudad, desconcertado, desesperado, fue él. Todo el rato le asaltaba la idea de convertirse al judaísmo —a fin de cuentas la antigua religión de su madre— para que Celia viera que había dado un giro espiritual a su vida. Pero lo más probable es que ya todo resultara inútil y que, además, Celia incluso ya hubiera abandonado la isla.

Caminó triste por la alegre Graffton Street, deteniéndose ante todas las tiendas con toldos desplegados. Celebró con dolor las muselinas estampadas, las sedas, los jóvenes de todos los países, el tintineo de atalajes, los ecos todavía de antiguos golpes de cascos de caballos con sordo retumbo en el pavimento requemado. Pasó, deambulando, ante los escaparates de la antigua Brown Thomas, la tienda de las cascadas de cintas y de las vaporosas sedas chinas. Vio la mansión donde Oscar Wilde había pasado su infancia, y luego fue caminando hasta la casa que durante tantos años habitara Bram Stoker, el creador de *Drácula*. Durante un rato, se le vio avanzar, fantasmal, como si fuera uno de esos tipos que tanto predominaban en algunas de las más celebradas novelas que publicaba: esos pobres desesperados de aire romántico, siempre solitarios y sin Dios ni rumbo, sonámbulos por carreteras perdidas.

En el puente de O'Connell se acordó de que nadie lo cruza sin ver un caballo blanco. Lo cruzó y no vio nada. Había una paloma blanca sobre la cabeza de O'Connell, sobre su estatua. Pero obviamente una paloma no era lo que buscaba. «Me siento ridículo, así, sin caballo blanco», pensó. Y volvió sobre sus pasos. En Graffton Street oyó con emoción patriótica a una banda callejera que tocaba *Green Fields Of France*, la balada sobre el soldado Willie McBride. Su patriotismo irlandés se mezcló de pronto con su repentina nostalgia de Francia, y la combinación resultó estimulante. Estuvo después largo rato en el bar del Shelbourne Hotel, y desde allí pensó en llamar a Walter, o a Julia Piera, sus contactos en Dublín, pero no tuvo valor para hacerlo porque, a fin de cuentas, no tenía confianza suficiente con ellos y, además, no creía que pudieran echarle una mano en la cuestión de la partida de Celia. También podía llamar a los dos irlandeses a los que había publicado hacía unos años y que se habían bebido toda su bodega, Andrew Breen y Hobbs Derek, pero recordó a tiempo que no sabría comunicarse con ellos. Aquel día en su casa, había sido Gauger quien se había ocupado de los dos inquietos irlandeses.

En el 27 de St Stephen's Green, a cuatro pasos de la calle donde había vivido el creador de *Drácula*, volvió a sucumbir al alcohol. En el gran bar del Hotel Shelbourne, se *draculizó* de pronto con cuatro whiskys. Por la ventana que daba a la calle siguió, con ánimo sangriento, las evoluciones de un miserable gato sin Dios, sin dueño, sin autor, sin principiante, sin mujer. Durante un rato, el gato callejero fue él mismo. Un gato sumido en una incomodidad espiritual y física. Llevaba atado en la cabeza un sombrerito de paja, lo que hacía evidente que había tenido un dueño hasta hacía bien poco. Mientras caminaba, sacudía las patas, muy mojadas. Siguió sus evoluciones deseando morderle el cuello. ¿Morderse a sí mismo? De nuevo, el alcohol había hecho mella en él. Decidió marcharse, volver a esconderse en su guarida con mecedora porque no podía arriesgarse a encontrarse casualmente con Celia en uno de los dos sitios y que ella le viera de nuevo en aquel estado.

Llamó a sus padres a Barcelona.

—Así que has estado en Dublín —dijo su madre.

—¡Continúo ahí, mamá!

—¿Y qué planes tienes ahora?

De nuevo la maldita pregunta sobre sus planes. Ya una vez esa pregunta le había llevado muy lejos, hasta donde estaba ahora. Dublín.

—Voy a Cork porque allí me espera una revelación —le dijo—. Espero hablar con el antiguo amante de Celia.

—¿No está muerto?

—Sabes perfectamente, mamá, que un detalle de esta clase nos deja siempre indiferentes.

Después de estas palabras, ya tuvo que colgar de inmediato, no fuera que se complicara todo aún mucho más.

Cuando iba a pedir la cuenta en el cada vez más animado bar del Shelbourne, al ojear distraídamente el ejemplar de *The Irish Times* que alguien acababa de dejar en la mesa de al lado, dio con la pequeña y siniestra esquela de Malachy Moore. Se quedó de piedra. O sea que era verdad, pensó casi abatido. El funeral era al día siguiente, al mediodía, en Glasnevin. Quedó de tal forma impresionado que parecía que al muerto le conociera de toda la vida. Y, como le ocurriera ya semanas antes en Barcelona, volvió a parecerle una gran contrariedad que, siendo desde hacía dos años tan tranquila la historia de su vida, hubiera ido creciendo en ella de forma alarmante ese lado novelesco con el que no contaba y que para nada deseaba, pues si algo había especialmente valorado de los últimos tiempos era el agradable transcurrir llano de su vida corriente, aquel mundo cotidiano tan calmado y aburrido en el que creía que se había ya perfectamente sumergido para siempre: su templada vida de larga espera en Lyon y de larga espera para viajar a Dublín, y de larga espera después en Barcelona para volver a ir a Dublín, sin poder llegar a pensar que ahí acabaría en el funeral de un gran desconocido.

Sigue pareciéndole asombroso que hoy no llueva. Llega tarde al cementerio, cuando ya han cerrado el catafalco y resulta imposible verle el rostro al muerto. En todo caso, lo más probable es que aquí hoy entierren a la persona que hace un mes, en este mismo lugar, él confundió con su autor.

En la primera fila de bancos, están los padres y las que parecen las dos hermanas del fallecido. Es muy escaso, por no decir nulo, el aire beckettiano que puede apreciarse en las dos jóvenes. En cuanto a los padres, serían antes de la familia de Joyce que de la de Beckett. Sin embargo, los asistentes son mayoritariamente jóvenes, lo que le lleva a pensar que quien ha fallecido lo ha hecho en la flor de la edad, que suele decirse. Así que no tiene por qué pensar lo contrario y muy probablemente el funeral sea por aquel tipo entrevisto hace un mes junto a las verjas de este cementerio: aquel joven tan vidrioso y tan propenso a desaparecer que finalmente se esfumó de verdad.

Nunca pensó que asistiría a otro funeral en Glasnevin, y menos aún que sería por el joven de las gafas redondas, presumiblemente su autor. Cuando llega la hora de los parlamentos fúnebres, no entiende nada de lo que dicen, pero ve que tanto el primero como el segundo de los jóvenes que discursean en gaélico se emocionan. Y pensar que había imaginado a su autor como un lobo solitario, y quien dice a su autor dice también a ese escritor genial que tanto ha buscado a lo largo de su vida y que no ha encontrado nunca, o que quizá sí que ha encontrado, pero en ese caso lo ha hallado ya muerto. Y pensar que había imaginado a su autor como un hombre sin amigos, acercándose continuamente a un muelle del fin del mundo.

No comprende nada de lo que dicen en los parlamentos fúnebres, pero piensa que éste es el verdadero entierro ya definitivo de la gran puta de la literatura, la misma que generó en él ese dolor incomparable, esa pena de editor de la que jamás ha podido luego escapar. Y recuerda que

> *Mientras siguen su camino*
> *Se oye una voz que canta*
> *para Kitty, o Katy, como*
> *si el nombre hubiese albergado*
> *todo el amor, toda la belleza.*

No comprende nada de lo que dicen, pero el primero de los dos jóvenes que habla, por su fragilidad en todo hasta en su forma de estar de pie, le remite a Vilém Vok cuando reflexionaba en voz alta en torno a su intento quimérico de madurar hacia la infancia. El segundo parece más seguro de sí mismo, pero acaba rompiendo en llanto y provoca la desolación general de los asistentes. La ruina emocional de los padres. Desmayo repentino de un probable pariente. Un pequeño gran drama irlandés. La muerte de Malachy Moore acaba pareciéndole un hecho mucho más grave que el fin de la era Gutenberg y el fin del mundo. La pérdida del autor. El gran problema de Occidente. O no. O la pérdida simplemente de un joven de gafas redondas y gabardina *mackintosh*. Una gran desgracia, en cualquier caso, para la vida interior de la vida y también para todos aquellos que aún desean utilizar subjetivamente la palabra, tensarla y estirarla hacia miles de conexiones de luz que quedan por restablecer en la gran oscuridad del mundo.

Acción: la pena del editor.

A la salida del funeral, al ver que los padres y las dos hermanas reciben el pésame de familiares y amigos, se coloca en la cola de las condolencias. Cuando llega su turno, da la mano a una hermana, luego a la otra, saluda con la cabeza al padre y luego dirigiéndose a la madre dice en riguroso castellano y con un convencimiento en sus palabras tan grande que se sorprende a sí mismo:

—Fue un héroe. No llegué a conocerlo, pero quería que se salvara. Estuve días siguiendo el proceso, deseando su recuperación.

Después, deja paso a la persona que le sigue en la cola para el pésame. Es como si con sus palabras hubiera querido indicar que Malachy Moore pasó los últimos días de su vida en un hospital militar, herido de muerte tras su combate con las fuerzas del mal. Como si de algún modo hubiera querido indicarles que al autor le asesinaron entre todos en un lance estúpido más de nuestro tiempo. Cree oír en la lejanía la melodía de *Green Fields Of France* y se emociona en silencio. El salto inglés, piensa, me ha llevado más allá de lo esperado, porque mis sentimientos han cambiado. Ésta parece mi tierra ahora. El viento en las calles, enfiladas hacia las colinas. El suave olor arcaico de los muelles irlandeses. El mar, que ahí me espera.

En algún lugar, al margen de uno de sus pensamientos, descubre una oscuridad que le cala los huesos. Cuando se dispone ya a marcharse, ve de golpe al joven Beckett, situado detrás mismo de sus dos afligidas hermanas. Se entrecruzan las miradas y la sorpresa parece hallarse en ambos lados. El joven va con el mismo *mackintosh* de la otra noche, aunque más raído. El joven tiene aspecto de pensador fatigado y un aire inconfundible de estar viviendo en lo obstruido, lo precario, lo inerte, lo incierto, lo aterido, lo aterrador, lo inhóspito, lo inconsolable.

Quizá tiene razón Dublín. Y puede, además, que sea verdad que hay focos de espacio y tiempo conectados entre sí, focos entre los que podemos viajar los denominados vivos y los denominados muertos y de ese modo encontrarnos.

Cuando vuelve a mirar en dirección al joven, éste ya ha desaparecido, y en esta ocasión no lo ha engullido la niebla. El caso es que ya no está ahí.

Imposible no volver a pensar que hay un tejido ajado que a veces permite a los vivos ver a los muertos y a los muertos ver a los vivos, a los supervivientes. Imposible también no ver a Riba ahora avanzar infestado de fantasmas, ahogado por su catálogo y cargado de señales del pasado. En Nueva York seguramente el día es soleado y benigno, fragante y definido como una manzana. Aquí es más oscuro todo.

Avanza cargado de señales del pasado, pero ha percibido como un signo increíblemente optimista la reaparición del autor. Le parece que está viviendo un nuevo momento en el centro del mundo. Y piensa en «La importancia de otro lugar», aquel poema de Larkin. Y, dejándose llevar por la celebración del instante, por la ilusión de por fin *estar en otro lugar*, habla como John Ford, habla en primera persona del plural.

—Somos nosotros, estamos aquí —dice con voz tenue.

No sabe que le está hablando, sin saberlo, a su destino marcado por la soledad. Porque a su alrededor ha comenzado a tomar posiciones la niebla y en realidad ya hace rato que ni la última sombra del mundo está interesada en acecharle.

Pero él sigue entusiasmado con la reaparición del autor.

—No, si ya se sabe. Siempre aparece alguien que no te esperas para nada.

ÍNDICE